COLLECTION JULES VERNE

COLLECTION JULES VERNE
BAND 36

Das Dampfhaus

Band 1

Pawlak Taschenbuch Verlag, Berlin, Herrsching

Nachdruck mit freundlicher Genehmigung des
Verlages A. Hartleben, Inh. Dr. Walter Rob, Wien I.
Die Vorlagen für die Umschlagillustrationen der
Collection Jules Verne sind Jules Verne Bänden,
erschienen im A. Hartleben's Verlag, Wien, entnommen.
Umschlaggestaltung: Bine Cordes, Weyarn
Die Orthographie wurde der heutigen Schreibweise angeglichen.

Gesamtherstellung: Elsnerdruck GmbH, Berlin
Printed in Germany
ISBN: 3-8224-1036-5

Inhalt

Erstes Kapitel
Ein Preis auf einen Kopf 7

Zweites Kapitel
Oberst Munro 19

Drittes Kapitel
Der Aufstand der Sipahis 33

Viertes Kapitel
Tief in den Höhlen von Ellora 49

Fünftes Kapitel
Der Stahlriese 61

Sechstes Kapitel
Erste Etappen 73

Siebentes Kapitel
Die Pilger am Phalgon 88

Achtes Kapitel
Einige Stunden in Benares 105

Neuntes Kapitel
Allahabad 120

Zehntes Kapitel
Via dolorosa 132

Elftes Kapitel
Der Wechsel des Moussons 142

Zwölftes Kapitel
Feuer ringsum 155

Dreizehntes Kapitel
Kapitän Hods Heldentaten 169

Vierzehntes Kapitel
Einer gegen drei 183

Fünfzehntes Kapitel
Der Pal von Tandit 199

Sechzehntes Kapitel
Die wandelnde Flamme 210

Erstes Kapitel

Ein Preis auf einen Kopf

»Zweitausend Pfund Sterling Belohnung werden hiermit demjenigen zugesichert, der, tod oder lebendig, einen der früheren Führer bei dem Aufruhr der Sipahis einliefert, welcher sich derzeit in der Präsidentschaft Bombay aufhalten soll, nämlich den Nabab Dandu Pant, bekannter unter dem Namen . . .«

So lautete eine amtliche Bekanntmachung, die am 6. März 1876 gegen Abend in Aurungabad durch öffentlichen Anschlag verbreitet worden war.

Das letzte Wort, ein berüchtigter Name, den die einen ebenso tief verwünschten, wie ihn andere heimlich bewunderten, fehlte an dem Plakat, das man vor nur kurzer Zeit an der Mauer eines verfallenen Bungalows am Ufer der Doudhma angeheftet hatte.

Jener Name fehlte aber, weil der untere Teil des Plakats, auf dem er mit fetten Lettern gedruckt stand, von der Hand eines Fakirs, den niemand an dem eben menschenleeren Flußufer bemerkt, abgerissen worden war. Gleichzeitig mit obigem Namen war auch der des General-Gouverneurs der Präsidentschaft Bombay, die Kontrasignatur der Unterschrift des Vizekönigs von Indien verschwunden.

Was mochte wohl der Beweggrund jenes Fakirs sein? Hoffte er vielleicht, daß der Empörer von 1857 durch die Zerreißung der Bekanntmachung der gerichtlichen Verfolgung und der ihm drohenden Verurteilung entgehen könne? Durfte er glauben, daß eine so berüchtigte Persönlichkeit mit den verstreuten Fetzen jenes Papierstükkes unauffindbar werden könne?

Das wäre töricht gewesen.

An den Wänden der Häuser, Paläste, Moscheen und Hotels von Aurungabad fanden sich ja die gleichen Plakate in Menge. Außerdem wanderte ein öffentlicher Ausrufer durch die Straßen der Stadt, der die Bekanntmachung des Statthalters mit lauter Stimme vorlas. Die Bewohner der geringsten Flecken der Provinz wußten es schon, daß ein wirkliches Vermögen für die Einlieferung Dandu Pants versprochen war. Vor Ablauf von zwölf Stunden mußte sein vergeblich vernichteter Name durch die ganze Provinz in aller Leute Munde sein. Waren die Nachrichten zutreffend, hatte der Nabab wirklich in diesem Teil Hindostans Zuflucht gesucht, so fiel er doch ohne Zweifel über lang oder kurz irgendwelchen Leuten in die Hände, da ja alle an seiner Ergreifung ein erklärliches Interesse hatten.

Welchem Gefühl gehorchte also jener Fakir, als er das eine Exemplar der schon tausendfach verbreiteten Bekanntmachung zerriß?

Wahrscheinlich dem des Zornes, vielleicht auch dem einer inneren Verachtung, denn er zuckte dabei mit den Achseln und begab sich nachher sorglos in das volkreichste und ärmlichste Quartier der Stadt.

Man nennt »Dekkan« den größeren Teil der ostindischen Halbinsel zwischen den westlichen und östlichen Ghats. Gewöhnlich bezeichnet man damit auch die ganze Südhälfte Indiens, diesseits des Ganges. Dekkan, dessen Name im Sanskrit »Süden« bedeutet, umfaßt mehrere Provinzen der Präsidentschaften Madras und Bombay. Eine der wichtigsten darunter ist die Provinz Aurungabad, deren Hauptstadt ehemals als die von ganz Dekkan galt.

Im 17. Jahrhundert verlegte der berühmte Mongolenkaiser Aureng-Zeb seine Hofhaltung nach jener Stadt, die schon in der ältesten Geschichte Hindostans unter dem Namen Kirkhi vorkam. Sie zählte damals wohl hunderttausend Einwohner, gegen fünfzigtausend heutzutage unter der Herrschaft der Engländer, welche dieselbe für den Nizam von Haiderabad verwalten. Sie ist jedoch eine der gesündesten Städte der Halbinsel und bisher von der furchtbaren asiatischen Cholera, wie von den in Indien so verheerend auftretenden Fiebern verschont geblieben.

Aurungabad birgt noch ehrwürdige Reste seines früheren Glanzes. Der am rechten Ufer der Doudhma errichtete Palast des Großmoguls, das Mausoleum der Favoritsultanin Schah Jahans, des Vaters Aureng-Zebs, die nach dem Muster des schönen Tadsch in Agra erbaute Moschee, welche ihre vier Minaretts um eine schlanke Kuppel erheben, und noch andere, architektonisch künstlerische, reich verzierte Monumente bezeugen die Macht und Herrlichkeit des berühmtesten Eroberers von Hindostan, der dieses Reich, dem er noch Kabul und Assam hinzufügte, zu einem unvergleichlichen Grade von Gedeihen erhob.

Trotz der, wie erwähnt, beträchtlichen Verminderung der Bewohnerzahl Aurungabads konnte sich ein einzelner doch noch leicht genug unter dessen bunt gemischter Bevölkerung verbergen. Der Fakir, mochte es nun ein wirklicher oder falscher sein, fiel unter jener an Typen reichen Menge in keiner Weise auf. Seine Genossen überschwemmen ja ganz Indien. Sie bilden im Verein mit den »Sayeds« einen religiösen Bettelorden, sprechen, zu Pferd oder zu Fuß, um Almosen an und wissen ein solches zu erzwingen, wenn man es nicht gutwillig darreicht. Sie spielen wohl auch die Rolle freiwilliger Märtyrer und genießen ein hohes Ansehen bei den niederen Klassen der Hindus.

Der Fakir, von dem hier die Rede ist, war ein Mann von hohem Wuchse, denn er maß über fünf Fuß neun Zoll englisch. Die Vierzig hatte er kaum mit ein bis zwei Jahren überschritten. Seine Erscheinung erinnerte, vorzüglich durch den Glanz der schwarzen, immer aufmerksamen Augen, an den schönen Maharatten-Typus, doch hätte man die sonst so feinen Züge seiner Rasse in Folge der tausend Pockengruben auf seinen Wangen an ihm nur schwierig wiedererkannt. Der noch im kräftigsten Alter stehende Mann schien sehr gewandt und stark zu sein. Als besonderes Kennzeichen fehlte ihm ein Finger der linken Hand. Das Haupthaar trug er rötlich gefärbt und ging halb nackt, ohne Fußbekleidung, kaum bedeckt mit einem schlechten, gestreiften Wollhemd, das um den Leib zusammengehalten war. Auf seiner Brust sah man die Embleme des erhaltenden und des zerstörenden Prinzips der Hindu-Götterlehre, das Löwenhaupt der vierten Fleischwerdung Wischnus, und die drei Augen nebst dem symbolischen Dreizack des wilden Siva.

Inzwischen herrschte eine tiefgreifende und leicht erklärliche Erregung in den Straßen Aurungabads, vorzüglich da, wo sich die kosmopolitische Bevölkerung der ärmeren Stadtteile zusammendrängte. Hier wimmelte es von Menschen vor den baufälligen Hütten, die ihnen als Wohnung dienten. Männer, Weiber, Kinder, Greise, Europäer und Eingeborene, Soldaten der königlichen und der einheimischen Regimenter, Bettler jeder Art, Landleute aus der Umgegend – alles schwirrte, sprach und gestikulierte durcheinander, erläuterte die Bekanntmachung und erwog die Aussichten zur Gewinnung der ungeheueren, von der Regierung versprochenen Prämie. Selbst vor einem Lotterie-Rad, das einen gleich großen Hauptgewinn von zweitausend Pfund enthielt, hätte die Aufregung der Gemüter nicht größer sein können. In diesem Fall kommt ja noch hinzu, daß es in jedes Hand gegeben war, ein glückliches Los zu ziehen – dieses Los war der Kopf Dandu Pants. Freilich gehörte etwas Glück dazu, den Nabab erst aufzufinden, und dann etwas Mut, sich desselben zu bemächtigen.

Der Fakir – offenbar der einzige, den die Gewinnung jener Prämie nicht am Herzen zu liegen schien – schlenderte zwischen den Gruppen umher, wobei er manchmal, auf deren Gespräche lauschend, stehenblieb, wie einer, der sich erlauschte Worte zunutze machen will. Nirgends mischte er sich in die Unterhaltung; doch wenn sein Mund auch stumm blieb, so feierten seine Augen und Ohren doch keineswegs.

»Zweitausend Pfund für die Auffindung des Nabab!« rief da der eine, die Hände verlangend zum Himmel emporstreckend.

»Nicht für die Auffindung«, erwiderte ein anderer, »sondern für dessen Festnahme, und das ist doch ein ganz ander' Ding!«

»Wahrlich, das ist nicht der Mann dazu, sich ohne hartnäckige Gegenwehr gefangennehmen zu lassen.«

»Sagte man aber kürzlich nicht, er sei in den Dschungeln von Nepal dem Fieber erlegen?«

»Daran ist kein wahres Wort! Der schlaue Dandu Pant ließ sich nur für tot ausgeben, um desto ungestörter leben zu können.«

»Ja, es ging sogar das Gerücht, er sei inmitten seines Lagers an der Grenze beerdigt worden.«

»Eine falsche Totenfeier, nur um andere irrezuführen!«

Der Fakir hatte mit keiner Wimper gezuckt, als er das letzte mit so zweifelloser Sicherheit behaupten hörte. Seine Stirn legte sich jedoch unwillkürlich in Falten, als er einen Hindu – den lebhaftesten der ganzen Gruppe in seiner Nähe – folgende Einzelheiten erzählen hörte, die viel zu genau waren, um erfunden zu sein.

»Es steht fest«, begann der Hindu, »daß sich der Nabab im Jahre 1859 nebst seinem Bruder Balao Rao und dem Ex-Rajah von Gonda, Debi Bux Singh, nach einem Lager am Fuß der Gebirge von Nepal geflüchtet hatte. Dort, wo ihnen die englischen Truppen zu nahe an der Ferse saßen, beschlossen alle drei, über die indo-chinesische Grenze zu treten. Bevor es dazu kam, ließen der Nabab und seine beiden Begleiter, um das entstandene Gerücht ihres Todes zu bekräftigen, ihre eigene Beerdigung ins Werk setzen; begraben wurde von ihnen dabei freilich nur ein Finger der linken Hand, den sie zur Zeit jener Zeremonie abschnitten.«

»Doch woher wißt Ihr das?« fragte einer der Zuhörer den mit so großer Sicherheit sprechenden Hindu.

»Ich war bei der Leichenfeierlichkeit selbst anwesend«, erwiderte derselbe. »Dandu Pants Soldaten hatten mich gefangen, und erst sechs Monate später gelang es mir zu entfliehen.«

Während der Hindu auf so überzeugende Weise sprach, verlor der Fakir ihn nicht aus dem Blick. In seinen Augen leuchtete ein Blitz auf. Seine verstümmelte Hand hielt er sorglich versteckt unter dem Wollgewebe, das seine Brust verhüllte. Er horchte, ohne ein Wort zu sagen, aber seine Lippen zitterten und zeigten dabei eine Reihe spitzer Zähne.

»Ihr kennt also den Nabab von Person?« fragte man den ehemaligen Gefangenen Dandu Pants.

»Gewiß«, versicherte der Hindu.

»Und würdet ihn auch wiedererkennen, wenn er Euch zufällig vor die Augen käme?«

»So gut wie mich selbst.«

»Nun, da habt Ihr ja einige Aussicht, die Belohnung von zweitausend Pfund zu erlangen!« rief einer der Umstehenden mit nur schlecht verhehltem Neid.

»Vielleicht . . .« meinte der Hindu, »wenn es sich bestätigt, daß der Nabab die Unklugheit begangen hätte, sich bis in die Präsidentschaft Bombay herunter zu wagen, was mir nicht besonders wahrscheinlich dünkt.«

»Was sollte er hier auch vorhaben?«

»Jedenfalls sucht er eine neue Empörung anzuzetteln«, erklärte einer aus der Gruppe, »wenn nicht unter den Sipahis, so doch unter der Landbevölkerung des Inneren.«

»Wenn die Regierung behauptet, daß seine Anwesenheit in der Provinz gemeldet worden sei«, meinte ein anderer aus der Kategorie jener Leute, welche überzeugt sind, daß eine Behörde sich niemals täuschen könne, »so wird die Regierung auch verläßliche Nachrichten darüber besitzen.«

»Mag sein!« warf der Hindu ein. »Brahma gebe, daß Dandu Pant mir in den Weg kommt, und mein Glück ist gemacht!«

Der Fakir wich einige Schritte zurück, verlor aber des Nabab früheren Gefangenen nicht aus den Augen.

Schon ward es allmählich dunkel, doch das Leben und Treiben auf den Straßen von Aurungabad verminderte sich nicht. Der Gespräche bezüglich des Nabab wurden nur noch mehr. Hier sagte man, daß er in der Stadt selbst gesehen worden, dort, daß er schon wieder weit weg sei. Man behauptete auch, ein aus dem Norden abgesendeter Eilbote habe dem Statthalter die Anzeige von der Verhaftung Dandu Pants überbracht. Um neun Uhr abends wußten die Bestunterrichteten, er befinde sich schon im Gefängnis der Stadt, in Gesellschaft einiger Thugs, welche darin seit über dreißig Jahren schmachteten, und werde am nächsten morgen mit Tagesanbruch auf dem Sipri-Platz ohne weitere Umstände gehenkt werden, wie seinerzeit Tantia Topi, sein berühmter Genosse im Aufstand. Um zehn Uhr schwirrten wieder ganz anders klingende Nachrichten umher. Es verbreitete sich das Gerücht, der Gefangene sei soeben entwichen, was die Hoffnung aller derer aufs neue belebte, welche der Preis von zweitausend Pfund reizte.

In der Tat waren alle diese verschiedenen Nachrichten falsch. Die am besten Unterrichteten wußten nicht mehr als alle anderen weniger gut oder schlecht berichteten Leute. Der Kopf des Nabab behielt denselben Wert. Es galt noch, ihn zu bekommen.

Dadurch, daß er Dandu Pant persönlich kannte, hatte jener Hindu mehr Aussicht, den ausgesetzten Preis zu erlangen. Vorzüglich in der Präsidentschaft Bombay mochten nur wenig Leute Gelgenheit gehabt haben, mit dem gefürchteten Anführer in der großen Empörung zusammenzutreffen. Weiter im Norden und tiefer in den Zentral-Provinzen, in Sindh, Bundelkhund, Audh, in den Umgebungen von Agra, Delhi, Khanpur oder Laknau, auf dem Hauptschauplatz der unter seinem Befehl begangenen Greueltaten, hätten sich wohl alle in hellen Haufen erhoben und ihn an die englischen Gerichte ausgeliefert. Die Eltern, Gatten, Brüder, Kinder und Weiber seiner Opfer beweinten noch die, welche er zu Hunderten hatte hinschlachten lassen. Auch zehn inzwischen verflossene Jahre reichten nicht hin, die vollberechtigte Empfindung von Rache und Haß zu verlöschen. Deshalb konnte man Dandu Pant nicht wohl die Unklugheit zutrauen, daß er sich in jene Gegenden gewagt hätte, wo alle seinem Namen fluchten. Hatte er also, wie man sagte, die indo-chinesische Grenze wieder überschritten und trieb ihn irgendein dunkler Beweggrund, ob die Anstiftung neuen Aufruhrs oder ein anderer, den unauffindbaren Schlupfwinkel zu verlassen, der für die englisch-indische Polizei noch immer ein Geheimnis blieb, so konnten es nur die Provinzen Dekkans sein, die ihm freies Feld und eine gewisse Sicherheit boten.

Wir sahen jedoch, daß der Statthalter von seinem Erscheinen in der Präsidentschaft Wind bekommen und sofort auf seinen Kopf einen Preis gesetzt hatte.

Immerhin ist hierzu die Bemerkung am Platze, daß die höheren Gesellschaftsklassen von Aurungabad, die Magistratsmitglieder, Offiziere und Beamten, in die dem Statthalter zugegangenen Nachrichten doch leise Zweifel setzen. Das Gerücht, der unergreifbare Dandu Pant sei gesehen oder gar verhaftet worden, war schon zu häufig aufgetreten. Über ihn gingen so viele falsche Nachrichten, daß sich endlich eine Art Legende von seiner Allgegenwärtigkeit und seiner Schlauheit verbreitete, auch die gewandtesten Agenten der Polizei zu überlisten; die große Menge dagegen glaubte die Worte der Regierung.

Unter die Zahl der minder Ungläubigen gehörte natürlich auch der alte Gefangene des Nabab. Der arme Teufel von Hindu dachte, verwirrt durch seine Beutegier und gereizt von dem Drange nach persönlicher Rache, nur daran, ins Feld zu rücken, und sah seinen Erfolg für so gut wie gesichert an. Sein Plan war sehr einfach. Am folgenden Tag wollte er dem Statthalter seine Dienste anbieten; nachdem er sich dann genau über alles unterrichtet, was man von Dandu Pant wußte, d. h. worauf sich die in der Bekanntmachung mitgeteilten Nachrichten gründeten, gedachte er, nach dem Ort selbst zu gehen, von dem jene Meldung eingegangen war.

Gegen elf Uhr abends wollte der Hindu, nachdem er

so vielerlei Aussagen gehört, die, im Kopfe durcheinander wirbelnd, ihn nur noch mehr in seinem Vorhaben bestärkten, endlich einige Ruhe suchen. Als Wohnung diente ihm nur eine am Doudhma-Ufer angelegte Barke, und träumend, mit halb geschlossenen Augen, wandte er die Schritte dahin.

Ohne sich dessen zu versehen, hatte der Fakir ihn nicht verlassen; ohne seine Aufmerksamkeit zu erregen, folgte dieser ihm möglichst im Schatten nach.

Am Ende jenes dichtbevölkerten Teiles von Aurungabad waren die Straßen um jene Stunde weniger belebt. Die Hauptverkehrsader mündete nach einem verödeten Terrain hinaus, dessen Rand eines der Ufer der Doudhma bildete. Es war eine Art Wüste dicht an der Stadt. Wenige verspätete Leute schritten noch gemächlich durch dieselbe den belebteren Straßen zu. Bald erstarb der Schall der letzten Schritte; der Hindu achtete indessen nicht darauf, daß er allein am Ufer des Stromes dahinging.

Der Fakir folgte ihm noch immer und suchte die dunkelsten Stellen des Weges auf, entweder unter dem Schutz der Bäume, oder indem er an den düsteren Mauern der da und dort verstreuten Ruinen von Häusern hinstrich.

Diese Vorsicht erschien nicht unnütz. Eben ging der Mond auf und verbreitete einen ungewissen Schimmer. Der Hindu hätte also sehen können, daß jemand ihm nachspähte und ihn scharf verfolgte. Des Fakirs Schritte konnte er doch unmöglich vernehmen. Dieser glitt ja mit den bloßen Füßen mehr über den Boden, als daß er ging. Kein leises Geräusch verriet seine Mitanwesenheit am Ufer der Doudhma.

So verstrichen fünf Minuten. Der Hindu strebte – sozusagen maschinenartig – der elenden Barke zu, in der er die Nacht zu verbringen pflegte; eine andere Erklärung gestattete die von ihm eingehaltene Richtung nicht. Er ging wie einer, der es gewöhnt ist, allabendlich diese einsame Gegend zu durchwandern, ganz eingenommen von dem Gedanken an den Schritt, den er am nächsten Tag bei dem Statthalter tun wollte. Die Hoffnung, sich rächen zu können an dem Nabab, der mit seinen Gefangenen damals nicht eben glimpflich umging, und die heftige Begierde, jene Belohnung zu gewinnen, machten ihn gleichzeitig taub und blind.

Natürlich hatte er keine Ahnung von der Gefahr, die ihn in Folge seiner unklugen Äußerungen bedrohte.

Er sah nicht, wie der Fakir sich ihm mehr und mehr näherte.

Aber plötzlich stürzte sich, gleich einem Tiger, ein Mann mit einem Blitz in der Hand über ihn. Es war ein Mondstrahl, der auf der Klinge eines malayischen Dolches spielte.

In die Brust getroffen, sank der Hindu schwerfällig zur Erde.

Obwohl ein sicherer Arm den Stoß geführt hatte, war der Unglückliche doch nicht sofort getötet. Mit einem Blutstrome quollen einige halb artikulierte Worte aus seinem Mund.

Der Mörder beugte sich nieder, ergriff sein Opfer, hob es hoch auf und fragte, während er jetzt das volle Mondlicht auf sein Gesicht fallen ließ:

»Erkennst du mich nun wieder?«

»Er ists!« murmelte der Hindu.

Der entsetzliche Name des Fakirs war sein letztes Wort, als er an rascher Erstickung verendete.

Einen Augenblick danach verschwand der Körper des Hindu in den Fluten der Doudhma, die ihn nicht wieder hergeben sollten.

Der Fakir wartete, bis das Plätschern der Wellen sich legte. – Dann kehrte er um, durchschritt die verlassene Gegend, hierauf die Stadtteile, in denen es allgemach stiller wurde, und begab sich schnellen Schrittes nach einem der Tore der Stadt.

Eben dort angelangt, schlossen sich dessen Flügel. Einige Soldaten der königlichen Armee standen an demselben Wache. Der Fakir konnte, entgegen seiner Absicht, Aurungabad nicht verlassen.

»Und ich muß doch hinaus, noch diese Nacht... oder niemals!« murmelte er vor sich hin.

Er wandte sich zurück, folgte dem Weg längs des Glacis und erkletterte, zweihundert Schritt weiter, die Böschung, um nach dem oberen Teil des Festungswalles zu gelangen.

Dieser ragte nach außen zu um fünfzig Fuß über die Sohle des davor ausgehobenen Grabens empor. Seine Bekleidung bildete eine lotrechte Mauer ohne jeden Vorsprung, der als Stütze hätte dienen können. Es erschien ganz unmöglich, an dieser Wandfläche etwa hinabzugleiten. Mittels eines Strickes ließ sich das Hinabgleiten wohl bewerkstelligen, des Fakirs Lendengürtel maß aber nur wenige Fuß, war also ungeeignet, damit den Boden zu erreichen.

Der Fakir stand einen Augenblick still, forschte mit den Augen ringsumher und überlegte, was er nun beginnen sollte.

Auf der Bekrönung des Walles breitete sich da und dort ein dunkles Blätterdach aus, die Wipfel großer Bäume, welche Aurungabad wie ein lebender Rahmen umfassen. Die Baumkronen aber hatten lange, biegsame und zähe Äste, die ja vielleicht dazu zu benutzen waren, den Grund des Wallgrabens, wenn auch mit großer Gefahr, zu erreichen.

Als dem Fakir dieser Gedanke kam, zögerte er nicht länger. Er verschwand unter einem solchen Blätterdach und erschien bald wieder außerhalb der Mauer, am unteren Drittel eines langen Zweiges hängend, der sich unter seiner Last allmählich senkte. Als derselbe sich soweit gebogen hatte, um den oberen Saum der Mauer zu streifen, glitt der Fakir langsam nach abwärts, so als ob er ein Seil mit Knoten hielte. Bis fast zur Hälfte der Eskarpe konnte er auf diese Weise wohl gelangen, noch immer trennten ihn aber gegen dreißig Fuß vom Erdboden, den er erreichen mußte, um entfliehen zu können.

Da hing er nun schwankend zwischen Himmel und

Erde und suchte mit dem Fuß nach einem Einschnitt in der Mauer, um sich dagegen zu stemmen.

Plötzlich leuchteten mehrere Blitze durch das Dunkel. Einige Schüsse krachten. Der Flüchtling war von den Wachposten bemerkt worden. Diese gaben Feuer, doch ohne ihn zu treffen. Dagegen schlug zwei Zoll über seinem Kopf eine Kugel durch den Zweig, der ihn hielt.

Zwanzig Sekunden später riß der Zweig, und der Fakir fiel in den Wallgraben ... Ein anderer hätte dabei den Tod gefunden, er blieb heil und gesund.

Aufzuspringen, die gegenüberliegende Böschung unter einem Hagel von Kugeln, die ihn alle fehlten, zu erklimmen und in dem Dunkel der Nacht zu verschwinden, das war für den Fliehenden nur ein Spiel.

Zwei Meilen von hier aus eilte er, ohne bemerkt zu werden, am Kantonnement der englischen Truppen vorüber, welche außerhalb Aurungabads lagerten.

Zweihundert Schritte davon hielt er inne, drehte sich um und erhob die verstümmelte Hand drohend gegen die Stadt mit den Worten:

»Weh' denen, die noch in Dandu Pants Hände fallen! Engländer, ihr seid mit Nana Sahib noch nicht zu Ende!«

Nana Sahib! diesen Kriegsnamen, den gefürchtetsten von allen, blutigen Andenkens, aus dem großen Aufstand von 1857, rief der Nabab noch einmal wie eine letzte Herausforderung den Eroberern Indiens zu.

Zweites Kapitel

Oberst Munro

»Aber, lieber Maucler«, begann der Ingenieur Banks zu mir, »Sie sprechen von Ihrer Reise auch kein Sterbenswörtchen. Man sollte glauben, Sie hätten Paris noch gar nicht verlassen. Wie finden Sie Indien?«

»Indien?« erwiderte ich, »ja, um davon sprechen zu können, müßte ich das Land doch wenigstens gesehen haben.«

»Sehr schön!« versetzte der Ingenieur. »Sind Sie nicht von Bombay nach Kalkutta durch die ganze Halbinsel gekommen? Nun, und wenn Sie nicht blind waren . . .«

»Das bin ich nicht, lieber Banks, wohl aber war ich während jener Fahrt geblendet . . .«

»Geblendet . . .?«

»Gewiß! Geblendet durch den Rauch, den Dampf, den Staub, noch mehr aber durch die Schnelligkeit der Fortbewegung. Ich will die Eisenbahnen nicht lästern, es ist ja Ihr Beruf, solche zu bauen, mein bester Banks; aber sich in das Coupé eines Waggons einzupferchen, als Gesichtsfeld nichts als die Scheiben der Wagentür zu haben, Tag und Nacht mit einer mittleren Geschwindigkeit von zehn Meilen in der Stunde dahinzujagen, jetzt über hohe Viadukte in Gesellschaft von Adlern und Lämmergeiern, nachher durch Tunnels in Gesellschaft von Ratten und Fledermäusen, nur an den Bahnhöfen anzuhalten, die einer so aussehen wie der andere, von Städten weiter nichts zu sehen als die Außenseite der Mauern und die oberste Spitze der Minaretts, und das alles unter dem unaufhörlichen Lärmen des Pustens der Lokomotive, unter dem Pfeifen des Kessels, dem Ächzen der Schienen und dem Knarren der Bremsen – nennen Sie das etwa reisen?«

»Sehr richtig!« rief der Kapitän Hod. »Nun antworten Sie darauf, Banks, wenn Sie es können. Was meinen

Sie dazu, Herr Oberst?«

Der Oberst, an den Kapitän Hod seine Worte richtete, neigte den Kopf ein wenig und sagte nur:

»Ich wäre begierig, zu hören, was Banks unserem Gast, Herrn Maucler, für eine Antwort geben kann.«

»Oh, das setzt mich keineswegs in Verlegenheit«, meinte der Ingenieur, »ich gebe ja zu, daß Maucler vollkommen recht hat.«

»Nun«, fiel Kapitän Hod ein, »wenn dem so ist, warum erbauen Sie Eisenbahnen?«

»Um es Ihnen, Kapitän, zu ermöglichen, binnen sechzig Stunden von Kalkutta nach Bombay gelangen zu können, wenn Sie Eile haben.«

»Ich habe niemals Eile.«

»Schön, dann wählen Sie die Great Trunk-Straße«, antwortete der Ingenieur. »Wählen Sie diese, Hod, und reisen Sie zu Fuß!«

»Das beabsichtige ich auch zu tun.«

»Wann?«

»Sobald der Herr Oberst zustimmt, mich bei einem herrlichen Spaziergang von acht- bis neunhundert Meilen quer durch die Halbinsel zu begleiten!«

Der Oberst lächelte still und verfiel in seine gewohnte lange Träumerei, aus der ihn selbst seine besten Freunde, wie der Ingenieur Banks und Kapitän Hod, nur mit Mühe zu erwecken vermochten.

Seit einem Monat war ich in Indien angelangt, hatte aber, da ich von Bombay über Allahabad nach Kalkutta die Great Indian Peninsular-Bahnlinie benutzte, von der Halbinsel so gut wie nichts kennengelernt.

Meine Absicht ging jedoch dahin, zunächst deren nördlichen Teil, jenseits des Ganges, zu durchstreifen, die großen Städte daselbst zu besuchen, die hervorragendsten Denkmäler zu studieren und dieser Untersuchung die erforderliche Zeit zu widmen, um sie gründlich durchzuführen.

Den Ingenieur Banks hatte ich in Paris kennengelernt. Seit einigen Jahren schon verband uns eine innige

Freundschaft, welche der nähere vertraute Umgang nur steigern konnte. Ich versprach ihm seinerzeit nach Indien zu kommen, sobald die Vollendung der Scind Punjab and Delhi-Linie, deren Bau er leitete, ihm einige Muße gönnen würde. Das war nun jetzt der Fall. Banks hatte gerechten Anspruch auf eine mehrmonatige Erholung, und ich kam nun mit dem Vorschlag, diese Ruhe auf einer anstrengenden Reise durch Indien zu genießen. Es versteht sich von selbst, daß er auf meinen Wunsch mit voller Begeisterung einging. In einigen Wochen schon, wenn die günstigere Jahreszeit eintrat, wollten wir aufbrechen.

Bei meiner Ankunft in Kalkutta, im März 1867, hatte Banks mich mit einem seiner ehrenwerten Kameraden, dem Kapitän Hod, bekannt gemacht, und später mich auch seinem Freund, dem Oberst Munro, vorgestellt, bei dem wir eben die Abendstunden verbracht hatten.

Der damals siebenundvierzigjährige Oberst bewohnte im europäischen Stadtviertel ein etwas vereinsamt liegendes Haus, fern dem Getümmel, das die Handelsstadt und die schwarze Stadt, die beiden Bestandteile der Hauptstadt Indiens, kennzeichnet. Jenes Quartier wird zuweilen die »Stadt der Paläste« genannt, und wirklich fehlt es demselben an letzteren nicht, wenn man diese Bezeichnung auf Wohnungen anwenden darf, die von Palästen freilich nichts weiter als Hallen, Säulen und Terrassen haben. Kalkutta ist der Sammelpunkt aller Baustile, welche der englische Geschmack in den Städten der Alten und Neuen Welt mit Vorliebe verwendet.

Was die Wohnstätte des Obersten betrifft, so war diese ein sogenannter »Bungalow« in einfachster Form, d. h. ein auf einem Ziegelunterbau errichtetes Haus nur mit Erdgeschoß, dessen Dach pyramidenartig hoch aufstieg. Rings um dasselbe lief eine von leichten Säulen getragene Veranda. An den Seiten bildeten die Küchen, Schuppen und Dienerwohnungen zwei ausspringende Flügel. Das Ganze lag inmitten eines mit schönen Bäumen bestandenen und von niedrigen Mauern umgebenen Gartens.

Das Haus des Obersten verriet die Wohlhabenheit des Besitzers. Das Dienstpersonal war so zahlreich, wie es die Lebensweise der indo-englischen Familien mit sich bringt. Mobiliar, Stoffe, innere Einrichtung, alles zeigte in der Auswahl und dem wohlerhaltenen Zustand, daß hier zuerst die Hand einer verständigen Hausfrau gewaltet, aber daneben auch, daß diese Frau hier nicht mehr weilen könne.

Bezüglich der Aufsicht der Dienstleute und der allgemeinen Führung des Hauswesens verließ sich der Oberst vollständig auf einen seiner alten Waffengenossen, einen Schotten, früheren »Konduktor« der königlichen Armee, den Sergeanten Mac Neil, mit dem er alle Feldzüge in Indien durchgefochten hatte, eines jener braven Herzen, die in der Brust derjenigen zu schlagen scheinen, denen sie sich einmal ergeben haben. Es war das ein großer, starker Mann von fünfundvierzig Jahren, mit Vollbart wie alle Bergschotten. Seiner Haltung, dem Gesichtsausdruck, sowie dem althergebrachten Kostüm nach war er mit Leib und Seele Highlander geblieben, obwohl er den Militärdienst gleichzeitig mit Oberst Munro quittierte. Beide hatten seit 1860 ihren Abschied genommen. Statt aber zu den »Glens« der Heimat, in die Mitte der alten »Clans« ihrer Vorfahren zurückzukehren, waren beide in Indien geblieben und lebten in einer Art Zurückgezogenheit und Einsamkeit, welche eine breitere Erklärung erfordern.

Als Banks mich dem Oberst Munro vorstellte, empfahl er mir nur eines:

»Erwähnen Sie mit keiner Silbe des Sipahi-Aufstandes«, sagte er, »und vorzüglich sprechen Sie niemals den Namen Nana Sahib aus!«

Der Oberst Edward Munro gehörte einer alten schottischen Familie an, deren Vorfahren sich in der Geschichte des Vereinigten Königreiches einen Namen gemacht hatten. Zu seinen Ahnen zählte er jenen Sir Hector Munro, der im Jahr 1760 die Armee von Bengalen befehligte und eine Empörung niederwarf, welche die Sipahis, fast genau ein Jahrhundert später, wieder erneuern sollten. Major Munro erstickte den Aufstand mit unerbittlicher Energie und scheute nicht davor zurück, an einem Tag achtundzwanzig Rebellen vor die Mündung von Kanonen binden und in Stücke schießen zu lassen – eine entsetzliche Hinrichtungsart, welche 1857 wiederholt zur Anwendung kam und deren Erfinder vielleicht jener Ahnherr des Obersten war.

Zur Zeit, als die Sipahis sich erhoben, befehligte Oberst Munro das 93. Regiment schottischer Infanterie der königlichen Armee. Er wohnte fast dem ganzen Feldzug unter dem Oberbefehl Sir James Outrams bei, jenes Helden dieses Krieges, der sich den Namen des »Bayard der indischen Armee« verdiente, wie Sir Charles Napier ihn bezeichnete. Mit diesem befand sich Oberst Munro also in Khanpur; er nahm teil an dem zweiten Feldzug Colin Campbells in Indien, wohnte der Belagerung von Laknau bei und verließ diesen berühmten Soldaten erst, als Outram zum Mitglied des Rates von Indien in Kalkutta ernannt worden war.

Im Jahr 1858 sehen wir den Oberst Sir Edward Monro als Kommandeur des Sternes von Indien, »the Star of India (K. C. S. J.)«. Er war zum Baronet erhoben worden und seine Gattin hätte damit den Titel Lady Munro* erhalten, wenn die Unglückliche nicht am 15. Juli 1857 bei dem schauerlichen Gemetzel in Khanpur – eine Bluttat, die sich unter den Augen und auf Befehl Nana Sahibs vollzog – umgekommen wäre.

Lady Munro – des Obersten Freunde nannten sie niemals anders – wurde von ihrem Gatten angebetet. Sie zählte kaum siebenundzwanzig Jahre, als sie, gleichzeitig mit zweihundert anderen Opfern, bei jener abscheulichen Schlächterei spurlos verschwand. Die nach der Einnahme von Laknau wie durch ein Wunder geretteten

*Eine Frau ohne Titel, welche einen Baronet oder Ritter heiratet, erhält den Titel Lady vor dem Namen ihres Mannes. Diese Bezeichnung als Lady darf aber nicht dem Taufnamen vorgesetzt werden, was allein den Töchtern des Peers gestattet ist.

Mistreß Orr und Miß Jackson hatten die eine ihren Gatten, die andere ihren Vater überlebt. Lady Munro sollte dem Oberst Munro nicht zurückgegeben werden. Es war sogar unmöglich, ihre mit denen der zahlreichen Opfer in dem Schachte von Khanpur vermengten Überreste wieder aufzufinden und ihr ein christliches Begräbnis zu bereiten.

In seiner Verzweiflung erfüllte Sir Edward Munro nur noch ein Gedanke, der einzige, Nana Sahib, den die englische Regierung allerwärts suchen ließ, aufzufinden und den ihn verzehrenden, gerechten Durst nach Rache zu löschen. Um in dieser Richtung minder beschränkt zu sein, hatte er den Abschied genommen. Der Sergeant Mac Neil folgte ihm auf Schritt und Tritt. Von demselben Geist beseelt, von demselben Gedanken getrieben und ein und dasselbe Ziel im Auge, verfolgten die beiden Männer jede Spur und forschten der geringsten Andeutung weiter nach, waren dabei aber nicht glücklicher als die englisch-indische Polizei. Nana Sahib entging allen ihren Nachforschungen. Nach drei Jahren fruchtlosen Bemühens mußten sich der Oberst und der Sergeant entschließen, vorläufig von weiteren Schritten abzusehen. Übrigens verbreitete sich zu eben jener Zeit in Indien das Gerücht von Nana Sahibs Tod, und zwar diesmal mit einem solchen Grad von Glaubwürdigkeit, daß man es nicht wohl länger bezweifeln durfte.

Sir Edward Munro und Mac Neil kehrten also nach Kalkutta zurück, wo sie sich in dem isolierten Bungalow festsetzten. Hier lasen sie weder Bücher noch Journale, welche an die blutige Zeit des Aufruhrs hätten erinnern können, und verließen niemals die Wohnung, in der der Oberst gleich einem Mann mit einem ziel- und zwecklosen Leben dahinvegetierte.

Die Nachricht von dem Wiedererscheinen Nanas in der Präsidentschaft Bombay – eine Neuigkeit, welche schon mehrere Tage von Mund zu Mund ging – schien nicht zur Kenntnis des Obersten gekommen zu sein. Und das war ein Glück zu nennen, denn er hätte den

Bungalow sofort verlassen.

Hierin bestanden etwa Banks Mitteilungen, bevor er mich in jenes Haus einführte, aus dem die Freude für immer verbannt war. Ebendeshalb sollte jede Andeutung an die Empörung der Sipahis und deren grausamsten Anführer Nana Sahib vermieden werden.

Nur zwei Freunde – zwei allseitig erprobte Freunde – besuchten fleißig das Haus des Obersten, der Ingenieur Banks und der Kapitän Hod.

Banks hatte, wie erwähnt, eben die ihm bei der Erbauung der Great Indian Peninsular-Eisenbahn übertragenen Arbeiten vollendet. Er war ein Mann von fünfundvierzig Jahren, in der ganzen Kraft seines Alters. Zwar sollte er nun auch an der, zur Verbindung des arabischen Golfs mit der Bai von Benguela zu errichtenden Madras-Bahn tätigen Anteil nehmen, doch konnten diese Arbeiten vor Ablauf eines Jahres schwerlich beginnen. Er genoß diese Muße also in Kalkutta, immer beschäftigt mit mechanischen Problemen, denn in ihm wohnte ein rastloser, fruchtbarer Geist, der stets mit irgendeiner neuen Erfindung schwanger ging. Außer dieser Tätigkeit widmete er jede Stunde dem Obersten, mit dem ihn eine zwanzigjährige Freundschaft verband. Fast jeden Abend verbrachte er unter der Veranda des Bungalows in Gesellschaft Sir Edward Munros und des Kapitän Hod, der eben einen zehnmonatigen Urlaub erhalten hatte.

Hod stand bei der 1. Eskadron der Karabiniers der königlichen Armee und hatte den ganzen Feldzug 1857–58 mitgemacht, erst unter Sir Colin Campbell in Audh und Rohilkhande, dann unter Sir H. Rose in den Zentralstaaten – ein Kampf, der mit der Einnahme von Gwalior endigte.

Der in der rauhen Schule Indiens erzogene Kapitän Hod, eines der hervorragenden Mitglieder des Clubs von Madras, rotblond von Bart und Haar, zählte nicht mehr als dreißig Jahre. Obwohl er der königlichen Armee zugehörte, hätte man ihn wohl für einen Offizier der eingebornen Truppen halten können, so sehr hatte er sich während seines Aufenthaltes auf der Halbinsel »indianisiert«. Auch durch Geburt hätte er nicht noch mehr Hindu werden können. Ihm erschien Indien als das Reich von Gottes Gnaden, das gelobte Land, das einzige, in dem ein Mann leben könnte und sollte. Hier konnte er alle seine Neigungen befriedigen. Soldat von Temperament, bot sich ihm unausgesetzt Gelegenheit, sich zu schlagen. Verweilte er als ausgedienter Jäger nicht in dem Lande, wo die Natur alles Raubgetier der Schöpfung neben allem Pelz- und Federwild der Neuen und Alten Welt vereinigt zu haben schien? Hatte er als leidenschaftlicher Bergsteiger nicht die imposante Kette von Tibet zur Hand, in der die höchsten Gipfel der Erde emporstreben? Was hinderte ihn als unerschrockenen Reisenden den Fuß dahin zu setzen, wohin vor ihm noch niemand gedrungen war, in jenen unnahbaren Regionen der Himalaja-Grenze? Fehlten ihm als enthusiasmiertem Turfisten die Rennbahnen Indiens, die in seinen Augen denen von Marche und Epsom gleichkamen? In letzterer Beziehung gingen seine und Banks' Ansichten allerdings weit auseinander. Als Vollbut-Mechaniker interessierte sich der Ingenieur nur sehr wenig für die Pferde-Heldentaten eines »Gladiator« oder einer »Tochter der Luft«.

Eines Tages, als ihm Kapitän Hod deshalb besonders zusetzte, erwiderte Banks, daß die Wettrennen eigentlich nur unter einer Bedingung ein höheres Interesse erwecken könnten.

»Und diese wäre?« fragte Hod.

»Die Aufstellung der Bedingung«, erklärte Banks ganz ernsthaft, »daß der zuletzt ankommende Jockey am Pfosten sofort füsiliert würde!«

»Das nenne ich eine Idee . . .!« antwortete einfach Hod.

Er wäre auch der Mann dazu gewesen, persönlich auf das Wagstück einzugehen.

Solcher Art waren die beiden fleißigen Gäste in Sir

Edward Munros Bungalow. Der Oberst hörte sie gern über allerlei plaudern, und ihre zäh fortgesetzten Reden und Gegenreden lockten manchmal sogar ein Lächeln auf seine Lippen.

Die beiden wackeren Leute begegneten sich jedoch in dem einen Wunsch, den Oberst zu einer Reise zu bestimmen, die ihm einige Zerstreuung bieten könnte. Schon wiederholt hatten sie den Vorschlag gemacht, nach dem Norden der Halbinsel zu gehen, um mehrere Monate in der Nähe jener »Sanitarien« zuzubringen, in welche sich die reiche anglo-indische Gesellschaft während der heißen Jahreszeit freiwillig flüchtet. Der Oberst war nie darauf eingegangen.

Auch bezüglich der von mir und Banks geplanten Reise hatten wir seine Meinung zu erforschen gesucht. Eben an jenem Abend kam das Gespräch wieder auf dieselbe. Der Leser weiß bereits, daß Kapitän Hod von nichts Geringerem sprach als von einer weitläufigen Fußtour nach dem Norden Indiens. Wenn Banks die Pferde nicht liebte, so war Hod ein Feind der Eisenbahnen. Beide befanden sich also in Widerspruch.

Ein Mittelweg hätte sich damit finden lassen, daß man, wie und wann es eben beliebte, im Wagen oder Palankin reiste, was auf den schönen und wohlerhaltenen Hauptstraßen von Hindostan ohne Schwierigkeit auszuführen ist.

»Reden Sie mir nicht von ihren Geschirren mit Ochsen oder buckligen Zebus!« rief Banks. »Ohne uns wären Sie noch heute auf diese primitiven Fuhrwerke beschränkt, von denen man in Europa schon seit fünfhundert Jahren nichts mehr wissen mochte.«

»Oho, Banks«, erwiderte Kapitän Hod, »mit Ihren Waggons und ihren Kramptons können sie sich wohl messen! Solche große weiße Büffel, welche im tüchtigen Galopp gehen und die man an jeder Poststation von zwei zu zwei Stunden wechselt . . .«

»Und die so eine Art vierrädriger Tartanen ziehen, in denen man mehr umhergeworfen wird, als die Fischer in ihren Booten auf bewegtem Wasser!«

»Ich sprach nicht von Tartanen, Banks«, antwortete Kapitän Hod. »Gibt es denn keine Wagen mit zwei, drei oder vier Pferden, die an Schnelligkeit mit Euern ›Convois‹, welche diesen traurigen Namen mit Recht führen,* wetteifern. Ich würde den einfachen Palantin vorziehen . . .«

»Nun gar Ihre Palankins, Kapitän Hod, wahrhafte Särge von sechs Fuß Länge und vier Fuß Breite, in denen man wie ein Leichnam eingebettet liegt!«

»Zugegeben, Banks, aber da gibt es kein Schütteln und kein Stoßen; man kann nach Belieben lesen, schreiben, schlafen, ohne an jeder Station aufgeweckt zu werden. In einem Palankin mit vier bis sechs bengalischen Gamals (Name der Palankinträger in Indien) legt man bequem vier und eine halbe Meile (gegen acht Kilometer) zurück, ohne, wie bei Ihren unbarmherzigen Expreßzügen, Gefahr zu laufen, daß man fast eher am Ziel anlangt, als man abgefahren ist.«

»Das beste«, warf ich da ein, »wäre doch, gleich sein Haus mitführen zu können!«

»Als Schnecke!« rief Banks.

»Lieber Freund«, antwortete ich, »eine Schnecke, die ihr Haus nach Belieben verlassen und auch wieder in dasselbe eintreten könnte, wäre wohl nicht allzu schwer zu beklagen. In seinem Haus zu reisen, das nach Wunsch da- oder dorthin rollt, das wäre ja die höchste Potenz des Fortschritts im Reisen!«

»Vielleicht«, sagte da Oberst Munro; »von der Stelle zu kommen, während man immer in seinen vier Pfählen weilt, seine ganze Umgebung und alle Erinnerungen, die daran hängen, mit sich zu nehmen, den Horizont, den Gesichtspunkt, Atmosphäre und Klima mit anderen zu vertauschen, ohne seine gewohnte Lebensweise zu ändern . . . ja, ja, . . . vielleicht!«

»Da umgeht man die für Reisende bestimmten Bun-

---

*Ein unübersetzbares Wortspiel, da »convoi« im Französischen sowohl »Eisenbahnzug«, als auch »Trauergeleit« bezeichnet.

galows«, fuhr Kapitän Hod fort, »in denen der Komfort immer zu wünschen übrigläßt, und worin man nur mit Erlaubnis der Ortsbehörden verweilen darf!«

»Ebenso wie die abscheulichen Gasthäuser, in denen einem moralisch und physisch das Fell über die Ohren gezogen wird!« bemerkte ich dazu nicht ohne Grund.

»Der Wagen der Quacksalber und Marktschreier!« rief Kapitän Hod, »aber in modernisierter Fasson! Welch' schöner Traum! Anzuhalten, wenn man will, abzufahren, wenn es beliebt, zu Fuß nebenherzugehen, wenn man spazieren will, im Galopp zu fahren, wenn es darauf ankommt, nicht nur ein Schlafzimmer mitzunehmen, sondern auch den Salon, das Speise- und Rauchzimmer und vor allem Küche und Koch dazu, das wäre ein Fortschritt, Freund Banks! Versuchen Sie, das zu widerlegen, Herr Ingenieur, versuchen Sie es!«

»Ei, ei, Freund Hod«, antwortete Banks, »ich wäre ja vollkommen Ihrer Ansicht, wenn ...«

»Wenn ...?« wiederholte der Kapitän achselzukkend.

»Wenn Sie in Ihrem Fortschrittsschnellauf nur nicht urplötzlich angehalten hätten.«

»Es gibt also noch Besseres?«

»Nun, hören Sie. Sie erklären das bewegliche Haus für überlegen dem Waggon, dem Salonwagen, sogar den Sleeping-cars der Eisenbahn. Sie haben recht, lieber Kapitän, wenn man Zeit zu verlieren hat, wenn man zum Vergnügen und nicht in Geschäften reist. Ich glaube, hierin stimmen wir alle überein?«

»Alle!« bestätigte man.

Der Oberst Munro nickte mit dem Kopfe als Zeichen seiner Zustimmung.

»Das ist also abgemacht«, fuhr Banks fort. »Nun weiter. Angenommen, Sie hätten sich an ein Doppelwesen, einen Wagenbauer-Architekten, gewendet und er erbaute Ihnen das gewünschte rollende Haus. Da steht es nun im besten Chic, allen Anforderungen eines Freundes des Komforts entsprechend. Es ist nicht allzu hoch, wodurch ihm das Umfallen erspart bleibt, nicht zu breit, um auf jedem Wege fort zu können, und sinnreich auf Federn befestigt, um leicht und bequem darin zu fahren. Mit einem Wort, es ist vollkommen. Ich nehme an, es wäre für unseren Freund, den Obersten, hergestellt worden. Er ladet uns alle ein. Wir wollen meinetwegen die nördlichen Teile Indiens besuchen, als Schnecken, aber als solche Schnecken, deren Schwanz nicht untrennbar mit dem Gehäuse verwachsen ist. Alles ist bereit. Man hat nichts vergessen ... nicht einmal den Koch und die Küche, die dem Kapitän so sehr am Herzen liegen. Der Tag der Abreise ist gekommen; man schickt sich dazu an. All right! ... Ja, wer wird es aber ziehen, Euer rollendes Haus, mein bester Freund?«

»Wer?« rief Kapitän Hod. »Nun, Maulesel, Esel, Pferde, Büffel!«

»Gleich zu Dutzenden?« fragte Banks.

»Elefanten!« versetzte Kapitän Hod, »Elefanten! Das wäre herrlich und majestätisch! Ein Haus gezogen von einem Elefantengespann, von wohldressierten, stolzen Tieren, welche davongehen und galoppieren trotz der besten Kutschpferde der Welt!«

»Das wäre großartig, Herr Kapitän.«

»Ein Rajah-Zug auf dem Lande, Herr Ingenieur.«

»Gewiß! Aber ...«

»Aber ... was? Gibt es noch ein Aber?« fiel ihm Kapitän Hod ins Wort.

»Ein großes Aber!«

»O über diese Ingenieure! Sie taugen zu nichts, als überall Schwierigkeiten zu wittern ...!«

»Und sie zu beseitigen, wenn das überhaupt möglich ist«, erwiderte Banks.

»So schaffen Sie sie beiseite!«

»Das werde ich, und zwar folgendermaßen. Alle jene bewegenden Kräfte, lieber Munro, welche der Kapitän da aufgezählt hat, sie gehen wohl, sie schleppen, sie ziehen, aber – sie ermüden auch. Sie werden widerspenstig, eigenwillig, vorzüglich aber brauchen alle – Futter. Sobald nun Mangel an Weiden eintritt, da man doch nicht wohl fünfhundert Acker Wiesen mitnehmen kann, so steht das Gespann still, verliert die Kräfte, stürzt, stirbt vor Hunger, das rollende Haus bewegt sich nicht weiter und bleibt ebenso auf demselben Flecke wie der Bungalow, in dem wir jetzt darüber sprechen. Daraus folgt, daß besagtes Haus nicht eher praktisch brauchbar werden wird, als bis es in der Gestalt eines Dampfhauses auftritt.«

»Das natürlich auf Schienen läuft!« rief der Kapitän achselzuckend.

»Nein, auf allen Wegen«, entgegnete der Ingenieur, »in dem es von einer verbesserten Straßenlokomotive gezogen wird.«

»Bravo!« jubelte der Kapitän, »bravo! Von der Stunde an, wo Ihr Dampfhaus nicht mehr auf einem Schienenweg rollt und gehen kann, wohin es will, ohne jenem gebieterischen Eisenstrang folgen zu müssen, bin ich gern dabei!«

»Aber«, warf Banks noch ein, »wenn Maulesel, Esel, Pferde, Büffel und Elefanten fressen, so braucht eine Maschine auch Nahrung, denn wenn es ihr an Brennmaterial fehlt, wird sie ebenso unterwegs stehenbleiben.«

»Ein Dampfroß«, antwortete Banks, »entwickelt die Kräfte von drei bis vier gewöhnlichen Pferden, und diese Leistung kann im Notfall auch noch gesteigert werden. Das Dampfroß unterliegt keiner Ermüdung, keiner Krankheit. Jederzeit, unter jeder Breite, jeder Sonne, unter Regen und Schnee geht es ohne Erschöpfung weiter. Es braucht nicht einmal die Angriffe wilder Tiere zu fürchten, nicht den Biß der Schlangen, nicht den Stich der Bremsen oder anderer lästiger Insekten. Es bedarf nicht des Stachels des Büffeltreibers, nicht der Peitsche der Wagenführer. Ihm ist ausruhen unnötig, der Schlaf unbekannt. Das aus der Hand des Menschen hervorgegangene Dampfroß ist, wenn man nur dessen Zweck im Auge behält und nicht auch von ihm erwartet, daß es einmal am Spieße gebraten werden könne, allen

Zugtieren überlegen, welche die Vorsehung den Menschen gegeben hat. Etwas Öl oder Fett, ein wenig Kohle oder Holz, das ist alles, was es verzehrt. Sie wissen aber, meine Freunde, daß auf der indischen Halbinsel an Wäldern kein Mangel ist und das Holz jedem gehört, der es nimmt.«

»Sehr schön«, rief Kapitän Hod. Ein Hurra dem Dampfrosse! Ich sehe schon des Ingenieur Banks' rollendes Haus auf den Landstraßen Indiens dahingezogen, wie es durch die Dschungeln dringt, schnaufend tief in die Wälder zieht, sich vorwagt bis zu der Höhle des Löwen, des Panthers, Tigers, des Bären, Leoparden und des Gepards; unter dem Schutze seiner Mauern erlegen wir Hekatomben von Raubtieren und stechen die Anderson, Gérard, Pertuiset, Chassaing und alle Nimrode der Welt aus! O Banks, mir läuft das Wasser im Munde zusammen, Sie lassen es mich bedauern, nicht fünfzig Jahre später geboren zu sein!«

»Und weshalb, Herr Kapitän?«

»Weil Ihr Traum in fünfzig Jahren in Erfüllung gehen und das Dampfhaus gebaut sein wird.«

»Das ist schon so gut wie geschehen«, antwortete einfach der Ingenieur.

»Geschehen und vielleicht durch Sie ...?«

»Durch mich, und ich fürchte dabei nur das eine, daß es Ihren Traum noch übertreffen dürfte ...«

»Ans Werk, Banks, ans Werk!« rief Kapitän Hod, der wie von einem elektrischen Schlag getroffen aufsprang und zur Abreise schon bereit schien.

Der Ingenieur beruhigte ihn durch eine Handbewegung, dann wendete er sich mit ernster Stimme an Sir Edward Munro.

»Edward«, sagte er, »wenn ich dir ein rollendes Haus zur Verfügung stelle, wenn ich nach einem Monat bei Eintritt der besseren Jahreszeit komme und zu dir sage: Hier ist dein Zimmer, das sich fortbewegt und geht, wohin du willst, hier deine Freunde, Maucler, Kapitän Hod und ich, welche lebhaft wünschen, dich auf einem Ausflug nach dem Norden Indiens zu begleiten, wirst du mir dann antworten: ›Brechen wir auf, Banks, brechen wir auf, und möge der Gott der Reisenden uns behüten‹?«

»Ja, meine Freunde«, antwortete Oberst Munro nach kurzer Überlegung. »Banks, ich stelle dir die nötigen Mittel zur Verfügung. Halte dein Versprechen! Bring uns das ideale Dampfhaus, das Hods Träume noch übertrifft, und wir streifen durch ganz Indien!«

»Hurra! Hurra! Hurra!« rief Kapitän Hod, »und wehe dem Raubzeug an den Grenzen von Nepal!«

Da erschien, herbeigelockt durch die Hurras des Kapitäns, der Sergeant Mac Neil in der Tür.

»Mac Neil«, redete der Oberst ihn an, »wir reisen in einem Monat nach dem Norden von Indien ab. Du bist doch dabei?«

»Selbstverständlich, Herr Oberst, da Sie ja dabei sind!« antwortete der Sergeant Mac Neil.

Drittes Kapitel

Der Aufstand der Sipahis

Einige Zeilen werden uns im allgemeinen darüber belehren, in welchem Zustand sich Indien zur Zeit unserer Erzählung befand, und vorzüglich über jenen gewaltigen Aufstand der Sipahis, dessen Hauptzüge wir im folgenden vorführen.

Im Jahre 1600 unter der Regierung Elisabeths entstand auf dem heiligen Boden von Aryawarta, inmitten einer Bevölkerung von 200 Millionen Seelen, von der 112 Millionen der Hindu-Religion angehörten, die ehrenwerte Indische Compagnie, bekannt unter dem Spitznahmen »Old John Company«.

Dieselbe bildete anfangs nur eine »Vereinigung von Kaufleuten, die mit Ostindien in Verkehr standen« und an deren Spitze der Herzog von Cumberland trat.

Jener Zeit nahm die in Indien früher so ausgedehnte Macht Portugals schon merklich ab. Die Engländer machten sich diese Verhältnisse zunutze und schritten zu dem Versuche, in der Präsidentschaft Bengalen, deren Hauptstadt Kalkutta der Mittelpunkt einer neuen Regierung werden sollte, eine politische und militärische Administration einzuführen. Zuerst besetzte die Provinz das von England geschickte 39. Regiment der königlichen Armee. Daher stammt die Inschrift, welche es noch jetzt auf seiner Fahne führt, »Primus in Indiis«.

Inzwischen war, ziemlich zu derselben Zeit und unter der Patronage Colberts, eine französische Gesellschaft zusammengetreten, welche das nämliche Ziel verfolgte, wie die Vereinigung der Londoner Kaufleute. Aus dieser Rivalität entstanden natürlich manche Reibungen und langdauernde Kämpfe mit wechselndem Erfolg, in welche sich unter anderen die Dupleix, Labourdonnais und Lally Tollendal auszeichneten. Zuletzt mußten die von der Übermacht erdrückten Franzosen Karnatik verlassen, jenes Gebiet der Halbinsel, das einen Teil der östlichen Küste umfaßt.

Von den früheren Mitbewerbern befreit und weder von Portugal noch von Frankreich etwas fürchtend, strebte Lord Clyve danach, den Erwerb Bengalens zu sichern, zu dessen General-Gouverneur Lord Hastings ernannt wurde. Zum Zweck einer brauchbaren und dauernden Administration wurden nun verschiedene Reformen durchgesetzt. Als die so mächtige und alles in sich aufnehmende Indische Compagnie aber auf der Höhe ihrer Macht stand, traf sie ein Schlag, der ihre wichtigsten Lebensinteressen verletzte. Einige Jahre später, im Jahr 1784, brachte Pitt noch mehrere Abänderungen ihrer ursprünglichen Charte in Vorschlag. Die Gewalt sollte danach in die Hand der Räte der Krone übergehen. Die Folge dieser neuen Ordnung der Dinge war, daß die Compagnie im Jahre 1813 das Monopol des Handels in Indien und 1833 das chinesische Handelsmonopol verlieren sollte.

Hatte England nun auch nicht ferner mit fremden Mächten auf der Halbinsel zu kämpfen, so mußte es doch viele langwierige Kriege führen, teils mit den früheren Besitzern des Landes, teils mit den letzten asiatischen Eroberern dieser Gebiete.

Hierher gehört z. B. unter Lord Cornwallis, 1784, der Kampf gegen Tippo Sahib, der am 4. Mai 1799 beim letzten Angriff des General Harris auf Seringapatam getötet wurde. Ferner der Krieg mit den Maharatten, einer im 18. Jahrhundert noch sehr mächtigen Rasse, sowie der Kampf mit den Pindarris, welche so heldenmütigen Widerstand leisteten. Ferner der Krieg gegen die Gourgkhas von Nepal, jene kühnen Bergbewohner, die sich bei der harten Probe des Jahres 1857 als treue Verbündete der Engländr bewähren sollten. Endlich der Krieg mit den Birmanen, 1823–1824.

Im Jahre 1828 waren die Engländer, direkt oder indirekt, die Herren eines großen Teiles des Reiches. Mit Lord William Bentinck begann eine neue administrative Ära.

Seit Regulierung der Wehrkräfte Indiens hatte die Armee von jeher aus zwei völlig verschiedenen Kontingenten bestanden, aus dem europäischen Heeresteil und dem der Eingebornen oder Natifs. Der erstere bildete die königliche Armee mit Kavallerie-Regimentern, Infanterie-Bataillonen und mehreren Bataillonen europäischer Infanterie im Dienst der Indischen Compagnie; der zweite bestand aus der Natifs-Armee und enthielt Infanterie- und Kavallerie-Bataillone, doch wurden die Eingeborenen von englischen Offizieren befehligt. Hierzu trat noch die Artillerie, deren der Compagnie angehörende Mannschaften, mit Ausnahme einiger Batterien, lauter Europäer waren.

Die Kopfzahl dieser Regimenter oder Bataillone, welche in der königlichen Armee ohne Unterschied so bezeichnet werden, erreichte für die Infanterie 1100 Mann per Bataillon, bei der Armee von Bengalen, von 800–900 bei den Armeen von Bombay und Madras; bezüglich der Kavallerie rechnete man 600 Säbel auf jedes Regiment beider Armeen.

Nach den sehr genauen Angaben de Velbezens, in seinem höchst beachtenswerten Buche »Neue Studien über die Engländer und Indien«, 1857, konnte man »die eingeborenen Truppen auf 200.000, die europäischen Truppen aus allen drei Präsidentschaften auf 45.000 schätzen«.

Die Sipahis, ein reguläres Corps unter englischen Offizieren, waren von jeher nicht abgeneigt, das Joch der europäischen Disziplin abzuschütteln, das ihre Besieger ihnen aufbürdeten. Schon im Jahre 1806 hatte die in Vallore kantonierende Garnison von Madras, vielleicht auf Anstiften des Sohnes Tippo Sahibs, die Feldwache des 69. Regimentes der königlichen Armee ermordet, die Kaserne in Brand gesteckt, die Offiziere und deren Familien umgebracht und selbst in den Lazaretten die kranken Soldaten erschossen. Was war aber die Ursache dieser Empörung, wenigstens die äußerliche? Angeblich eine die Schnurrbärte, die Haartracht und die Ohrringe betreffende Frage, in Wahrheit der Haß der Unterdrückten gegen die Sieger.

Diese erste Erhebung wurde durch die in Ascol garnisonierende königliche Macht schnell niedergeworfen.

Ein ähnlicher Grund – auch nur ein Vorwand – sollte auch 1857 den ersten Anstoß zu der Erhebung geben, zu einem weit furchtbareren Aufstand, der vielleicht die Macht Englands in Indien vernichtet hätte, wenn die eingeborenen Truppen der Präsidentschaften Madras und Bombay sich an demselben beteiligten.

Vor allem muß man aber vor Augen behalten, daß dieser Aufstand des nationalen Charakters entbehrte. Die Hindus des Landes wie der Städte hielten sich demselben vollständig fern. Übrigens beschränkte er sich auf die halb unabhängigen Staaten Zentral-Indiens, auf die Nordwest-Provinzen und das Königreich Audh. Das Pendjab mit seinen drei Schwadronen Kaukasus-Indiern blieb den Engländern treu. Treu blieben auch die

Shiks, jene Arbeiter der unteren Kaste, die sich bei der Belagerung Delhis besonders auszeichneten; ferner die Gourgkhas, welche der Rajah von Nepal in der Zahl von 12.000 zur Belagerung Laknaus herbeiführte; endlich die Maharajahs von Gwalior und Pattyala, der Rajah von Rampore, die Rani von Bhopal, welche ihre militärische Ehre bewahrten, oder, um den unter den Natifs von Indien gewöhnlichen Ausdruck zu gebrauchen, »dem Salz treu blieben«.

Zu Anfang der Empörung stand der General-Gouverneur Lord Canning an der Spitze der Verwaltung. Vielleicht täuschte sich dieser Staatsmann über die Tragweite der Bewegung. Schon seit einigen Jahren erblich der Stern des Vereinigten Königreichs sichtlich am Hindu-Himmel. Der Rückzug aus Kabul 1848 verminderte das frühere Ansehen der europäischen Eroberer nur noch mehr. Auch im Krim-Krieg befand sich die englische Armee nach manchen Seiten hin nicht auf der Höhe der Situation. Da dachten die Sipahis, welche von den Vorfällen am Schwarzen Meer eingehend Nachrichten erhielten, schon an die Möglichkeit, daß eine Erhebung der eingeborenen Truppen wohl von Erfolg sein könne. Es bedurfte nur noch eines Funkens zur Entflammung der Gemüter, die durch ihre Dichter und Sänger, die Brahmanen und die »Moulvis«, hinlänglich vorbereitet waren.

Diese Gelegenheit bot sich 1857, als der Bestand der königlichen Armee in Folge äußerer Verwicklungen gerade nicht unerheblich geschwächt war.

Zu Anfang genannten Jahres begab sich Nana Sahib, oder Nabab Dandou-Pant, der in der Nähe von Khanpur residierte, erst nach Delhi und dann nach Laknau, offenbar um die von langer Hand her vorbereitete Erhebung ins Leben zu rufen.

Wirklich brach kurze Zeit nach der Abreise Nanas die insurrektionelle Bewegung offen aus.

Die englische Regierung hatte in der Natifs-Armee eben die Einfield-Büchse eingeführt, bei deren Gebrauch eingefettete Patronen in Anwendung kommen. Da verbreitete sich plötzlich das Gerücht, dieses Fett rühre teils von Kühen, teils von Schweinen her, je nachdem die Patronen für die Hindus oder Muselmanen der eingeborenen Armee bestimmt seien.

In einem Land nun, in welchem sich die Einwohner sogar der Seife enthalten, weil das Fett eines geheiligten oder verbotenen Tieres in deren Zusammensetzung eingegangen sein könne, konnte die Verwendung solcher mit Fett bestrichenen Patronen, die übrigens mit den Zähnen errissen werden mußten, nicht ohne Schwierigkeit durchgeführt werden. Die Regierung trug den ihnen gemachten Vorstellungen teilweise Rechnung; trotzdem aber, daß sie die Handhabung des Gewehrs modifizierte und die Versicherung gab, daß zu den Patronen kein solches verpöntes Fett verwendet werde, gelang es ihr damit doch nicht, in der Armee der Sipahis auch nur einen Mann zu überzeugen und zu beruhigen.

Am 24. Februar verweigerte das 34. Regiment in Berampore die Entgegennahme der Patronen. Mitte März wird ein Adjutant ermordet und trägt das nach Hinrichtung der Mörder entlassene Regiment den Keim der Empörung in die benachbarten Provinzen.

Am 10. Mai erheben sich in Miral, etwas nördlich von Delhi, das 3., 11. und 20. Regiment, die Meuterer ermorden ihre Obersten und einige Stabsoffiziere; plündern die Stadt und ziehen sich dann nach Delhi zurück. Dort schließt sich ihnen der Rajah, ein Nachkomme Timurs, an, das Zeughaus fällt in ihre Hand und die Offiziere des 54. Regimentes werden niedergemetzelt.

Am 11. Mai werden in Delhi der Gouverneur Fraser und seine Offiziere, sogar im Palaste des europäischen Kommandanten, schonungslos massakriert, und am 16. Mai fallen neunundvierzig Gefangene, Männer, Frauen und Kinder, unter dem Beile der Mörder.

Am 20. Mai tötete das nahe bei Lahore kantonierende Regiment den Hafenkommandanten und den europäischen Sergeant-Major.

Nun war die fürchterlichste Metzelei in Gang gebracht.

Am 28. Mai fallen in Nourabad weitere Opfer unter den anglo-indischen Offizieren.

Am 30. Mai im Kantonnement von Laknau, Ermordung des Brigade-Kommandanten, seines Adjutanten und mehrerer Offiziere.

Am 31. Mai zu Bareilli in Rohilkhande, Niedermetzelung einiger überraschter Offiziere, die sich nicht zu verteidigen vermögen.

Am nämlichen Tag, in Shajahanpore, Ermordung des Steuereinnehmers und einer Anzahl Offiziere durch Sipahis vom 38. Regiment, und am nächsten Tag, jenseits Barvar, Überfall und Abschlachtung vieler Offiziere, Frauen und Kinder, auf der Flucht nach der eine Meile von Aurungabad gelegenen Station Sivapore.

In den ersten Tagen des Juni in Bhopal, Ermordung eines Teiles der europäischen Einwohnerschaft, und in Jansi, unter der Hetzerei der furchtbaren abgesetzten Rani, grausame Abschlachtung vieler in das Fort geflüchteten Frauen und Kinder.

Am 6. Juni erliegen in Allahabad sechs junge Fähnriche den Streichen der Sipahis.

Am 14. Juni Erhebung zweier Natifs-Regimenter in Gwalior und Ermordung der Offiziere.

Am 27. Juni, in Khanpur, die erste Hekatombe von Opfern jeden Alters und Geschlechts, welche erschossen oder ertränkt werden, das Vorspiel zu dem furchtbaren Drama, das mehrere Wochen später Schrecken und Entsetzen verbreiten sollte.

In Holkar, am 1. Juli, Ermordung von 34 Europäern, Offizieren, Frauen und Kindern, Plünderung, Brandstiftung, und in Ugow gleichzeitig Ermordung des Obersten und des Adjutanten vom 23. Regiment der königlichen Armee.

Am 15. Juli zweiter Massenmord in Khanpur. An diesem Tag wurden mehrere Kinder und Frauen – unter diesen auch Lady Munro – mit einer Grausamkeit ohnegleichen auf Befehl Nana Sahibs umgebracht, der die muselmännischen Metzger aus den Schlachthäusern dabei Hilfe leisten ließ. Es gab ein schreckliches Gemetzel, nach dem die Körper der Erschlagenen in einen legendenhaft gewordenen Schacht gestürzt wurden.

Am 26. September säbelte man auf einem Platz Laknaus, der seitdem der »Square der Bahren« genannt wird, zahlreiche schon Verwundete nieder und warf sie noch lebend ins Feuer.

In den Städten und auf dem Land kamen daneben noch viele vereinzelte Mordtaten vor, welche dieser Erhebung den Stempel der wildesten Grausamkeit aufdrückten.

Auf diese Schandtaten antworteten die englischen Generale sofort mit entsprechenden Repressalien, welche vielleicht notwendig sein mochten, um dem englischen Namen unter den Empörern Achtung einzuflößen, die aber an und für sich wirklich furchtbar waren.

Im Anfang der Erhebung hatte der Ober-Auditeur Montgommery und der Brigadier Corbett unter dem Schutz von zwölf Kanonen mit brennender Lunte ohne Blutvergießen das 8., 16., 26. und 49. Regiment der eingeborenen Armee zu entwaffnen vermocht. Ebenso hatten das 62. und 29. Regiment in Moultan, ohne ernsthaften Widerstand leisten zu können, die Waffen ablegen müssen. Auch in Peschavar wurden das 24., 27. und 51. Regiment durch den Brigadier S. Colton und den Oberst Nicholson kurz vor Ausbruch eines Aufstandes entwaffnet. Auf die Köpfe der entflohenen Offiziere des 51. Regimentes wurden Preise ausgeschrieben und alle durch die Bewohner der benachbarten Berge bald wieder zugeführt.

Das war der Anfang der Repressalien.

Eine von Oberst Nicholson kommandierte Kolonne setzte sich gegen ein nach Delhi marschierendes Natifs-Regiment in Bewegung. Letzteres wurde bald erreicht, geschlagen, zerstreut, und hundertzwanzig Gefangene kehrten nach Peschavar zurück, die alle sofort zum Tode verurteilt, aber nur jeder dritte Mann erschossen wurden. Auf dem Exerzierplatz fuhr man zehn Kanonen auf, vor die Mündung einer jeden wurde je ein Gefangener gebunden, und viermal gaben die zehn Kanonen Feuer, wobei sie die Umgebung mit unförmlich zerfetzten Stücken der Toten bedeckten, über denen eine von dem verbrannten Fleisch verpestete Atmosphäre lagerte.

Nach Valbezen starben diese Verurteilten fast alle mit jenem heroischen Gleichmut, den die Inder gegenüber dem Tode so gut zu bewahren wissen.

»Herr Kapitän«, sagte zu einem der die Exekution leitenden Offizier ein hübscher Sipahi von zwanzig Jahren, während er das furchtbare Todesinstrument mit der Hand streichelte, »Herr Kapitän, Sie brauchen mich nicht festbinden zu lassen, ich habe keine Lust zu entfliehen!«

Das war die erste, entsetzliche Hinrichtung, der noch so viele folgen sollten.

Der Tagesbefehl, welchen an jenem Tag der Brigadier Chamberlain in Lahore nach Hinrichtung zweier Sipahis vom 55. Regiment erließ, lautete übrigens wie folgt:

»Ihr habt eben gesehen, wie zwei Eurer Kameraden lebend vor den Lauf der Kanonen gebunden und in Stücke zerrissen wurden; die gleiche Strafe wird jeden Verräter treffen. Euer Bewußtsein wird Euch die Leiden verkünden, welchen jene in der anderen Welt unterliegen. Die beiden Soldaten wurden durch Kanonen und nicht durch den Galgen vom Leben zum Tode befördert, weil ich ihnen die Verunreinigung durch die Berührung des Henkers ersparen und den Beweis liefern wollte, daß die Regierung auch in diesen Tagen der Gefahr nichts tun will, was Euren religiösen und Kasten-Anschauungen zu nehe treten könnte.«

Am 30. Juli fielen nach und nach 1237 Gefangene von den Kugeln und fünfzig andere entgingen demselben Tod nur dadurch, daß sie in dem Gefängnis, worin man sie verwahrte, vorher vor Hunger starben oder erstickten.

Am 28. August wurden von 870 Sipahis, die aus Lahore flohen, von den Soldaten der königlichen Armee nicht weniger als 650 ohne Erbarmen niedergemacht.

Nach der Einnahme von Delhi, am 23. September, ergaben sich drei Prinzen der königlichen Familie, der präsumtive Thronerbe und seine beiden Vettern auf Gnade und Ungnade dem General Hudson, der sie mit einer Bedeckung von nur fünf Mann durch eine drohende Menge von wenigstens fünftausend Hindus – 1 gegen 1000 – abführte. Auf halbem Weg ließ Hudson den Wagen mit den Gefangenen anhalten, stieg selbst ein, befahl ihnen, die Brust zu entblößen, und streckte alle durch drei Revolverschüsse nieder.

»Diese blutige Exekution von der Hand eines englischen Offiziers«, sagt Velbezen, »erregte im Pandjab die höchste Bewunderung.«

Nach der Einnahme von Delhi endigten 300 Gefangene durch die Kanonen oder den Galgen, unter ihnen neunundzwanzig Angehörige der königlichen Familie. Freilich hatte die Belagerung der Stadt 2151 Europäer und 1686 Eingeborene gekostet.

In Allahabad ereigneten sich entsetzliche Menschenschlächtereien, weniger unter den Sipahis, als unter dem anderen Volk, das von Fanatikern fast unbewußt zum Plündern veranlaßt worden war.

Am 16. September bedeckten in Laknau die Leichen von zweitausend erschossenen Sipahis einen Raum von hundertfünfzig Meter im Quadrat.

Nach dem Massaker in Khanpur zwang der Oberst Neil die Verurteilten, bevor er sie dem Galgen überlieferte, je nach ihrer Kaste, jeden Blutfleck, der sich noch in dem Hause vorfand, in dem vormals jene Opfer fielen, zu reinigen und mit der Zunge abzulecken. Vom Standpunkt der Inder aus war das die schimpflichste Entehrung vor dem Tod.

Während der Expedition in Zentral-Indien folgten sich die Hinrichtungen der Gefangenen unaufhörlich, und unter dem Knattern der Gewehre »sanken ganze

Mauern von Menschenfleisch zur Erde«.

Bei Gelegenheit der zweiten Belagerung von Laknau wurde nach dem Angriff auf das Gelbe Haus am 9. März, nachdem viele Sipahis niedergemetzelt waren, einer der unglücklichen Gefangenen von den Shiks, und noch dazu unter den Augen der englischen Offiziere, lebendig geröstet.

Am 11. füllten fünfzig Leiber der Sipahis die Gräben des Palastes der Begum in Laknau, ohne daß auch nur ein Verwundeter von den Soldaten, die sich nicht mehr zu zügeln vermochten, verschont worden wäre.

An zwölf Gefechtstagen kamen 3000 Natifs durch den Strick oder die Kugel ums Leben, und unter ihnen 380 auf der Insel Hidaspe angesammelte Flüchtlinge, die sich bis nach Kaschmir zu retten vermocht hatten.

Alles in allem, und ohne die Sipahis zu zählen, welche mit den Waffen in der Hand getötet wurden, findet man, daß bei diesen unbarmherzigen Repressalien, bei denen von Gefangenen keine Rede sein konnte, nur in dem Pendjab-Feldzug nicht weniger als 628 Eingeborene durch die Militärbehörden entweder standrechtlich erschossen oder vor die Mündung der Kanonen gebunden wurden, neben 1370 Mann, welche von den Zivilbehörden, und 386, die auf Anordnung beider öffentlichen Gewalten gehenkt wurden.

Zu Anfang des Jahres 1859 schätzte man die Zahl der hingeschlachteten eingeborenen Offiziere und Soldaten auf 120.000, neben 200.000 Zivielpersonen, die für ihre, manchmal gewiß zweifelhafte Teilnahme an dem Aufstand mit dem Leben büßen mußten. Eine schreckliche Wiedervergeltung, gegen welche Gladstone im englischen Parlament gewiß mit Recht protestierte.

Für die folgende Erzählung erscheint es wichtig, die Bilanz dieses ungeheuren Nekrologs zu ziehen, weil der Leser daraus ersieht, welch' ungelöschter Haß in den Herzen der nach Rache dürstenden Besiegten ebenso zurückbleiben mußte wie in denen der Sieger, die noch zehn Jahre später Trauer trugen um die Opfer von Khanpur und Laknau.

Die eigentlichen militärischen Vorgänge in dem gegen die Rebellen geführten Feldzug bestehen aus folgenden Expeditionen, die wir hier in Kürze aufzählen.

Den Anfang macht der Feldzug im Pendjab, der Sir John Laurence das Leben kostete.

Dann kommt die Belagerung von Delhi, jenes durch Tausende von Flüchtlingen verstärkten Mittelpunktes der Rebellion, in welchem Mohammed Schah Bahadour zum Kaiser von Hindostan ausgerufen wurde.

»Machen Sie mit Delhi ein Ende!« hatte der General-Gouverneur in seiner letzten Depesche an den kommandierenden General gebieterisch verlangt, und die in der Nacht des 13. Juni begonnene Belagerung endigte am 19. September, nachdem die Generale Sir Harry Barnard und John Nicholson dabei gefallen waren.

Zur gleichen Zeit begann General Havelock, nachdem Nana Sahib sich hatte zum Peischwah erklären und in der Zitadelle von Bilhour krönen lassen, seinen Marsch auf Khanpur.

Er erzwang sich den Eingang am 17. Juli, leider zu spät, um die letzte Metzelei zu verhindern und sich Nanas zu bemächtigen, dem es glückte, mit 5000 Mann und 40 Geschützen zu entkommen.

Nachher unternahm Havelock seinen ersten Zug in das Königreich Audh und überschritt mit nur 17.000 Mann und zehn Kanonen am 28. Juli den Ganges, auf dem Weg nach Laknau.

Nun traten auch Sir Colin Campbell und Generalmajor Sir James Outram mit ins Feld. Die Belagerung von Laknau nahm siebenundachtzig Tage in Anspruch und kostete Sir Henri Lavrence und dem General Havelock das Leben. Darauf bereitete sich Colin Campbell, nachdem er gezwungen worden war, nach Khanpur zurückzukehren, das er nun dauernd in seine Gewalt brachte, zu einem zweiten Zug vor.

Inzwischen entsetzten andere Truppen Mohir, eine Stadt Zentral-Indiens, und machten einen Vorstoß durch Malva, der die englische Autorität in jenem Königreich wieder herstellte.

Anfangs 1858 begannen Campbell und Outram in Audh einen zweiten Feldzug mit vier Divisionen Infanterie, welche von den Generalmajoren Sir James Outram, Sir Edward Lugar und den Brigadiers Walpole und Franks befehligt wurden. Die Kavallerie stand unter Sir Hope Grant, die Spezialwaffen unter Wilson und Robert Napier, – zusammen etwa 25.000 Kombattanten, denen sich noch der Rajah von Nepal mit gegen 12.000 Gourgkhas anschloß. Die Rebellen-Armee der Begum zählte auch nicht weniger als 120.000 Mann und die Stadt Laknau 700–800.000 Einwohner. Der erste Angriff ging am 6. März vor sich. Am 16. waren die Engländer nach einer Reihe von Gefechten, bei denen der Seekapitän Sir William Peel und der Major Hudson fielen, im Besitz des auf der Goumti gelegenen Teiles der Stadt. Trotz dieser errungenen Vorteile leisteten die Begum und ihre Söhne im Palast des Mousa Bagh, im äußersten Nordwesten von Laknau, hartnäckigen Widerstand, und auch der Moulvi, der mohammedanische Chef des Aufstandes, der in das Zentrum der Stadt geflüchtet war, schlug es aus, sich zu ergeben. Ein Angriff Outrams am 19. und ein glücklicher Kampf am 21. brachten den Engländern endlich den vollen Besitz dieses furchtbaren Bollwerkes des Aufstandes der Sipahis.

Mit dem Monat April trat die Erhebung in ihre letzte Phase. Es wurde noch ein Zug nach Rohilkande unternommen, wohin sich eine große Menge flüchtiger Rebellen zurückgezogen hatte. Zuerst wendeten sich die Anführer der königlichen Armee gegen Bareilli, die Hauptstadt des Königreichs. Zu Anfang ging es dabei nicht besonders glücklich. Bei Judgespore erlitten die Engländer sogar eine Art Niederlage. Der Brigadier Adrien Hope ward getötet. Gegen Ende des Monats aber kam Campbell an, nahm Schah-Jahanpore wieder ein und griff am 5. Mai Bareilli selbst an, das er in Brand schoß und überwältigte, ohne freilich das Entweichen der Rebellen verhindern zu können.

Inzwischen eröffnete Sir Hugh Rose seinen Feldzug in Zentral-Indien. In den ersten Tagen des Januar 1858 marschierte dieser General quer durch das Königreich Bhopal nach Saungor, befreite dessen Besatzung am 3. Februar, nahm zehn Tage später das Fort von Gurakota ein, erzwang den Durchgang durch die Defilés der Vindhyas-Kette im Passe von Mandanpore, überschritt die Betiva, gelangte nach Jansi, das von 11.000 Aufständischen unter Führung der wilden Rani verteidigt wurde, zernierte es unter brennender Hitze am 22. März, entsandte dann 2000 Mann von der Belagerungs-Armee, um 20.000 Mann des Kontingents von Gwalior, die der berüchtigte Tantia-Topi befehligte, den Weg zu versperren, warf den genannten Rebellen-Chef über den Haufen, griff die Stadt am 2. April an, erstürmte die Mauern, eroberte die Zitadelle, aus der die Rani mit genauer Not entkam, nahm dann die Operationen gegen das Fort von Calpi auf, in dem die Rani und Tantia-Topi zu sterben entschlossen waren, bemächtigte sich desselben durch einen heldenmütigen Sturm am 22. Mai, machte sich von hier aus zur Verfolgung der Rani und ihres Begleiters auf, die sich nach Gwalior geworfen hatten, zog daselbst am 16. Juni seine zwei Brigaden zusammen, die durch den Brigadier Napier noch weitere Verstärkungen erhielten, vernichtete die Aufständischen in Morar, unterwarf den Platz selbst am 18. und kehrte nach einem wirklichen Triumphzug nach Bombay zurück.

Während eines Vorpostengefechtes vor Gwalior fand auch die Rani ihr Ende. Diese dem Nabab völlig ergebene, gefürchtete Königin, seine treueste Bundesgenossin während des ganzen Aufstandes, fiel von Sir Edward Munros eigener Hand. Nana Sahib über der Leiche der Lady Munro in Khanpur, und der Oberst über der Leiche der Rani in Gwalior, das waren zwei Männer, welche den Aufstand und die Unterdrückung repräsentierten, zwei Feinde, deren Haß schreckliche Folgen haben mußte, wenn sie sich einmal begegneten.

Von nun an kann man den Aufstand als gezügelt ansehen, höchstens mit Ausnahme einzelner Teile des Königreichs Audh. Campbell zog deshalb am 2. November noch einmal ins Feld, bemächtigte sich der letzten Stellungen der Rebellen und nötigte noch einige hervorragende Führer zur Unterwerfung. Einer derselben, Beni Madho, wurde indes nicht ergriffen. Im Laufe des Dezembers hörte man, daß er sich in einen Grenzdistrikt von Nepal zurückgezogen habe. Man behauptete auch, daß sich Nana Sahib, Balao Rao, sein Bruder, und die Begum von Audh, bei ihm befänden. In den letzten Tagen des Jahres tauchte dann das Gerücht auf, die Genannten hätten auf Rapti, nahe der Grenze zwischen Nepal und Audh, Zuflucht gesucht. Campbell bedrängte sie ohne Unterlaß, doch gelang es ihnen, die Grenze zu überschreiten. Erst Anfang Februar 1859 vermochte eine englische Brigade, von der ein Regiment unter dem Befehl des Oberst Munro stand, sie in Nepal weiter zu verfolgen. Beni Madho fand dabei den Tod, die Begum von Audh und ihr Sohn dagegen wurden gefangen und erhielten Erlaubnis, in der Hauptstadt von Nepal zu wohnen. Nana Sahib und Balao Rao hielt man schon lange für tot. Sie waren es nicht.

Jedenfalls durfte man den furchtbaren Aufstand als unterdrückt betrachten. Tantia-Topo wurde durch seinen Leutnant Man Singh ausgeliefert, zum Tode verurteilt, und am 15. April in Sipei hingerichtet. Der Rebell, »eine wirklich beachtenswerte Erscheinung in dem Drama des indischen Aufstandes«, sagt de Valbezen, »der sich als ein politischer Kopf voll der kühnsten Pläne erwies«, starb mutig auf dem Schafott.

Das Ende der Erhebung der Sipahis, welche den Engländern vielleicht Indien gekostet hätte, wenn sie sich über die ganze Halbinsel verbreitet und vorzüglich, wenn der Aufstand einen nationalen Charakter gehabt hätte, verursachte doch auch die Auflösung der ehrenwerten Ostindischen Compagnie.

Schon seit Ende des Jahres 1857 bedrohte Lord Palmerston den Hof der Direktoren mit deren Absetzung.

Am 1. November 1858 verkündete eine in zwanzig Sprachen veröffentlichte Bekanntmachung, daß Ihre Majestät Victoria Beatrix, Königin von Großbritannien, das Zepter von Indien ergreife, zu dessen Kaiserin sie mehrere Jahre später erhoben werden sollte.

Es war das das Werk des Lord Stanley.

Die wichtigste Anordnung der neuen Regierung bestand darin, daß der Titel eines Vizekönigs an Stelle desjenigen eines Gouverneurs trat, ein Staatssekretär und fünfzehn Mitglieder der Zentralregierung, wie die Mitglieder des Rates von Indien aus dem indischen Dienst neu aufgestellt, die Gouverneure der Präsidentschaften Madras und Bombay von der Königin ernannt, die Beamten des indischen Dienstes und die Oberkommandanten aber von dem Staatssekretär erwählt wurden.

Die königliche Armee zählt jetzt 17.000 Mann mehr als vor dem Sipahi-Aufstand, nämlich 52 Regimenter Infanterie, 9 Regimenter Füsiliere und eine beträchtliche Artillerie, 500 Säbel für jedes berittene Regiment und 700 Bajonette in jedem Infanterie-Regiment.

Die Natifs-Armee besteht aus hundertsiebenunddreißig Regimentern Infanterie und vierzig Regimentern Kavallerie; ihre Artillerie ist aber fast ohne Ausnahme europäisch.

Das sind die heutigen Verhältnisse der Halbinsel in administrativer und militärischer Hinsicht, das die wirklich vorhandene Wehrkraft, welche ein Gebiet von 400.000 Quadratmeilen bewacht.

»Die Engländer haben das Glück gehabt«, sagt Grandidier ganz richtig, »in jenem großen und prächtigen Land ein sanftes, gewerbfleißiges und nicht ungebildetes Volk zu treffen, das seit langer Zeit an fremdes Joch gewöhnt war. Dennoch mögen sie sich hüten; auch die Sanftmut hat ihre Grenzen, und wenn das Joch zu drükkend würde, erheben sich eines Tages die Köpfe und brechen es in Stücke.«

Viertes Kapitel

Tief in den Höhlen von Ellora

Es war vollkommen richtig. Der Maharatten-Fürst Dandou Pant, der Adoptivsohn Baji Raos und Peïschwah von Pounah, mit einem Worte Nana Sahib – jener Zeit vielleicht der einzige Überlebende von den Führern im Aufstande der Sipahis, hatte aus seiner unzugänglichen Zufluchtsstätte in Nepal zu entkommen vermocht. Tapfer, kühn wie er war, gewöhnt, jeder Gefahr zu trotzen, gewandt im Irreführen seiner Verfolger, erfahren in der Kunst, seine Spuren zu verwischen, und schlau wie sonst einer, hatte er sich bis in die Provinzen von Dekkan hinuntergewagt, getrieben von seinem noch immer glühenden Hasse, den die furchtbaren Repressalien nach der Erhebung von 1857 nur noch mehr geschürt hatten.

Ja, es war ein tödlicher Haß, den Nana den Besitzern Indiens geschworen. Ihm als Erben Baji Raos hatte die Compagnie nach des letzteren, im Jahre 1851 erfolgten Tode abgeschlagen, die Pension von acht Lakhs Rupien (etwa einundzweidrittel Millionen Mark), auf die er ein Anrecht hatte, weiterzuzahlen. Hierin ist die eine Ursache dieses Hasses zu suchen, der sich in so schauerlichen Untaten Luft machen sollte.

Doch, was hoffte Nana Sahib wohl jetzt?

Seit acht Jahren schon war die Erhebung der Sipahis vollkommen unterdrückt. Allmählich war die englische Regierung an Stelle der ehrenwerten Compagnie getreten und hielt die ganze Halbinsel besser im Zügel als früher die Vereinigung von Kaufleuten. Von der Rebellion sah man keine Spuren mehr, nicht einmal in den Reihen der Natifs-Armee, die auf anderen Grundlagen völlig neu organisiert worden war. Glaubte Nana vielleicht Erfolg zu haben, wenn er einen nationalen Aufstand unter den niedrigsten Volksklassen Hindostans anzuschüren versuchte? Wir werden seine Absichten bald kennenlernen. Jedenfalls, und das wußte er auch selbst, war sein

Erscheinen in der Provinz von Aurungabad angemeldet worden, der General-Gouverneur hatte den Vizekönig in Kalkutta davon benachrichtigt und einen Preis auf seinen Kopf gesetzt. Es blieb ihm also nichts anderes übrig, als auf der Stelle zu entfliehen und einen verborgenen Zufluchtsort aufzusuchen, der ihn vor den Nachstellungen der anglo-indischen Polizei sicherte.

Nana verlor auch keine Minute. Er kannte das Land vollkommen und beschloß bis nach dem von Aurungabad fünfundzwanzig Meilen entfernten Ellora zu flüchten, wo er einen seiner Genossen zu finden hoffte.

Die Nacht war dunkel. Nachdem der falsche Fakir sich versichert, daß er nicht verfolgt werde, wandte er sich nach jenem, eine Strecke von der Stadt errichteten Mausoleum des Mohammedaners Sha-Sufi, eines Heiligen, dessen Reliquien in dem Rufe wundertätiger Heilkräfte stehen. In dem Mausoleum schlief schon alles, Priester sowohl wie Pilger, und Nana kam vorbei, ohne durch eine Frage belästigt zu werden.

Es lagerte jedoch keine so tiefe Finsternis über der Landschaft, daß jener ungeheure Granitblock, der vier Meilen weiter nördlich das uneinnehmbare Fort von Daoulutabad trägt und sich inmitten einer weiten Ebene gegen zweihundertvierzig Fuß hoch erhebt, den Blicken hätte verborgen bleiben können. Der Nabab erinnerte sich dabei, daß einer seiner Ahnen, ein Kaiser von Dekkan, einst beabsichtigte, die früher den Fuß des Forts umgebende geräumige Stadt zu seiner Residenz zu erheben. Wirklich wäre das eine unbezwingliche Stellung, ein geeigneter Mittelpunkt für eine insurrektionelle Bewegung in diesem Teil Indiens gewesen. Der Nabab wandte aber den Kopf weg und hatte nur einen Blick voll Haß für die, jetzt in den Händen seiner Todfeinde befindliche Veste.

Nach der Ebene hier kam eine mehr hügelige Gegend, mit den ersten Bodenwellen, die nach und nach zu Bergen anwachsen sollten. Nana, ein Mann im kräftigsten Alter, verlangsamte nicht im mindesten seine Schritte, als er die steilen Abhänge hinaufstieg. Er wollte in dieser Nacht fünfundzwanzig Meilen, d. h. die Entfernung zurücklegen, welche Ellora von Aurungabad trennt. Dort hoffte er in voller Sicherheit rasten zu können. Er hielt sich also nirgends auf, weder in einer Karawanserei, wie sie für jeden, der des Weges daherkommt, offenstehen, noch in einem halbverfallenen Bungalow, wo er, schon in entlegenerem Teile des Gebirges, einige Stunden hätte schlummern können.

Mit Sonnenaufgang eilte der Flüchtling um das Dorf Raupah herum, welches das einfache Grab des größten der mongolischen Kaiser, Aureng Zebs, enthält. Dann gelangte er nach jener berühmten Höhlengruppe, die ihren Namen von dem benachbarten Dorfe Ellora entlehnt hat.

Der Hügel, aus welchem man jene Höhlen herausgearbeitet hat, zeigt etwa die Gestalt des Halbmondes. Die wunderbaren Bauwerke desselben bilden vier Tempel, vierundzwanzig buddhistische Klöster und einige minder beträchtliche Grotten. Der Basaltbruch ist von der Hand des Menschen umfänglich ausgenutzt worden. Die Hindubaumeister entnahmen aus demselben das Gestein während der ersten Jahrhunderte der christlichen Ära aber nicht zur Errichtung der auf der ungeheuren Halbinsel da und dort verstreuten Meisterwerke der Baukunst, nein, dasselbe wurde nur gebrochen, um in der Felsenmasse selbst Hohlräume zu gewinnen, und diese Räume sind je nach ihrer Bestimmung »Chaityas« oder »Viharas« geworden.

Der außerordentlichste jener Tempel ist der sogenannte Kaïlasa. Man stelle sich einen Steinblock von hundertzwanzig Fuß Höhe und sechshundert Fuß Umfang vor. Diese Masse hat man mit unglaublicher Kühnheit aus dem Berg selbst ausgeschnitten, inmitten eines dreihundertsechzig Fuß langen und hundertsechsundachtzig Fuß breiten Hofes isoliert – ein Hof, den man mittelst Werkzeuge dem Basaltberge abgewann. Nach Herstellung dieses Einzelblocks haben die Baumeister ihn bearbeitet, wie der Bildschnitzer ein Stück Elfenbein. Äußerlich formten sie aus demselben Säulen, meißelten kleine Pyramiden und runde Kuppeln, ließen dabei genug Steinmassen für die Herstellung von Basreliefs stehen, von denen überlebensgroße Elefanten das ganze Gebäude zu tragen scheinen; im Innern arbeiteten sie einen geräumigen Saal mit Kapellen an den Seiten aus, dessen Wölbung auf vielen, von der Felsenmasse ausgesparten Säulen ruht. Sie stellten aus diesem Monolithen mit einem Wort einen Tempel her, der im eigentlichen Sinne des Wortes nicht »gebaut« wurde, einen in der ganzen Welt einzig dastehenden Tempel, der sich kühn mit den wunderbarsten Bauwerken Indiens messen kann und selbst den Vergleich mit den Hypogeen des alten Ägyptens aushält.

Schon sieht man, daß der Zahn der Zeit an diesem jetzt fast gänzlich verlassenen Tempel genagt. Er zerfällt an einzelnen Teilen. Seine Basreliefs verwittern, wie die Felsenwand, aus der sie geschaffen wurden. Er hat vielleicht noch tausend Jahre Leben zu erwarten. Was aber das erste Kindesalter der Werke der Natur zu nennen ist, das ist bei Menschenwerken schon das der Hinfälligkeit. Im linken unteren Teil waren mehrere breite Sprünge entstanden, und durch eine dieser Öffnungen, die der Rücken eines Elefanten zur Hälfte verdeckte, glitt Nana Sahib hinein, ohne daß ihn jemand wahrnahm.

Der Sprung führte im Inneren nach einem langen engen Gang, der quer unter dem Grund hinlief und sich unter der »Cella« des Tempels tiefer hinabwendete. Hier erweiterte er sich zu einer Art Krypta, oder richtiger zu einer, jetzt übrigens trockenen Zisterne, in der sich sonst Regenwasser ansammelte.

Als Nana in den Gang gelangt war, ließ er einen gewissen Pfiff ertönen, dem ein ganz ähnliches Pfeifen antwortete. Es war das kein Echo. In der Dunkelheit glänzte ein einzelnes Licht auf.

Gleichzeitig erschien ein Hindu mit einer kleinen Laterne in der Hand.

»Kein Licht!« rief Nana.

»Bist du es, Dandou Pant?

»Ja, Bruder!«

»Nun, und . . .?«

»Erst schaff mir zu essen«, antwortete Nana, »wir plaudern später. Doch zum Reden wie zum Essen brauche ich keine Beleuchtung. Fasse meine Hand und führe mich!«

Der Hindu ergriff Nanas Hand, leitete ihn nach dem Hintergrunde der Höhle und half ihm, sich auf einem Lager von trockenen Gräsern auszustrecken, das er eben verlassen hatte. Das Pfeifen des Fakirs mochte seinen letzten Schlummer unterbrochen haben.

Dieser Mann, der es offenbar sehr gewöhnt war, sich im Finstern zu bewegen, hatte bald etwas Mundvorrat an Brot nebst einer Art Pastete von »Mourghis« mit dem in Indien so gewöhnlichen Hühnerfleisch, nebst einer Kürbisflasche, die eine halbe Pinte jenes starken, unter dem Namen »Arak« bekannten Getränkes enthielt, gefunden, das man durch Destillation des Saftes der Kokospalme gewinnt.

Nana aß und trank, ohne ein Wort zu reden. Er starb vor Hunger und Erschöpfung. Seine ganze Lebenskraft lag jetzt in den Augen, die im Dunklen wie die des Tigers leuchteten.

Regungslos harrte der Hindu, bis es dem Nabab belieben würde, zu sprechen.

Dieser Mann war Balao Rao, der eigene Bruder Nana Sahibs.

Balao Rao, um kaum ein Jahr älter als Dandou Pant, glich diesem körperlich bis zum Verwechseln. Moralisch war er der ganze Nana Sahib, mit demselben Haß gegen die Engländer, derselben Arglist seiner Anschläge, derselben Wildheit in der Ausführung, eine Seele in zwei Leibern. Während des ganzen Aufstandes waren die beiden unzertrennlich gewesen; nach dessen Niederwerfung hatte dasselbe Lager an der Grenze von Nepal ihnen Zuflucht gewährt. Jetzt verband sie der nämliche

Gedanke, den Kampf wieder aufzunehmen, zu dem sie gleichmäßig bereit waren.

Als Nana sich durch die hastig verzehrte Mahlzeit erquickt und wieder Kräfte gesammelt hatte, blieb er noch eine Zeitlang mit auf die Hand gestütztem Kopf sitzen. In der Meinung, daß er einige Stunden werde der Ruhe pflegen wollen, verhielt sich Balao Rao noch immer schweigend.

Da erhob Dandou Pant das Haupt, ergriff des Bruders Hand und begann mit dumpfer Stimme:

»Mein Erscheinen in der Präsidentschaft Bombay ist dorthin gemeldet worden. Der Gouverneur der Präsidentschaft hat einen Preis auf meinen Kopf gesetzt. Zweitausend Pfund sind demjenigen zugesichert, der Nana Sahib der Behörde ausliefert!«

»Dandou Pant!« rief Balao Rao, »dein Kopf ist mehr wert! Das wäre ja kaum ein Preis für den meinigen, und vor Ablauf dreier Monate würden sie sich glücklich schätzen, beide für zwanzigtausend Pfund in ihrer Gewalt zu haben.«

»Jawohl«, antwortete Nana, »in drei Monaten, am 23. Juni, ist der Jahrestag jener Schlacht von Plassey, deren hundertster Jahrestag, im Jahr 1857, das Ende der englischen Zwingherrschaft und die Befreiung der Kinder der Sonne erblicken sollte!«

»Was 1857 nicht glückte, Dandou Pant, kann und muß zehn Jahre später glücken. In den Jahren 1827, 1837 und 1847 gab es Aufstände in Indien. Alle zehn Jahre erfaßt die Hindus das Fieber der Rebellion! Wohlan, dieses Jahr sollen sie sich durch ein Bad in Strömen europäischen Blutes heilen!«

»Brahma sei mit uns«, murmelte Nana, »und dann, Verderben für Verderben! Wehe den Führern der königlichen Armee, die nicht den Streichen unserer Sipahis erlagen! Lawrence ist tot, Barnard ist tot, Napier ist tot, Hobso sowie Havelock! Einige leben aber noch, wie Campbell, Rose und andere, unter ihnen der, den ich vor allen hasse, Oberst Munro, der Abkömmling jenes Henkers, welcher zuerst Hindus vor den Schlund der Kanonen binden ließ, der Mann, von dessen eigener Hand meine Gefährtin, die Rani von Jansi, den Tod erlitt! Wenn er in meine Hand fällt, mag er sehen, ob ich die Schandtaten des Oberst Neil, die Metzeleien des Sekander Bogh, die Verwüstungen des Palastes der Begum, der von Bareilli, Jansi, Morar, der Insel Hidaspe und von Delhi vergessen habe! Ob ich es vergessen, daß er mir den Tod geschworen hat, wie ich ihm!«

»Ist er nicht aus der Armee getreten?« fragte Balao Rao.

»Oh, bei der ersten Bewegung wird er wieder Dienste nehmen«, versicherte Nana Sahib. »Doch wenn der Aufstand fehlschlägt, ihn werde ich erdolchen, und wäre es in seinem Bungalow in Kalkutta!«

»Gut, aber jetzt . . .?«

»Jetzt gilt es, das begonnene Werk weiterzuführen. Diesmal muß die Erhebung eine nationale werden! Die Hindus der Städte und der Dörfer mögen sich nur erheben, bald werden die Sipahis mit ihnen gemeinschaftliche Sache machen. Ich habe den mittleren und nördlichen Teil von Dekkan durchstreift; überall fand ich die Geister reif zur Empörung. In allen Städten, allen Flekken warten unsere Führer darauf, zu handeln. Die Brahmanen werden die Menge fanatisieren. Die Religion wird diesmal die Anhänger Shivas und Wischnus mit fortreißen. Zur bestimmten Zeit und auf ein gegebenes Zeichen werden Millionen von Hindus aufstehen und die königlichen Heere vernichtet sein!«

»Und Dandou Pant . . .?« fragte Balao Rao, die Hand des Bruders ergreifend.

»Dandou Pant«, erwiderte Nana, »wird nicht allein als Peïschwah auf dem Kastell von Bilhur gekrönt, sondern der Herrscher über das heilige Land von Indien werden!«

Nach diesen Worten verfiel Nana Sahib, die Arme kreuzend und mit dem unbestimmten Ausdruck des Blickes derjenigen, die weniger auf die Vergangenheit oder Gegenwart als in die Zukunft schauen, in stilles Sinnen ...

Balao Rao hütete sich wohl, ihn zu stören. Es gefiel ihm, diese wilde Seele sich an sich selbst entflammen zu lassen, im Notfall war er ja bei der Hand, das in jenem schlummernde Feuer zu schüren. Nana Sahib konnte einen inniger an seine Person geknüpften Genossen gar nicht finden, keinen eifrigeren Ratgeber, der ihn seinem Ziel entgegentrieb. Er war wie gesagt sein zweites Ich.

Nach wenigen Minuten des Schweigens erhob er seinen Kopf wieder.

»Wo sind unsere Leute?« fragte er.

»In den Höhlen von Adjuntah, wo sie uns verabredetermaßen erwarten sollten.«

»Und unsere Pferde?«

»Die habe ich in Büchsenschußweite von hier auf der Straße von Ellora nach Boregami zurückgelassen.«

»Wohl unter Obhut Kâlaganis?«

»Ja, Bruder. Sie sind gut bewacht, durch Futter und Ruhe gestärkt, und erwarten nur uns noch, um aufzubrechen.«

»Also vorwärts«, mahnte Nana. »Wir müssen vor Tagesanbruch in Adjuntah sein.«

»Und wohin wenden wir uns von da aus?« fragte Balao Rao. »Hat diese übereilte Flucht deine Pläne nicht gestört?«

»Nicht im mindesten«, antwortete Nana Sahib. »Wir werfen uns in die Sautpourra-Berge, in denen ich alle Schliche und Wege kenne und alle Nachstellungen der englischen Polizei zu vereiteln vermag. Dort befinden wir uns übrigens in dem Gebiet der Bilhs und Gounds, die unserer Sache stets treu geblieben sind. Da, in der Gebirgsregion der Vindhyas, wo der Zündstoff der Empörung immer aufzuflammen bereit ist, kann ich den günstigen Augenblick abpassen.«

»Vorwärts denn«, mahnte Balao Rao, »oh, sie haben dem zweitausend Pfund versprochen, der dich finge! Doch es ist nicht genug, einen Preis auf deinen Kopf zu setzen, man muß ihn auch haben!«

»Es wird ihn keiner bekommen«, antwortete Nana Sahib. »Komm schnell, Bruder, keinen Augenblick verloren, komm!«

Sicheren Schrittes ging Balao Rao durch den engen Gang hin, der zu diesem dunklen Zufluchtsort unter dem Grunde des Tempels führte. An dem von dem Rükken des Elefanten verdeckten Ausgang angelangt, steckte er vorsichtig nur den Kopf heraus, blickte im Dunklen rechts und links umher, überzeugte sich, daß die nächsten Umgebungen verlassen waren, und wagte sich dann erst nach außen. Um ganz sicherzugehen, lief er etwa zwanzig Schritte auf der in der verlängerten Achse des Tempels liegenden Straße hin; da er auch hier nichts Verdächtiges wahrnahm, meldete er Nana durch einen Pfiff, daß der Weg frei sei.

Bald darauf verließen die beiden Brüder das künstliche, eine halbe Meile lange Tal, das vollständig von Galerien, Gewölben und Höhlungen erfüllt ist, die sich manchmal zu beträchtlicher Höhe erheben. Sie vermieden, das mohammedanische Mausoleum zu berühren, das als Bungalow dient für Pilger und Neugierige aller Nationen, welche die Wunderwerke Elloras herbeiziehen; endlich, nachdem sie noch um das Dorf Raupah herumgeschlichen, befanden sie sich auf der Straße, die Adjuntah und Boregami verbindet.

Die Entfernung zwischen Ellora und Adjuntah beträgt gegen fünfzig Meilen (etwa 80 Kilometer); jetzt lagen indes die Verhältnisse anders, als da Nana zu Fuß und ohne jedes Transportmittel aus Aurungabad entwich. Wie Balao Rao gesagt, erwarteten ihn drei Pferde auf der Landstraße, die der Hindu Kâlagani, ein treuer Diener Dandou Pants, bewachte. Eine Meile vom Dorf standen diese Pferde in einem dichten Gebüsch versteckt. Das eine war für Nana, das zweite für Balao Rao, das dritte für Kâlagani bestimmt, und bald galoppierten alle drei in der Richtung auf Adjuntah fort. Es würde übrigens niemand erstaunt gewesen sein, einen Fakir beritten zu erblicken, denn diese unverschämten Bettler sprechen nicht selten vom Pferde herab um Almosen an.

Zu dieser für Pilgerfahrten minder günstigen Jahreszeit war die Straße sehr wenig belebt. Nana und seine beiden Gefährten eilten also rasch vorwärts, ohne etwas zu fürchten zu haben, das sie belästigen oder aufhalten könnte. Sie nahmen sich nur Zeit, ihre Tiere etwas verschnaufen zu lassen, und während dieser kurzen Aufenthalte sprachen sie dem Mundvorrat zu, den Kâlagani in seiner Satteltasche mitführte. Auf diese Weise gingen sie den belebteren Teilen der Provinz, den Bungalows und Dörfern aus dem Weg, unter anderen dem Flecken Roja, einem traurigen Haufen schwarzer Häuser, welche die Zeit wie die düsteren Wohnungen von Cornwallis eingeräuchert hat, und Pulwary, einem kleinen, in den Anpflanzungen einer schon halb wilden Gegend verlorenen Ort.

Das Land war hier gleichmäßig eben. Nach allen Seiten hin erstreckten sich Heidekrautfelder, da und dort von dichten Dschungeln durchsetzt. Mit der Annäherung an Adjuntah wurde die Gegend jedoch hügeliger.

Die prächtigen Grotten, welche diesen Namen führen, ebenbürtige Rivalen der Wunderhöhlen von Ellora und im ganzen vielleicht schöner als diese, nahmen den unteren Teil eines kleinen Tales, etwa eine halbe Meile von der Stadt ein.

Nana Sahib brauchte also nicht durch Adjuntah zu gehen, wo die Bekanntmachung des Gouverneurs gewiß schon veröffentlicht war, und folglich auch nicht zu fürchten, erkannt zu werden.

Nach fünfzehnstündigem Ritt von Ellora aus betrat er mit seinen zwei Begleitern einen Engpaß, der nach dem berühmten Tal führte, dessen siebenundzwanzig, gleich aus dem Felsberg gemeißelte Tempel sich über schwindelnde Abgründe erheben.

Die Nacht war herrlich, der Himmel voller flimmernder Sterne, aber mondlos. Verschiedene hohe Bäume, Banianen (indische Feigen) und einige jener »Bars«, welche zu den Riesen der indischen Flora zählen, hoben sich in dunklen Umrissen von dem sternbedeckten Hintergrund des Himmels ab. Kein Lufthauch durchzitterte die Atmosphäre, kein Blättchen regte sich und kein Geräusch ließ sich vernehmen, außer dem dumpfen Murmeln eines Bergstromes, der in der Entfernung von einigen hundert Fuß in der Tiefe des Hohlweges hinlief. Dieses Murmeln nahm aber nach und nach zu und wurde zum wirklichen Brausen, als die Rosse den Wasserfall von Sakkhound erreicht hatten, der aus einer Höhe von fünfzig Toisen herabstürzt und sich an den Vorsprüngen der Quarz- und Basaltfelder bricht. In dem Engpaß wogte ein feuchter Nebel hin, der die sieben Regenbogenfarben gezeigt hätte, wenn der Mond in dieser herrlichen Frühlingsnacht über den Horizont gekommen wäre.

Nana Sahib, Balao Rao und Kâlagani waren am Ziel. Nach einer scharfen Wendung des Engpasses, der hier einen spitzen Winkel bildet, lag vor ihnen das durch die Meisterwerke buddhistischer Bauwerke geschmückte Tal. An den Mauern jener Tempel, welche mit Säulen, Rosetten, Arabesken und Verandas reich verziert, durch Kolossalfiguren und phantastischer Tiergestalten belebt und von dunklen Zellen durchbrochen sind, in denen früher die Priester als Wächter der geheiligten Räume wohnten, kann der Künstler noch heute einzelne Fresken bewundern, die noch ganz wie frisch gemalt erscheinen und königliche Zeremonien, religiöse Aufzüge und Schlachten oder alle Waffen jener Periode darstellen, wie sie in dem reichen Indien während der ersten Zeit der christlichen Zeitrechnung gebräuchlich waren.

Nana Sahib kannte alle Geheimnisse dieser mysteriösen Hypogeen. Mehr als einmal hatte er sich mit seinen Gefährten, wenn ihm die königlichen Truppen zu dicht auf der Ferse waren, während der Unglückstage des Aufstandes dahin geflüchtet. Die unterirdischen Gänge, welche jene verbanden, die engen, aus der Quarzmasse des Berges gehauenen Tunnels, die winkeligen Wege, welche sich in allen Richtungen kreuzten, die tausend Verzweigungen dieses Labyrinths, deren Entwirrung auch die Geduldigsten ermüden mußte – er war mit allem vertraut. Er konnte sich darin nicht verirren, selbst wenn keine Fackel die dunkle Tiefe erleuchtete.

Nana ging trotz der schwarzen Nacht mit voller Sicherheit gerade auf eine der minder bedeutenden Höhlen der Gruppe zu. Den Eingang zu derselben verdeckte ein Vorhang von dichtem Gezweig und ein Haufen großer Steine, den früher eine Erderschütterung hierhergeworfen zu haben schien zwischen das Gesträuch des Bodens und die in Stein gehauenen Pflanzenformen des Felsens.

Ein leises Scharren mit dem Fingernagel an der Wand genügte, um die Gegenwart des Nabab an der Öffnung der Höhle anzumelden.

Einige Hinduköpfe erschienen sofort zwischen den Zweigen, dann zehn, später zwanzig andere, und bald bildeten die Leute, welche schlangengleich durch und über das Gestein krochen, eine Truppe von etwa vierzig wohlbewaffneten Männern.

»Vorwärts!« befahl Nana Sahib.

Ohne eine Erklärung zu verlangen und ohne zu wissen, wohin er sie führte, folgten die treuen Kampfgenossen dem Nabab, bereit, jeden Augenblick für ihn in den Tod zu gehen. Sie waren zwar zu Fuß, ihre Beine schienen jedoch an Schnelligkeit mit denen der Pferde wetteifern zu können.

Die kleine Truppe wandte sich der schmalen Straße zu, die neben dem Tal hinlief, folgte derselben nach Norden und überstieg den Kamm der Berge. Eine Stunde später hatten sie die Straße von Kandeisch erreicht, die sich in den Schluchten der Sautpourra-Berge verliert.

Die nach Nagpore führende Zweigstrecke der Eisenbahn von Bombay nach Allahabad und die Hauptstrecke selbst, die nach Nordosten verläuft, wurden mit Tagesanbruch überschritten.

Eben sauste der Zug von Kalkutta in größter Schnelligkeit dahin, entsandte weiße Dampfwirbel in die prächtigen Banianen der Straße und erschreckte durch sein Gerassel die wilden Tiere in den Dschungeln.

Der Nabab hatte sein Pferd angehalten und rief mit lauter Stimme, die Hand gegen den davoneilenden Zug ausstreckend:

»Geh und sag dem Vizekönig von Indien, daß Nana Sahib noch immer unter den Lebenden wandelt, und daß er diese Bahn, das verfluchte Werk ihrer Hand, noch mit dem Blut der Eroberer überschwemmen wird!«

Fünftes Kapitel

Der Stahlriese

Ich habe nie ein größeres Erstaunen gesehen, als das der auf der Landstraße von Kalkutta nach Chandernagor am Morgen des 6. Mai befindlichen Leute, die Männer, Frauen und Kinder, Hindus so gut wie Engländer, demselben den zweifellosesten Ausdruck gaben. In der Tat schien diese starre Verwunderung nicht mehr als natürlich. Mit Sonnenaufgang verließ nämlich eine der letzten Vorstädte der Hauptstadt Indiens ein fremdartiges Fuhrwerk, wenn dieser Name überhaupt noch für den sonderbaren Apparat, der sich längs des Hougly-Ufers hin bewegte, zulässig ist. An der Spitze und dem Anschein nach als einzig bewegende Kraft des kleinen Zuges schritt ruhig und geheimnisvoll ein riesiger, etwa zwanzig Fuß hoher, dreißig Fuß langer und entsprechend breiter Elefant. Sein Rüssel war halb zurückgebogen, wie ein ungeheures Füllhorn, mit dem spitzen Ende in der Luft. Die über und über vergoldeten Zähne ragten, zwei drohenden Sicheln gleich, aus der gewaltigen Kinnlade hervor. Über den dunkelgrünen, unregelmäßig gefleckten Körper hing eine reiche, farbenprächtige

Decke mit Silber- und Gold-Filigranschmuck und umsäumt mit großen Troddeln und gewundenen Fransen. Auf dem Rücken trug das Ungeheuer eine Art verzierten Turm mit rundem, nach indischer Mode geformtem Dach, und in dessen Wänden große Linsengläser, ähnlich den Lichtpforten in den Schiffskabinen.

Dieser Elefant schleppte einen Zug aus zwei enormen Wagen oder vielmehr aus zwei wirklichen Häusern, eine Art rollender Bungalows bestehend, welcher jeder auf vier, an der Nabe, dem Kranz und den Felgen mit Skulpturen versehenen Rädern ruhte. Von den Rädern sah man übrigens nur das untere Segment, während den übrigen Teil der Unterbau jener ungeheuren Lokomotions-Apparate verdeckte. Eine schmale gegliederte Brücke, die sich jeder Wendung anpaßte, verband den ersten Wagen mit dem zweiten.

Konnte denn aber ein einziger, wenn auch noch so starker Elefant die beiden massiven Bauwerke scheinbar ohne Anstrengung wegziehen? Und doch tat es das wunderbare Tier. Seine breiten Füße hoben und senkten sich mit ganz mechanischer Regelmäßigkeit und er ging sofort vom Schritt in Trab über, ohne daß sich die Stimme oder Hand eines »Mahout« sehen oder hören ließ.

Hierüber mußten ja wohl alle Neugierigen erstaunen, solange sie in einiger Entfernung blieben. Bei Annäherung an den Koloß nahmen sie aber, während ihr Erstaunen in Bewunderung überging, folgendes wahr:

Zunächst traf das Ohr eine Art abgemessenes Sausen und Brausen, sehr ähnlich dem eigentümlichen Schrei dieser Riesen der indischen Fauna. Weiter drang aus dem aufwärts gerichteten Rüssel kurz nacheinander eine wirbelnde Dampfwolke hervor.

Und doch schien das Ganze ein Elefant zu sein. Seine runzlige Haut bedeckte zweifelsohne einen so mächtigen Knochenbau, wie ihn die Natur jenem König der Pachydermen verliehen hat! Seine Augen glänzten wie lebend! Seine Glieder waren ja beweglich!

Gewiß! Doch, wenn ein Neugieriger gewagt hätte, die

Hand an das gewaltige Tier zu legen, so hätte alles seine Erkärung gefunden. Das Ganze war eine höchst gelungene Augentäuschung, eine überraschende Nachbildung, die selbst in der Nähe gesehen, anscheinend Leben besaß.

In der Tat bestand dieser Elefant aus Stahlblech und verbarg eine vollständige Straßenlokomotive in seinen Weichen.

Der Train, oder »das Steam-House«, um die ihm geziemende Bezeichnung zu gebrauchen, war die von dem Ingenieur versprochene fortrollende Wohnung.

Der erste Wagen, oder richtiger das erste Haus, diente dem Oberst Munro, Kapitän Hod, Banks und mir als Wohnstätte.

In dem zweiten hauste der Sergeant Mac Neil nebst den zum Personal der Expedition gehörigen Leuten.

Banks hatte sein Versprechen gehalten, Oberst Munro das seinige, und so kam es, daß wir am Morgen des 6. Mai in dieser außergewöhnlichen Weise aufbrachen, um die nördlichen Teile der Indischen Halbinsel zu besuchen.

Wozu aber dieser künstliche Elefant? Warum dieses Aufgebot von Phantasie, die dem so praktischen Sinn der Engländer sonst doch so fernliegt? Bisher war es noch niemand in den Sinn gekommen, einer Lokomotive, ob diese nun auf dem Makadam der Landstraße oder auf den Schienen der Eisenwege dienen sollte, die Gestalt eines Vierfüßlers zu geben!

Ich gestehe, daß sich unser beim ersten Anblick dieser überraschenden Maschine ein nicht geringes Erstaunen bemächtigte. Anfragen nach dem Warum und Wie regneten förmlich auf Freund Banks hernieder. Nach seinen Plänen und unter seiner Leitung war diese Straßenlokomotive hergestellt worden. Wer in aller Welt konnte ihn auf den bizarren Einfall gebracht haben, sie unter den Stahlwänden eines mechanischen Elefanten zu verbergen?

»Liebe Freunde«, antwortete Banks gelassen und

ernsthaft, »kennen Sie den Rajah von Bouthan?«

»Ich kenne ihn«, antwortete Kapitän Hod, »oder vielmehr ich kannte ihn, denn er ist seit drei Monaten tot.«

»Richtig«, bestätigte der Ingenieur; »bevor er aber starb, lebte der Rajah von Bouthan nicht allein, sondern auch auf andere Weise als andere Menschenkinder. Vor allem liebte er den Prunk auf jede Art und Weise. Er versagte sich nichts – ich sage nichts von allem, was ihm einmal in den Kopf gekommen war. Sein Gehirn arbeitete stets, das Unmögliche zu erdenken, und wenn dieses Organ auch unerschöpft geblieben wäre, so wäre doch seine Börse erschöpft worden, um alle seine Hirngespinste ins Werk zu setzen. Er war ja reich, wie die Nababs der früheren Zeit. Seine Kassen strotzten von Gold. Er hatte nur die Leidenschaft, seine Taler auf etwas weniger banale Weise wegzuwerfen, als seine Millionär-Brüder. Da kam ihm denn eines Tages ein Gedanke, der sich seiner bald so sehr bemächtigte, daß er ihm den Schlaf raubte, ein Gedanke, auf den auch Salomo stolz gewesen wäre und den er unzweifelhaft verwirklicht hätte, wenn er schon den Dampf kannte, es war der, auf eine vollkommen neue Art zu reisen und ein Fuhrwerk zu besitzen, wie es niemand vor ihm geträumt hatte. Er kannte mich, ließ mich an seinen Hof kommen und entwickelte mir selbst den Plan zu seinem Lokomotions-Apparat. Wenn Sie etwa glauben, ich hätte bei diesem Vorschlag des Rajah hell aufgelacht, so irren Sie sich stark. Ich begriff sehr wohl, wie diese großartige Idee in dem Gehirn des indischen Rajah entstehen konnte, und hatte nur den einen Wunsch, sie so bald als möglich so zu verwirklichen, daß sie meinen poetischen Klienten und mich befriedigte. Ein beschäftigter Ingenieur hat nicht alle Tage Gelegenheit, sich im Gebiete der Phantasie zu bewegen und die Fauna der Apokalypse oder die Wesen aus Tausendundeiner Nacht durch ein Geschöpf seiner Laune zu bereichern. Alles in allem schien schien die Idee des Rajah realisierbar. Sie wissen, daß man durch die Mechanik ja so gut wie alles leistet. Ich ging also ans Werk, und es gelang mir, in dieser Hülle von Stahlblech, die einen Elefanten vorstellt, den Dampfkessel, die Maschine und den Tender einer Straßenlokomotive nebst allem Zubehör unterzubringen. Der bewegliche Rüssel, der nach Bedarf gehoben und gesenkt werden kann, diente mir als Rauchfang; ein Exzenter vermittelt die Verbindung der Beine meines Tieres mit den Rädern des Apparates; die Augen desselben richtete ich gleich den Linsen eines Leuchtturmes ein, um zwei elektrische Lichtbündel daraus hervorstrahlen zu lassen, und so wurde der künstliche Elefant vollendet. Die Sache ging aber nicht so glatt vorwärts. Ich hatte so manche Schwierigkeit zu überwinden, die nicht im Handumdrehen zu lösen war. Dieser Motor – ein großes Spielzeug, wenn Sie wollen – kostet mich manche Nachtwache, so daß mein Rajah, der seine Ungeduld gar nicht zu zügeln vermochte und der den größten Teil seiner Zeit in meiner Werkstätte zubrachte, mit Tod abging, bevor der letzte Hammerschlag des Monteurs seinen Elefanten in den Stand gesetzt hatte, seinen Gang über Land zu beginnen. Der Arme kam nicht mehr dazu, sein bewegliches Haus zu erproben. Die Erben aber, übrigens nüchternere Leute als er, betrachteten den Apparat mit Entsetzen und Aberglauben als das Werk eines Toren. Sie hatten nichts Eiligeres zu tun, als sich dessen zu jedem annehmbaren Preise zu entledigen, und so kaufte ich das Ganze für Rechnung des Obersten zurück. Sie begreifen nun, meine Freunde, warum und auf welche Weise wir allein in der ganzen Welt, wofür ich einstehe, jetzt einen Dampf-Elefanten zur Verfügung haben mit achtzig Pferdekräften, um nicht zu sagen, von achtzig Elefantenkräften zu dreihundert Kilogramm-Metern!

»Bravo, Banks, bravo!« rief Kapitän Hod. »Ein Meister von Ingenieur, der noch dazu Künstler ist, ein Dichter in Stahl und Eisen, das ist ein weißer Sperling heutzutage!«

»Nach des Rajah Tode und dem Kaufe seines Elefanten«, fuhr Banks fort, konnte ich es nicht über mich gewinnen, meinen Elefanten zu zerstören und der Lokomotive ihre gewöhnliche Gestalt wiederzugeben.«

»Und daran haben Sie sehr wohlgetan!« rief der Kapitän. O unser Elefant ist prächtig, ist herrlich! Und welches Aufsehen werden wir erregen mit diesem gewaltigen Tier, wenn es uns durch die weiten Ebenen und die Dschungel von Hindostan befördert! Das ist ein Rajah-Gedanke! Und diesen Gedanken werden wir uns zunutze machen, nicht wahr, Herr Oberst?«

Oberst Munro hatte dazu fast gelächelt. Das war bei ihm gleichbedeutend mit der vollkommensten Billigung der Worte des Kapitäns. Die Reise wurde also endgültig beschlossen, und so war denn ein Elefant von Stahl, ein ganz eigenes Geschöpf seiner Art, ein künstlicher Leviathan, dazu ausersehen, die bewegliche Wohnung von vier Engländern fortzuschleppen, statt einen der reichsten Rajah der Indischen Halbinsel in all' seinem Pomp spazierenzufahren.

Die Straßenlokomotive, bei welcher Banks alle Errungenschaften der modernen Wissenschaft verwertet hatte, war folgendermaßen konstruiert:

Zwischen den vier Rädern befand sich der ganze Mechanismus, mit Zylindern, Treibstangen, Steuerung, Speisepumpe, Exzentern, worüber der Kessel angebracht war. Dieser Röhrenkessel, ohne rücklaufende Flammenzüge, bot sechzig Quadratmeter Feuerfläche. Er nahm den vorderen Teil des Raumes in dem stählernen Elefanten ein, während dessen Rücken nach hinten zu den für den Wasser- und Kohlenvorrat bestimmten Tender bedeckte. Zwischen Kessel und Tender, die beide auf einem Gestelle montiert waren, blieb ein Raum für den Heizer frei. Der Maschinist hielt sich in dem kugelfesten Türmchen auf dem Rücken des Tieres auf, in welchem für den Fall eines ernstlichen Angriffes alle Platz finden konnten. Der Maschinist hatte die Sicherheitsventile und den Manometer zur Angabe der Dampfspannung vor Augen und den Regulator sowie den Hebel zur Steuerung bequem zur Hand, so daß er letzteren von hier aus beliebig umlegen und den ganzen Apparat folglich nach Belieben vor- oder rückwärts gehen lassen konnte.

Von dem Türmchen aus vermochte er auch durch die dicken Linsengläser, die in enge Fensteröffnungen eingesetzt waren, die Straße nach vorwärts zu beobachten und mittelst eines Pedals die Stellung der Vorderräder zu verändern und damit jeder beliebigen Kurve zu folgen.

An den Achsen befestigte Federn aus bestem Stahl trugen Kessel und Tender, um bei Unebenheiten des Bodens die Stöße zu mildern. Die Räder selbst, welche mehr als die nötige Tragkraft hatten, waren an ihrem Umfang gerieft, so daß sie in den Boden eingreifen und nicht »gleiten« konnten.

Die Maschine leistete, wie Banks gesagt, achtzig nominelle Pferdekräfte, man konnte sie aber auf hundertfünfzig effektive Pferdekräfte steigern, ohne die Gefahr einer Explosion befürchten zu müssen. Die nach dem System Field konstruierte Maschine hatte doppelte Zylinder mit verstellbarer Expansion. Ein hermetisch geschlossener Kasten umschloß den ganzen Mechanismus, um diesen vor dem Straßenstaube zu schützen, der ihn sonst bald beschädigt haben würde. Der größte Vorzug desselben lag aber darin, daß er wenig konsumierte und viel leistete. Im Vergleich zu dem Nutzeffekt war der mittlere Verbrauch der Maschine ein unerhört geringer, ob man nun mit Kohle oder mit Holz heizte, denn der Rost des Feuerherdes war zur Verwendung jedes Brennmaterials gleich geeignet. Die Normalgeschwindigkeit dieser Straßenlokomotive schätzte der Ingenieur auf fünfundzwanzig Kilometer in der Stunde, bei günstigem Terrain könne sie wohl auch vierzig erreichen. Die Räder konnten, wie gesagt, nicht gleiten, und zwar nicht allein, weil sie ein wenig in den Boden eingriffen, sondern auch weil die Aufhängung des Apparates in Federn erster Sorte eine höchst vollkommene war und das durch die Stöße sich verschiebende Gewicht sehr gleichmäßig verteilte.

Die Räder hatte man übrigens durch Luftbremsen gänzlich in der Gewalt, wodurch sie nach Belieben langsam angehalten oder sofort unbeweglich festgestellt werden konnten.

Auch die Leichtigkeit, mit der die Maschine Steigungen überwand, war wirklich bemerkenswert. Banks erreichte diese Resultate durch die sorgsame Berücksichtigung des Gewichts und der auf jeden Kolben wirkenden Triebkraft seiner Lokomotive, so daß sie Steigungen von 10–12% bequem emporlief.

Übrigens sind die von den Engländern in Indien angelegten Straßen, deren Netz eine Gesammtlänge von mehreren tausend Meilen hat, wirklich ausgezeichnet. Sie mußten sich zu dieser Art der Fortbewegung von Lasten besonders gut eignen. Erwähnt sei hier nur die Great Trunk Road, welche die Halbinsel durchschneidet und sich über eine Strecke von zwölfhundert Meilen, d. h. nahe zweitausend Kilometer erstreckt.

Gehen wir nun zu dem Steam-House über, das der künstliche Elefant nachzog.

Banks hatte von den Erben des Nabab für Rechnung des Oberst Munro nicht nur die Straßenlokomotive, sondern auch den Train, welchen diese schleppte, zurückgekauft. Man wird nicht darüber erstaunen, daß der Rajah von Bouthan diesen nach seinem Geschmack und nach indischer Mode hatte herrichten lassen. Ich nannte ihn einen rollenden Bungalow; er verdient diesen Namen in der Tat, und die beiden Wagen, aus denen er besteht, repräsentieren ein wahres Wunder der einheimischen Architektur.

Stelle man sich etwa zwei Pagoden ohne Minaretts vor mit ihrer Bedeckung durch einen doppelten Dachstuhl, der einen ausgebauchten Dom bildet, mit den Fenstervorbauen, die auf schön bearbeiteten Pilastern ruhen, mit ihrem Schmuck aus farbigen, zierlich geschnitzten Holzarten, den Konturen, welche in eleganten Bogen verlaufen, und mit den reichen Verandas an der Vorder-

und Rückseite. Ja! Zwei Pagoden, die man für aus dem geheiligten Hügel Sonnaghur entnommen ansehen möchte, und welche, die eine verbunden mit der anderen, im Schlepptau des stählernen Elefanten die Landstraße hinziehen sollten!

Hier ist auch noch eine Eigenschaft dieses wunderbaren Elefanten zu erwähnen, die ihn sehr bemerkenswert vervollständigt, nämlich seine Fähigkeit, auch schwimmen zu können. Die untere Partie des Elefantenkörpers, oder dessen Bauch, der die Maschine enthält, und der Unterbau der beiden beweglichen Häuser bilden nämlich wirkliche Schiffsrumpfe aus leichtem Blech. Sperrt nun ein Wasserlauf den Weg, so geht der Elefant hinein, der Train folgt ihm, und die durch Treibstangen gleich Radschaufeln bewegten Tatzen des Tieres ziehen das ganze Steam-House über die Oberfläche der Flüsse und Ströme hin. Hierin liegt ein unschätzbarer Vorteil, vorzüglich in dem ausgedehnten Gebiete Indiens, wo es sehr viel Wasserläufe gibt, denen es noch gänzlich an Brücken fehlt.

So war also dieser einzig dastehende Train beschaffen und so hatte ihn der launenhafte Rajah von Bouthan haben wollen. Wenn Banks aber auch jener ausschweifenden Phantasie insoweit gefolgt war, dem Motor die Gestalt eines Elefanten und den Wagen die äußere Form von Pagoden zu geben, so hatte er das Innere doch nach englischem Geschmack eingerichtet und für eine lang dauernde Reise berechnet. Dieser Zweck schien auch vollkommen erreicht.

Steam-House bestand, wie gesagt, aus zwei Wagen, welche im Innern eine Breite von nicht weniger als sechs Meter hatten. Sie übertraf damit die der Radachsen, welche nur fünf Meter lang waren. Durch die Aufhängung der Wagen in sehr langen und außerordentlich biegsamen Federn glichen sich die Stöße beim Fahren ebenso vollkommen aus, wie die geringsten Erschütterungen auf gut angelegten Eisenbahnen.

Der vordere Wagen maß fünfzehn Meter in der

Länge. Am Vorderteil bedeckte eine auf leichten Säulen ruhende Veranda einen geräumigen Balkon, auf dem sich wohl zehn Personen bequem ergehen konnten. Nach dem Salon hin öffneten sich zwei Fenster und eine Tür, übrigens erhielt jener noch weiteres Licht durch zwei Fenster an den Seiten. Der mit einem Tisch und einer Bibliothek möblierte Salon, um den sich ringsum schwellende Divans hinzogen, war kunstreich geschmückt und mit prächtigen Stoffen ausgeschlagen. Ein dicker Smyrna-Teppich bedeckte seinen Boden.

»Tattis«, d. s. eine Art Matten, vor den Fenstern, welche immer mit wohlriechendem Wasser befeuchtet wurden, erhielten stets eine wohltuende Kühle ebenso im Salon wie in den als Schlafräume dienenden Nebenzimmern. Von der Decke herab hing eine »Punka«, die ein Transmissionsriemen in Bewegung setzte, solange der Train in Gang war, und die ein Diener bewegte, wenn man haltmachte. Es erschien ja unumgänglich notwendig, alle Hilfsmittel gegen die übermäßige Temperatur in Anspruch zu nehmen, die sich in einigen Monaten selbst im Schatten manchmal bis 45° C. steigert. An der Rückseite des Salons und der Verandatür gegenüber befand sich eine zweite, aus kostbarem Holz gefertigte Tür, die nach dem Speisesaal führte, der nicht nur durch Seitenfenster, sondern auch durch ein Oberlicht aus mattem Glase erhellt wurde. Der in der Mitte befestigte Tisch bot für acht Personen hinlänglich Platz; da wir nun vier waren, konnten wir es uns mehr als bequem machen. Buffets und Schenktische, ausgestattet mit all' dem Luxus an Silbergeschirr, Glas und Porzellan, den der englische Komfort verlangt, bildeten das weitere Meublement des Speisezimmers. Es versteht sich von selbst, daß alle zerbrechlichen Gegenstände zur Hälfte in besonderen Einschnitten standen, wie es auf Schiffen gebräuchlich ist, und so gegen jede Art Stöße geschützt waren, selbst auf den schlechtesten Wegen, wenn unser Train jemals genötigt war, solche einzuschlagen.

Die Tür am Ende des Speisesaales stellte die Verbindung mit einem Gang her, der nach einem zweiten Balkon auslief, über welchem sich wieder eine Veranda ausbreitete. Längs des Ganges lagen vier Zimmerchen mit Seitenlicht, darin je ein Bett, eine Toilette und ein kleines Sofa, ganz so eingerichtet wie in den Kabinen der großen transatlantischen Dampfboote. Das erste dieser Zimmerchen war für Oberst Munro bestimmt, das zweite rechts für den Ingenieur Banks, letzterem folgte zur rechten Hand das des Kapitän Hod, das meinige lag wiederum links neben dem des Obersten.

Der zweite, zwölf Meter lange Wagen hatte so wie der erste eine Balkon-Veranda, die mit einer geräumigen Küche in Verbindung stand, an deren Seiten zwei, reich mit allem Notwendigen versehene Speise- und Vorratskammern lagen. Diese Küche kommunizierte ebenfalls mit einem Gang, der sich zu einem viereckigen Mittelraum, dem durch Deckenfenster erleuchteten Speisezimmer der Bedienung, erweiterte. In dessen Seiten lagen vier Kabinen für den Sergeant Mac Neil, den Maschinisten, den Heizer und für die Ordonnanz des Oberst Munro; ferner an der Rückenwand zwei weitere Kabinen, die eine für den Koch, die andere für den Diener des Kapitän Hod; noch andere Räumlichkeiten dienten als Waffenkammer, als Eisbehälter, Gepäckraum usw., und öffneten sich nach dem Balkon auf der Rückseite.

Wie man sieht, hatte Banks die beiden rollenden Wohnungen von Steam-House ebenso praktisch als bequem eingerichtet. Im Winter konnten dieselben durch eine von der Maschine ausgehende Luftheizung erwärmt werden, welche alle Räume versorgte, während im Salon und im Speisesaal noch überdies zwei kleine Öfen aufgestellt waren. Wir konnten also auch jeder Unbill der kalten Jahreszeit, selbst an den Abhängen der Berge von Tibet, ruhig entgegensehen.

Natürlich war auch die hochwichtige Frage bezüglich der Nahrungsmittel nicht vernachlässigt worden, denn wir führten in ausgewählten Konserven so viel mit, um die ganze Expedition ein Jahr lang davon zu ernähren. Den größten Vorrat hatten wir an konserviertem Fleisch der besten Marken; vorzüglich gekochtes und gedämpftes Rindfleisch, und an jenen »Mourghis« oder Hühnerpasteten, die auf der ganzen Indischen Halbinsel in so ausgedehntem Maße konsumiert werden.

In Folge der neuen Zubereitungsmethoden, welche es gestatten, flüssige Nahrungsmittel in konzentriertem Zustand weithin zu transportieren, sollte uns auch die Milch nicht bei dem ersten Morgenimbiß fehlen, der dem eigentlichen Frühstück vorausgeht, noch die Bouillon für den »Tiffin«, den gewöhnlichen Vorläufer der Abendmahlzeit.

Nach vorausgegangener Verdampfung nämlich, die sie in teigartigem Zustande zurückläßt, wird die Milch in hermetisch verschlossenen Büchsen von etwa 450 Gramm Inhalt gebracht, welche, durch Vermengung mit dem fünffachen Gewicht Wasser, gegen drei Liter Flüssigkeit ergeben. Die Mischung hat dann dieselbe Zusammensetzung wie frische, gute Milch. Ungefähr ebenso ist es mit der Bouillon, welche auf ähnliche Weise erst eingedickt, dann in Tafelform gebracht wird und durch einfache Auflösung eine ausgezeichnete Suppe liefert.

Das in warmen Ländern besonders wichtige und angenehme Eis konnten wir uns in kurzer Zeit mittels der bekannten Carréschen Apparate, die durch Verdunstung von verflüssigtem Ammoniakgas eine schnelle Temperatur-Erniedrigung hervorbringen, herstellen. Einer der erwähnten Räume im Hinterteil des zweiten Wagens diente als Eisschrank, und unsere Jagdbeute konnte auf diese Weise beliebig lange aufbewahrt werden. Wir besaßen darin, wie jeder leicht begreift, ein sehr schätzbares Hilfsmittel, das uns unter allen Verhältnissen ausgezeichnet erhaltene Nahrung sicherte.

Auch der Keller barg einen reichlichen Vorrat an Getränken. Französische Weine, verschiedene Biere, Branntwein, Arrak hatten darin ihren Platz in einer für die ersten Bedürfnisse mehr als hinreichenden Menge.

Ich bemerke hierbei, daß unser Weg niemals weit von den bewohnten Gebieten der Halbinsel abwich. Indien ist ja keineswegs eine Wüste. Wer nur die Rupien nicht spart, kann sich daselbst bequem nicht nur das Nötigste, sondern auch noch viel darüber verschaffen. Höchstens während einer Überwinterung im nördlichen Teil, am Fuß des Himalaja, konnten wir vielleicht auf unsere eigenen Hilfsquellen angewiesen sein. Der praktische Geist unseres Banks hatte eben alles vorgesehen, und wir durften die Sorgen für unseren Lebensunterhalt getrost ihm überlassen.

Unsere Reiseroute – die übrigens nur im Prinzip aufgestellt wurde, um je nach unvorhergesehenen Umständen abgeändert werden zu können – war die folgende:

Von Kalkutta ausgehend, wollten wir dem Gangestale bis Allahabad folgen und das Königreich Audh hinaufziehen bis zu den ersten Bodenerhebungen von Tibet, daselbst einige Monate an dem einen oder anderen Ort verweilen, um Kapitän Hod Gelegenheit zu geben, seiner Jagdlust zu fröhnen, und dann bis Bombay zurückkehren.

Die zurückzulegende Strecke maß gegen 900 Meilen, wobei freilich das ganze Haus mit all' seinen Insassen mitreiste. Wer würde unter solchen Verhältnissen einen Augenblick zögern, nötigenfalls mehrmals eine Reise um die Welt zu machen?

Sechstes Kapitel

Erste Etappen

Am 6. Mai mit Tagesanbruch hatte ich das Hotel Spencer, eines der besten in Kalkutta, in dem ich seit meiner Ankunft in Indien wohnte, verlassen; die große Stadt hatte mir jetzt nichts mehr zu bieten. Morgenpromenaden zu Fuß, während der ersten Tagesstunden, Abendspaziergänge zu Wagen, am »Strand« bis zur Esplanade des Fort William mitten unter den glänzenden Equipagen der Europäer, welche mit stolzer Verachtung die nicht minder glänzenden Wagen der großen und dicken eingeborenen Babous kreuzen; Besuche jener wunderbaren Geschäftsstraßen, die mit Recht den Namen Bazars führen; Ausflüge nach den Verbrennungsstätten der Toten am Ufer des Ganges, nach den botanischen Gärten des Naturforschers Hooker, zur »Madame Kâli«, dem schrecklichen Weib mit vier Armen, der wilden Todesgöttin, die sich in einem kleinen Tempel einer jener Vorstädte verbirgt, wo die moderne Zivilisation und die einheimische Barbarei einander berühren – das war getan und geschehen. Den Palast des Vizekönigs zu betrachten, der sich dem Hotel Spencer gegenüber erhebt; den merkwürdigen Palast des Chowringhi Road und die Town-Hall, die dem Andenken der großen Männer unserer Zeit gewidmet ist, zu bewundern; die interessante Moschee von Hougly eingehend zu studieren; am Hafen zu flanieren, der von den schönsten Kauffahrteischiffen der englischen Marine strotzt; Abschied zu nehmen von den Arghiilas, Adjutanten oder Philosophen – diese Vögel haben gar zu viele Namen –, denen es sozusagen obliegt, die Straßen zu reinigen und die Stadt in gutem Gesundheitszustand zu erhalten, das war auch geschehen, und es blieb mir nun nichts anderes übrig als abzureisen.

Am erwähnten Morgen nahm mich also ein Palkighari, eine Art schlechter vierrädriger, zweispänniger Wagen – der sich zwischen den bequemen Erzeugnissen der englischen Wagenbaukunst freilich nicht sehen lassen darf – am Gouvernementsplatz auf und hatte mich bald nach dem Bungalow des Oberst Munro befördert.

Hundert Schritte vor der Vorstadt wartete unser Train. Wir brauchten uns nur darin »häuslich einzurichten« – das ist die richtige Bezeichnung.

Selbstverständlich war unser Gepäck schon vorher in dem dafür bestimmten Raum untergebracht worden. Wir nahmen übrigens nichts als das Notwendigste mit.

Nur bezüglich der Waffen verblieb Kapitän Hod bei der Anschauung, daß das unbedingt Nötige mindestens aus vier Enfields-Büchsen mit explodierenden Kugeln, vier Jagdgewehren, zwei Entenflinten und noch einer Anzahl anderer Flinten und Revolver zu bestehen habe, womit wir alle überreichlich bewaffnet werden konnten. Dieses große Kriegsgerät war gewiß mehr zur Erlegung von Bestien ausgewählt, als zur Jagd auf eßbares Wild, doch der Nimrod der Expedition ließ sich in dieser Beziehung nichts dreinreden.

Kapitän Hod schwelgte übrigens vor Entzücken! Das Vergnügen, den Obersten der Einsamkeit seiner Klause zu entreißen, die Freude, die nördlichen Provinzen Indiens in einem Fuhrwerk ohnegleichen zu durchstreichen, die Aussicht auf ganz außergewöhnliche Jagdzüge und Ausflüge in die Himalaja-Berge, alles das belebte und reizte ihn mehr als gewöhnlich und machte sich in unendlichen Ausrufen und Händedrücken Luft, bei denen er dem anderen fast die Knochen zerbrach.

Die Stunde der Abfahrt kam heran. Der Kessel hatte Dampf, die Maschine war bereit zu arbeiten. Der Maschinist stand auf seinem Posten, die Hand am Regulator. Der gewöhnliche schrille Pfiff erschallte.

»Vorwärts«, rief Kapitän Hod, den Hut schwenkend, »Stahlriese, vorwärts!«

Der Name Stahlriese, den unser enthusiastischer Freund dem wunderbaren Motor unseres Train gegeben, war gewiß ein berechtigter und blieb ihm auch für immer.

Hier noch ein Wort über das Personal der Expedition, das im zweiten beweglichen Hause wohnte.

Der Maschinist Storr, ein Engländer von Geburt, gehörte früher zur Compagnie der »Great-Southern of India«, von der er erst vor wenig Monaten ausgeschieden war. Banks, der ihn kannte, wußte, daß er sehr tüchtig sei, und hatte ihn veranlaßt, in Oberst Munros Dienste zu treten. Es war ein Mann von vierzig Jahren, ein geschickter Arbeiter und in seinem Fach gründlich erfahren, der uns sehr wichtige Dienste leisten sollte.

Der Heizer hieß Kâlouth. Er stammte aus jener Klasse von Hindus, die von den Eisenbahngesellschaften deshalb so hochgeschätzt werden, weil sie die Tropenhitze Indiens neben der eines Dampfkessels ungestraft auszuhalten vermögen. Dasselbe gilt von den Arabern, denen die Seetransport-Gesellschaften die Besorgung der Kessel bei der Fahrt auf dem Roten Meer anvertrauen. Diese wackeren Leute begnügen sich, da nur zu sieden, wo Europäer in kurzer Zeit braten würden.

Die Ordonnanz des Oberst Munro war ein Hindu von fünfunddreißig Jahren, der Rasse nach ein Gourgkah, Namens Goûmi. Er gehörte dem Regiment an, das als Beweis unerschütterlicher Disziplin ohne Murren den Gebrauch der neuen Munition annahm, welche die erste Veranlassung, mindestens den Vorwand für den Aufstand der Sipahis abgab. Klein, flink, wohlgebaut, aber von einer Ergebenheit ohnegleichen, trug er noch immer die schwarze Uniform der »Rifles-Brigade«, an der er mit Leib und Seele hing.

Der Sergeant Mac Neil und Goûmi waren in Krieg und Frieden die beiden Getreuen des Oberst Munro.

Nachdem sie sich an seiner Seite in allen Kämpfen in Indien geschlagen, ihn bei seinen fruchtlosen Versuchen, Nana Sahib aufzufinden, begleitet, waren sie ihm auch nach seinem Ruhesitz gefolgt, um ihn niemals wieder zu verlassen.

Neben Goûmi, der Ordonnanz des Obersten, ist Fox, ein lustiger, sehr mitteilsamer Vollblut-Engländer, zu nennen, als Diener des Kapitän Hod und nicht minder eifriger Jäger als dieser. Um keinen Preis der Welt hätte er seine jetzige Stellung gegen irgendeine andere vertauscht. Seine Schlauheit machte ihn des Namens Fox, d. i. Fuchs, wert; er war aber ein Fuchs, der schon beim siebenunddreißigsten Tiger angelangt war und damit hinter seinem Herrn nur um drei Stück zurückblieb. Er rechnete jedoch stark darauf, noch weiter vorwärts zu kommen.

Zur vollständigen Aufzählung des Personals der Expedition fehlt nur noch unser schwarzer Koch, der im vorderen Teil des zweiten Hauses zwischen den beiden Vorratskammern schaltete. Ein Franzose von Geburt, der schon unter allen Breiten gebraten worden war, glaubte »Monsieur Parazard« – so lautete sein Name –, nicht ein gewöhnliches Handwerk auszuüben, sondern ein Amt von hoher Bedeutung zu verwalten. Er entfaltete eine beispiellose Würde dabei, wenn er sich an dem einen oder dem anderen Ofen zu schaffen machte, oder mit der peinlichen Genauigkeit eines Chemikers Pfeffer, Salz oder andere Würze, welche seine gelehrten Präparate verlangten, hinzugab. Da Monsieur Parazard übrigens geschickt und sauber war, so verzieh man ihm wohl gern seine kulinarische Eitelkeit.

Zehn Personen also, nämlich Sir Edward Munro, Banks, Kapitän Hod und ich einerseits, Mac Neil, Storr, Kâlouth, Goûmi, Fox und Monsieur Parazard anderseits bildeten die Expedition, welche der Stahlriese in zwei beweglichen Häusern nach dem Norden der Indischen Halbinsel beförderte. Doch vergessen wir auch nicht die beiden Hunde Phann und Black, die der Kapitän bezüglich ihrer ausgezeichneten Eigenschaften als Gehilfen bei der Jagd auf Wild und Federvieh gar nicht genug zu loben wußte.

Bengalen ist, wenn auch nicht die merkwürdigste, jedenfalls aber die reichste Präsidentschaft von Hindostan. Es ist zwar nicht das eigentliche Land der Rajahs, das mehr den zentralen Teil dieses weiten Reiches umfaßt; diese Provinz erstreckt sich dagegen über ein stark bevölkertes Gebiet, welches vielleicht als das wahre Land der Hindus zu betrachten ist. Es reicht nach Norden zu bis zu der unübersteiglichen Grenze, die der Himalaja bildet, und unsere Reiseroute sollte dasselbe schräg durchschneiden.

Nach Feststellung der ersten Etappen der Fahrt hatten wir uns über folgendes geeinigt: Wir wollten einige Meilen dem Hougly, d. h. dem Arm des Ganges folgen, der an Kalkutta vorbeiströmt, dann die französische Stadt Chandernagor rechts liegenlassen, der Eisenbahnlinie bis Burdwan nachgehen und auf bequemstem Weg durch Behar ziehen, um in Benares wieder an den Ganges zu kommen.

»Meine Freunde«, hatte Oberst Munro dabei geäußert, »ich überlasse euch vollständig die Bestimmung der Richtung unserer Reise ... bestimmt sie nur ohne mich, alles, was ihr tut, wird mir genehm sein.«

»Lieber Munro«, erwiderte Banks darauf, »du wirst doch wohl auch deine Ansicht zu erkennen geben müssen ...«

»Nein, nein, Banks«, fiel der Oberst ein, »ich ordne mich dir unter und beanspruche kein Vorrecht, die eine Provinz etwa eher zu besuchen als die andere. Doch möge mir eine einzige Frage gestattet sein: Welche Richtung soll eingeschlagen werden, wenn wir nach Benares gekommen sind?«

»Die nach Norden!« rief Kapitän Hod bestimmt, »der Weg, welcher direkt nach den ersten Abhängen des Himalaja führt, also quer durch das Königreich Audh!«

»Gut, gut, liebe Freunde«, antwortete Oberst Munro, »dann werde ich an euch vielleicht das Ansuchen stellen ... Doch davon sprechen wir später. Bis dahin macht nur alles nach eurem Gutdünken!«

Diese Worte Sir Edward Munros mußten notwendig einiges Erstaunen erwecken. Welcher Gedanke lag denselben wohl zu Grunde?

Sollte er dieser Reise nur mit dem Hintergedanken zugestimmt haben, daß der Zufall ihn vielleicht finden ließ, was dem eifrigsten Willen mißglückte? Glaubte er, wenn Nana Sahib noch am Leben war, diesen etwa im Norden von Indien aufzuspüren? Ich für mein Teil hatte das bestimmte Gefühl, daß sich Oberst Munro von ähnlichen Motiven leiten ließ, und es schien mir sogar, als ob der Sergeant Mac Neil in seines Herrn Geheimnisse eingeweiht sei.

Während der ersten Stunden dieses Morgens hatten

wir im Salon von Steam-House Platz genommen. Die Tür und die beiden Fenster nach der Veranda zu standen offen, und die Punka, welche die Luft in Bewegung erhielt, machte die Temperatur recht erträglich.

Der Regulator in den Händen Storrs zügelte den Stahlriesen. Nur eine Meile in der Stunde, mehr verlangten für jetzt die Reisenden nicht, welche neugierig das Land umher betrachteten.

Von der Vorstadt Kalkuttas aus folgten uns zuerst etwa hundert Europäer, welche unser Fuhrwerk anstaunten, neben einer Unmasse Hindus, die es mit einer Art mit Furcht untermischten Verwunderung anstarrten. Nach und nach verminderte sich die Menge, doch entgingen wir nicht den bewundernden Ausrufen der Passanten, die ihre »Wahs! wahs!« fast verschwendeten. Selbstverständlich galten diese Zeichen der Bewunderung weniger den beiden prächtigen Wagen, als dem gigantischen Elefanten, der diese unter Ausstoßen von Dampfwirbeln dahinschleppte.

Um zehn Uhr wurde im Speisesaal die Tafel gedeckt, und da wir wirklich weniger geschüttelt wurden als in einem Salonwagen erster Klasse, so tat jeder dem Frühstück Monsieur Parazards alle Ehre an.

Der Weg, welchen unser Zug einhielt, führte am Ufer des Hougly hin, den westlichsten der zahlreichen Arme des Ganges, welche zusammen das unentwirrbare Netz der sogenannten Sunderbunds bilden. Der ganze Landstrich hier besteht aus Alluvialboden.

»Was Sie hier sehen, lieber Maucler«, sagte Banks zu mir, »ist das Erzeugnis des Wettstreites zwischen dem heiligen Ganges und dem nicht minder geheiligten Golf von Bengalen. Das Ganze ist eine Frage der Zeit. Vielleicht liegt hier kein Bröckchen Erde, das nicht von dem Himalaja herstammt, von wo die Strömung des Ganges dieselbe herabführte. Der Fluß hat allmählich das Gebirge abgenagt, um den Boden dieser Provinz zu bilden, in dem er für sich selbst ein Bett aussparte . . .«

»Das er oft genug gegen ein anderes vertauscht!«

setzte Kapitän Hod hinzu. »Oh, dieser Ganges ist ein Sonderling, ein Phantast, ein Mondsüchtiger! Man erbaut eine Stadt an einem Ufer, und wenig Jahrhunderte später liegt diese mit trockenen Kais mitten im Lande, da der Strom seine Richtung und Mündung gewechselt hat. So badeten früher Rajmahal und Gaur ihren Fuß in dem ungetreuen Wasserlauf und sterben jetzt vor Durst inmitten der dürren Reisfelder der Ebene.«

»Nun«, fragte ich, »steht nicht auch zu befürchten, daß Kalkutta einst dasselbe Los trifft?«

»Wer weiß?«

»Oho, sind wir denn gar nicht da«, warf Banks ein. »Gibt es denn keine Deiche? Wenn es sich nötig macht, wird man das Austreten des Ganges schon zu hindern wissen. Man legt ihm eben einfach die Zwangsjacke an!«

»Es ist ein Glück für Sie, lieber Banks«, bemerkte ich, »daß Sie hier keine Hindus in dieser Weise über ihren heiligen Strom sprechen hören; das würden sie Ihnen niemals verzeihen.«

»Freilich«, mußte Banks zugestehen, »der Ganges gilt ihnen ja als der Sohn der Gottheit, wenn nicht als diese selbst, und was er tut, ist in ihren Augen nie ein Übel.«

»Nicht einmal das Fieber, die Cholera und die Pest, die er niemals ganz ausgehen läßt!« rief Kapitän Hod. »Die Tiger und Krokodile, von denen es in den Sunderbunds wimmelt, befinden sich freilich nicht schlechter dabei. Im Gegenteil, man möchte sagen, die verderbliche Luft sei für diese Geschöpfe ebenso zuträglich, wie die reine Atmosphäre eines Sanatoriums während der heißen Jahreszeit für die Anglo-Indianer. Oh, dieses Raubzeug! – Fox!« rief Hod, indem er sich zu seinem Diener wandte, der die Tafel abräumte.

»Herr Kapitän?« meldete sich Fox.

»Nicht wahr, du hast den siebenunddreißigsten erlegt?«

»Ja, Herr Kapitän, zwei Meilen von Port Canning«, antwortete Fox. »Es war eines Abends . . .«

»Schon gut!« unterbrach ihn Kapitän Hod, der ein tüchtiges Glas Grog ausleerte. »Ich kenne die Geschichte deines siebenunddreißigsten; die des achtunddreißigsten würde mich weit mehr interessieren.«

»Der achtunddreißigste ist noch nicht getötet, Herr Kapitän!«

»Du wirst ihn aber töten, Fox. Ebenso wie ich den einundvierzigsten!«

Im Gespräch zwischen Kapitän Hod und seinem Diener wurde, wie man sieht, das Wort »Tiger« einfach weggelassen. Das war überflüssig. Die beiden Jäger verstanden sich schon.

Je weiter sie vorwärts kamen, desto mehr verengerte sich das Bett des Hougly, der vor Kalkutta nahe einen Kilometer breit ist. Stromaufwärts von dieser Stadt begrenzen ihn nur sehr niedrige Ufer. Hier entwickeln sich manchmal furchtbare Zyklonen, die ihre Zerstörung über die ganze Provinz verbreiten. Ganze Stadtviertel werden dabei vernichtet, Hunderte von Häusern eines an dem anderen zertrümmert, ungeheure Anpflanzungen verwüstet, während Tausende von Leichnamen die Stadt und das Land bedecken – das sind die Jammerbilder, welche diese schrecklichen Meteore hinterlassen, unter denen der Zyklon von 1844 die anderen an Heftigkeit besonders übertraf.

Bekanntlich besteht das Klima Indiens aus drei Jahreszeiten: der Regenzeit, der kalten und der heißen Jahreszeit. Die letztere ist zwar die kürzeste, aber auch die beschwerlichste. März, April und Mai sind besonders furchtbare Monate. Unter allen ist der Mai der heißeste. Wer sich zu dieser Zeit mehrere Stunden am Tag der Sonne aussetzt, riskiert dabei das Leben, wenigstens ein Europäer. Es ist nicht so selten, daß das Thermometer selbst im Schatten bis auf 106° Fahrenheit (etwa 41° Celsius) ansteigt.

»Die Menschen«, sagt de Valbezen, »dampfen dabei wie die Pferde, und während des Krieges zur Unterdrükkung des Aufstandes mußten die Soldaten zu Kaltwasser-Duschen über den Kopf ihre Zuflucht nehmen, um den Blutandrang nach dem Gehirn zu steuern.«

Dank der eigenen Bewegung des Steam-House, dem durch das Schwingen der Punka unterhaltenen Luftwechsel und der feuchten Atmosphäre, welche durch die unausgesetzt benetzten Fenstermatten eindrang, litten wir von der Hitze nicht allzusehr. Übrigens näherte sich die Regenzeit, welche vom Juni bis zum Oktober dauert, und diese konnte uns vielleicht unangenehmer werden, als die heiße Saison. Unter den Verhältnissen, wie wir reisten, war indes von keiner Seite etwas Ernstliches zu fürchten.

Gegen ein Uhr nachmittags kamen wir nach einer köstlichen Promenade, die wir machten, ohne aus dem Hause zu gehen, bei Chandernagor an.

Ich hatte diesen Erdenwinkel, den einzigen, der in der ganzen Präsidentschaft Bengalen noch Frankreich angehört, schon früher besucht. Diese unter dem Schutze der dreifarbigen Fahne stehende Stadt, welche nur das Recht hat, fünfzehn Soldaten zu ihrer eigenen Bewachung zu unterhalten, die alte Rivalin Kalkuttas während der Kämpfe des 18. Jahrhunderts, ist jetzt verfallen, ohne Gewerbfleiß, ohne Handel, ihre Bazars sind verlassen, ihre Forts nicht besetzt. Vielleicht hätte Chandernagor einen neuen Impuls bekommen, wenn die Eisenbahn nach Allahabad durch dieselbe oder doch längs ihrer Mauern hingeführt worden wäre; in Folge der Anforderungen der französischen Regierung aber sah die englische Gesellschaft sich genötigt, eine andere Linie auszuwählen und das französische Gebiet zu umgehen, wodurch Chandernagor die letzte Gelegenheit verloren hat, sich wieder zu einiger Handelsbedeutung aufzuraffen.

Unser Train berührte die Stadt also auch nicht. Er hielt drei Meilen davon auf der Straße, beim Eingang in einen Latanien-Wald an. Als wir uns hier zur Rast einrichteten, sah es aus, als ob der Bau eines Dorfes an der betreffenden Stelle begonnen worden wäre. Das Dorf war freilich beweglich, und am Morgen des 7. Mai nahm es seinen unterbrochenen Marsch wieder auf, nachdem wir eine ruhige Nacht in unseren komfortablen Kabinen zugebracht hatten.

Während des Aufenthaltes sorgte Banks für Erneuerung des Brennmaterials. Obwohl die Maschine nur wenig gebraucht hatte, hielt er doch stets darauf, daß der Tender seine volle Ladung an Wasser und an Kohlen, führte, um sechzig Stunden den Bedarf decken zu können.

Diesen Grundsatz wendeten der Kapitän Hod und sein getreuer Fox auch redlich auf sich selbst an, und ihr innerer Ofen - ich wollte sagen ihr Magen, der eine sehr große Heizfläche bot - war stets mit reichlichem stickstoffhaltigen Brennmaterial versehen, das ja unentbehrlich ist, um die menschliche Maschine längere Zeit gut in Gang zu erhalten.

Die zunächst zurückzulegende Strecke sollte eine längere sein. Wir wollten zwei Tage lang fahren, zwei Nächte ruhen, um Burdwan zu erreichen - und dieser Stadt einen Besuch abzustatten.

Um sechs Uhr morgens gab Storr das Abfahrtssignal mit der Dampfpfeife, blies die Zylinder aus, und der Stahlriese setzte sich etwas schneller als vorher in Gang.

Einige Stunden lang hielten wir uns in der Nähe des Schienenweges, der über Burdwan das Gangestal bei Rajamahal wieder erreicht, dem er dann bis Benares folgt. Eben flog der Zug von Kalkutta vorüber. Er schien uns durch die bewundernden Blicke der Passagiere herauszufordern. Wir beachteten diese Herausforderung nicht. Sie mochten schneller fahren als wir, bequemer jedenfalls nicht.

Die Landschaft, durch welche wir in diesen zwei Tagen kamen, war unveränderlich eben und deshalb ziemlich einförmig. Da und dort schaukelten sich einige schlanke Kokospalmen, welche Baumgattung jenseits Burdwan bald ganz verschwindet. Diese zu der großen Familie der Palmen gehörenden Bäume sind nämlich Freunde der Küste und gedeihen nur, wenn ihre Atmungsluft einige Partikelchen Meeresluft enthält. Deshalb begegnet man ihnen auch nicht mehr außerhalb einer ziemlich schmalen Uferzone und würde sie vergeblich im Innern Indiens suchen. Die Flora des Binnenlandes ist jedoch nicht weniger interessant und artenreich.

Zu beiden Seiten des Ganges bildete das Land sozusagen ein riesiges Schachbrett von Reisfeldern, das sich unübersehbar weit hinaus erstreckte. Der Boden war in Vierecke geteilt und eingedeicht, etwa wie die Salzsümpfe der Lagunen oder die Austernparks der Seeküste. Hier herrschte jedoch die grüne Farbe vor, und die Ernte auf diesem feuchten und warmen Erdreich mit seiner üppigen Fruchtbarkeit schien sehr ergiebig werden zu sollen.

Am nächsten Abend stieß die Maschine zur festgesetzten Stunde und mit einer Punktlichkeit, um die sie jeder Eilzug hätte beneiden können, die letzte Dampfwolke aus und hielt vor den Toren von Burdwan.

In administrativer Hinsicht bildet diese Stadt den Hauptort eines englichen Bezirkes, der aber selbst einem Maharajah untertan ist, welcher an die Regierung nicht weniger als zehn Millionen Steuern bezahlt. Die Stadt besteht größtenteils aus niedrigen Häusern mit schönen Baumalleen zwischen denselben. Letztere sind breit genug, um unserem Train den Durchgang zu gestatten. Wir sollten diese Nacht also an einem reizenden Punkt voller Schatten und Frische zubringen. An jenem Abend zählte die Rcsidenz des Maharajah ein kleines Stadtviertel mehr, nämlich unseren tragbaren Weiler, unser aus zwei Häusern bestehendes Dörfchen, das wir jedoch nicht gegen das ganze Stadtviertel vertauscht hätten, in dem sich der glänzende Palast des Beherrschers von Burdwan in anglo-indischem Baustil erhebt.

Unser Elefant brachte natürlich auch hier die gewohnte Wirkung hervor, d. h. einen mit Verwunderung gemischten Schrecken bei allen Bengalen, die von rechts und links im bloßen Kopfe mit einer Haarfrisur à la Titus herzuströmten, die Männer nur bekleidet mit einem

Schurz um die Lenden, die Weiber mit dem weißen »Sari«, (d. i. ein burnusähnliches Hemd), das sie vom Kopf bis zu den Füßen verhüllt.

»Es beschleicht mich hier nur die eine Furcht«, begann da Kapitän Hod, »daß es dem Maharajah einfallen könnte, unseren Stahlriesen kaufen zu wollen, und daß er dafür eine Summe böte, die uns nötigte, ihn Seiner Hoheit zu überlassen.«

»Das wird nie geschehen!« rief Banks. »Wenn er es wünscht, baue ich ihm eher einen neuen Elefanten und von solcher Stärke, daß er seine ganze Hauptstadt von einem Ende des Reichs zum anderen fortziehen könnte. Den unsrigen verkaufen wir jedoch um keinen Preis. Nicht wahr, Munro?«

»Um keinen Preis«, bestätigte der Oberst mit der Miene eines Mannes, den auch das Angebot einer Million nicht rühren würde.

Ein etwaiger Verkauf unseres Riesen kam jedoch eigentlich gar nicht in Frage. Der Maharajah befand sich zur Zeit gar nicht in Burdwan. Wir erhielten nur den Besuch seines »Kândar«, eine Art Geheimsekretär, der unser Gefährt in Augenschein nahm. Dafür bot uns der Mann – worauf wir mit Vergnügen eingingen – an, die Gärten des Palastes zu besuchen, welche die schönsten Exemplare von tropischen Pflanzen enthalten und von lebendem Wasser, das sich in Teichen ansammelt oder in Bächen dahinfließt, benetzt werden; ferner den mit phantastischen Kiosks geschmückten Park zu durchwandern, in dem sich herrliche grüne Rasenplätze, aber auch Ziegen, Hirsche, Damhirsche und Elefanten als Repräsentanten der Haustiere im Freien, dagegen Tiger, Löwen, Panther, Bären als Vertreter der Raubtiergeschlechter in prachtvollen hausähnlichen Käfigen vorfinden.

»Tiger im Käfig wie Stubenvögel, Herr Kapitän!« rief Fox. »Es ist doch zum Erbarmen!«

»Gewiß, Fox!« antwortete der Kapitän. »Wenn es nach ihrem Willen ging, würden die letzteren gern frei in den Dschungeln umherschweifen, selbst vor dem Laufe einer Büchse mit explodierenden Geschossen!«

»Das mein' ich auch!« bestätigte der Diener tief aufseufzend.

Am nächsten Tag, am 10. Mai, verließen wir Burdwan. Das mit allem wohlversorgte Steam-House kreuzte die Eisenbahn auf einem Niveau-Übergang und wandte sich direkt nach Ramghur, eine etwa fünfundsiebzig Meilen entfernt liegende Stadt.

Diese Reiseroute ließ freilich zu unserer Rechten die nicht unbedeutende Stadt Mourchedabad, die weder in ihrem indischen, noch im englischen Quartiere etwas Interessantes bietet; Monghir, eine Art Birmingham Hindostans, gelegen auf einem Vorberge, der das Bett des geheiligten Stromes beherrscht; Patna, die Hauptstadt jenes Königreichs Behar, das wir schräg durchziehen wollten, ein reiches Handelszentrum für den Opium-Export, welches unter den Schlingpflanzen, die hier besonders üppig gedeihen, zu verschwinden Gefahr läuft; doch wir hatten Besseres zu tun; wir mußten einer meridionalen Richtung zwei Grad unterhalb des Gangestales folgen.

Während dieses Teiles der Fahrt wurde der Stahlriese etwas mehr angetrieben und unterhielt einen leichten Trott, der uns die vortreffliche Einrichtung unserer schwebenden Häuser überzeugend vor Augen führte. Übrigens war die Straße gut und eignete sich zu dieser Probe. Vielleicht erschraken die Raubtiere vor dem gigantischen Elefanten, der Rauch und Dampf ausatmete. Mindestens sahen wir zum großen Erstaunen des Kapitän Hod in den Dschungeln dieses Landes kein einziges. Doch wollte jener seiner Jagdleidenschaft ja auch erst in den nördlichen Gebieten Indiens und nicht schon hier in Bengalen nachgehen, so daß er sich vorläufig nicht beklagte.

Am 15. Mai befanden wir uns in der Nähe von Ramghur, gegen fünfzig Meilen von Burdwan. Die mittlere Fahrgeschwindigkeit betrug bisher fünfzehn Meilen in zwölf Stunden, nicht mehr.

Drei Tage später, am 18., hielt der Zug, hundert Kilometer weiter, bei der kleinen Stadt Chittra an.

Dieser erste Teil der Reise war ohne jeden Zwischenfall verlaufen. Die Tage waren warm, die Siesta unter dem Schutz der Veranda dagegen desto angenehmer. Da brachten wir diese heißesten Stunden unter köstlichem Farniente zu.

Abends reinigten Storr und Kâlouth unter den Augen Banks' den Kessel und revidierten die Maschine.

Unterdes gingen wir, Kapitän Hod und ich, begleitet von Fox und Goûmi und den beiden Vorstehhunden, in der Nachbarschaft des Halteplatzes jagen. Noch gab es nur kleines Wild und Federvieh; wenn der Kapitän das als Jäger auch verachtete, so schätzte er es doch als Feinschmecker, und am nächsten Tag enthielt der Speisezettel des Monsieur Parazard zu seiner größten Befriedigung einige saftige Gerichte mehr, wobei wir unsere Vorräte schonen konnten.

Zuweilen blieben Goûmi und Fox wohl auch zurück, um Holz zu fällen und Wasser zu tragen. Es mußte ja der Tender für den ganzen nächsten Tag gefüllt werden. Banks wählte deshalb auch den Halteplatz mit Vorliebe am Ufer eines Baches und in der Nähe eines Gehölzes. Die Versorgung mit dem nötigen Material geschah stets unter der Aufsicht des Ingenieurs, der sich selbst um alles kümmerte.

War das alles vollbracht, so zündeten wir uns die Zigarren an – ausgezeichnete »Cherouts« aus Manila – und rauchten während eines Gespräches über dieses Land, das Hod und Banks ja gründlich kannten. Der Kapitän verachtete die gewöhnliche Zigarre und sog mit seinen kräftigen Lungen durch einen zwanzig Fuß langen Schlauch den aromatischen Duft aus einem »Houkah«, den sein Diener mit aller Sorgfalt gestopft hatte.

Unser größtes Vergnügen wäre es gewesen, wenn Oberst Munro sich einmal diesen kurzen Ausflügen in die nächsten Umgebungen angeschlossen hätte. Stets machten wir ihm vor dem Aufbruch diesen Vorschlag, doch ebenso oft lehnte er unser Angebot ab und blieb mit Sergeant Neil zurück. Beide gingen dann nur auf der Straße je hundert Schritt hin und her. Sie sprachen wenig, schienen sich aber vollkommen zu verstehen und hatten es nicht nötig, viel Worte zu wechseln, um ihre Gedanken auszutauschen. Beide schienen ganz von den furchtbaren Erinnerungen erfüllt zu sein, die nichts verlöschen konnte. Wer weiß, ob sich diese Erinnerungen nicht noch mehr belebten, je mehr Oberst Munro und der Sergeant sich dem Schauplatz des schrecklichen Aufstandes näherten.

Offenbar hatte den Obersten eine fixe Idee, die wir erst später erfahren sollten, und nicht der einfache Wunsch, sich nicht von uns zu trennen, zum Anschluß an diese Fahrt nach Norden von Indien veranlaßt. Banks und Kapitän Hod teilten hierüber meine eigenen Anschauungen, und wir legten uns unwillkürlich und mit einiger Sorge vor der Zukunft die Frage vor, ob dieser Elefant, während er durch die Ebenen der Halbinsel schritt, nicht ein ganzes Drama zur Entwicklung bringen werde.

Siebentes Kapitel

Die Pilger am Phalgon

Behar, das ehemalige Magadha, war zur Zeit der Buddhisten ein geheiligter Bezirk und ist noch jetzt von Tempeln und Klöstern erfüllt. Seit vielen Jahrhunderten schon sind aber die Brahmanen an die Stelle der Priester Buddhas getreten. Sie haben die »Viharas« (d. s. Klöster, von welcher Bezeichnung auch der Name »Behar« abstammen soll) in Besitz genommen, nutzen dieselben aus und leben von den Erträgnissen des Kultus; Gläubige strömen ihnen von allen Seiten zu; sie machen dem heiligen Wasser des Ganges, den Pilgerfahrten von Benares und den religiösen Feierlichkeiten von Jaggernaut merkbare Konkurrenz; mit einem Wort, der ganze Bezirk gehört ihnen an.

Ein reiches Land mit endlosen, smaragdgrünen Reisfeldern, ungeheueren Wohnplantagen und zahlreichen, in üppigem Grün versteckten Flecken, beschattet von Palmen, Mango-, Dattelbäumen und Taras, über welche die Hand der Natur ein kaum entwirrbares Netz von Lianen gebreitet hat. Die Wege, denen das Steam-House folgt, bilden lauter dichtbelaubte Bogengänge, deren feuchter Boden eine erquickende Frische erhält. Die Karte vor den Augen, dringen wir, ohne Furcht, uns zu verirren, immer weiter vor. Das Sausen und Brausen unseres Elefanten mischt sich mit dem betäubendem Lärmen des gefiederten Geschlechtes und mit dem unharmonischen Geschrei des Affenvolkes. Sein Dampf wälzt sich in dichten Wirbeln zwischen dem Phönix des Landes, dem Banianenbaum, hindurch, dessen goldige Früchte gleich Sternen in leichten Wolken hervorglänzen. Wo er hinkommt, fliegen ganze Schwärme zarter Reisvögel, auf deren weißes Gefieder in den weißen Dampfwirbeln verschwindet. Da und dort heben sich Gruppen von Banianen und Pampelpomeranzen kräftig ab, oder kleinere Feldstücke von »Dahls«, d. i. eine Art buschig wachsender Erbsen mit etwa meterhohen Stengeln, die in den Dörfern des Hinterlandes zu Einzäunungen verwendet werden.

Aber welche Hitze! Kaum dringt ein wenig feuchte Luft durch die Matten vor unseren Fenstern! Die »Hot winds« – die warmen Winde –, welche sich, während sie die weiten Ebenen im Westen bestreichen, mit Hitze überladen, bedecken das Land mit ihrem feurigen Atem. Es wird hohe Zeit, daß der Juni-Mousson in diesen Zustand der Atmosphäre eine Änderung bringt. Niemand vermöchte, ohne Gefahr der Erstickung, diese Glutsonne auf die Dauer zu ertragen.

Das Land ist auch ganz menschenleer. Selbst die an

diese feurigen Sonnenstrahlen gewöhnten »Raiots« müssen von jeder Feldarbeit abstehen. Nur die schattige Straße ist noch zu benutzen, und auch das nur, da wir sie unter dem Schutze unseres rollenden Bungalows durchlaufen. Der Heizer Kâlouth muß, ich sage nicht aus Platin bestehen, denn Platin würde schmelzen, sondern aus reinem Kohlenstoff, um vor seinem glühenden Kesselroste nicht in flüssigen Zustand überzugehen. Doch nein! Der brave Hindu hält aus! Er besitzt gewiß eine andere, wärmerückstrahlende Natur, die er sich auf der Plattform der Lokomotiven, auf den Schienenwegen Zentral-Indiens erworben!

Im Laufe des 19. Mai zeigte das an der Wand des Speisesaales hängende Thermometer eine Temperatur von 106° Fahrenheit (41,11° Celsius). An demselben Abend mußten wir auf unsere hygienische »Hawakana-Promenade« verzichten. Dieses Wort bedeutet eigentlich »Luft essen«, d. h. man atmet dabei nach der erdrückenden Hitze des Tropensommertages ein wenig laue, reine Abendluft ein. Diesmal hätte die Atmosphäre im Gegenteil uns aufgezehrt.

»Herr Maucler«, redete der Sergeant Mac Neil mich da an, »das erinnert mich an jene letzten Tage im März, als Sir Hugh Rose mit einer nur aus zwei Geschützen bestehenden Batterie eine Bresche in die Umfassungsmauer von Laknau zu legen versuchte. Vor sechzehn Tagen waren wir über die Betwa gekommen und hatten seit eben der Zeit die Pferde ein einziges Mal abgesattelt. Wir kämpften zwischen ungeheueren Granitmauern, was hier ebensoviel bedeutet wie zwischen den Backsteinwänden eines hohen Ofens. In unseren Reihen gingen »Chitsis« auf und ab, welche Wasser in Schläuchen herumtrugen und uns das, während wir feuerten, über die Köpfe gossen. Ja, da kommt mir noch etwas in den Sinn! Ich war erschöpft, mein Kopf wollte zerspringen, und fast sank ich schon zur Erde ... Da bemerkte es Oberst Munro, entreißt einem Chitfi den Schlauch und gießt dessen Inhalt über mich aus ... und das war der letzte, den die Träger zu beschaffen vermochten! ... Sehen Sie, so etwas vergißt sich nicht. Nein! Einen Blutstropfen für jeden Wassertropfen! Und wenn ich mein ganzes Blut für den Herrn Oberst hingegeben hätte, ich bliebe doch noch sein Schuldner!«

»Sergeant«, fragte ich, »finden Sie den Oberst Munro seit unserer Abreise nicht noch gedankenvoller und stiller als gewöhnlich? Es scheint, daß jeder Tag ...«

»Ganz recht, Herr Maucler«, antwortete Mac Neil mich unterbrechend, »das geht auch ganz natürlich zu. Der Herr Oberst nähert sich ja Laknau und Khanpur mehr und mehr, wo Nana Sahib jenes Gemetzel ... oh, ich kann nicht davon sprechen, ohne daß mir das Blut zu Kopfe steigt! Vielleicht wäre es besser gewesen, die Reiseroute zu ändern und nicht durch jene Provinzen zu fahren, in denen der Aufstand am verheerendsten wütete. Wir stehen jenen entsetzlichen Vorgängen noch zu nahe, als daß die Erinnerung daran schon verblaßt sein könnte.«

»Ändern könnten wir noch jetzt«, erwiderte ich. »Wenn Sie meinen, Sergeant, sprech' ich darüber mit Banks und Kapitän Hod ...«

»Nein, nein, das ist zu spät«, entgegnete Mac Neil. »Ich habe sogar Ursache, zu glauben, daß es dem Herrn Oberst am Herzen liegt, den Schauplatz jenes schrecklichen Krieges noch einmal zu sehen, und daß er die Stelle besuchen will, wo Lady Munro den Tod – und welchen Tod! – gefunden.«

»Wenn es so steht«, erwiderte ich, »ist es wohl ratsamer, dem Oberst Munro zu willfahren und an unseren Projekten nichts zu ändern. Oft liegt ja ein Trost und eine Milderung des Schmerzes darin, sich an dem Grabe derer, die uns teurer waren, auszuweinen ...«

»An einem Grabe, ja!« rief Mac Neil. »Ist jener Brunnenschacht von Khanpur aber, in den so viele unglückliche Opfer bunt durcheinander gestürzt wurden, wohl noch ein Grab zu nennen? Steht etwa ein Leichenstein daran, ähnlich denen, die von pietätreichen Händen auf unseren schottischen Kirchhöfen gepflegt werden, die mitten unter Blumen und schattigen Bäumen einen Namen enthalten, den einzigen Namen dessen, der darunter ruht? Ach, mein Herr, ich fürchte, der Herr Oberst wird entsetzlich leiden! Doch, ich wiederhole, jetzt ist's zu spät, ihn von diesem Weg noch abzulenken. Wer weiß, ob er sich nicht weigerte, uns zu folgen. Nein, lassen wir die Sache gehen, und Gott sei mit uns!«

Offenbar hatte Mac Neil gegründete Ursache, so bestimmt über die Absichten des Oberst Munro zu sprechen. Sagte er mir aber auch alles, und war es nur der Zweck, Khanpur wiederzusehen, der den Oberst vermochte, Kalkutta zu verlassen? Doch wie dem auch sei, jetzt zog es ihn wie ein Magnet nach dem Platze, wo die Lösung des schauerlichen Dramas erfolgt war! ... Jetzt mußte die Sache ihren Gang haben.

Da kam mir der Gedanke, den Sergeant zu fragen, ob er für seinen Teil jeden Gedanken an Rache aufgegeben, mit einem Wort, ob er glaube, daß Nana Sahib tot sei.

»Nein«, gab mir Mac Neil schlechtweg zur Antwort. »Obwohl ich kein Anzeichen dafür habe, worauf ich meine Ansicht stützen könnte, so kann ich doch nicht glauben, daß Nana Sahib gestorben sei, ohne die Strafe für seine Schandtaten gefunden zu haben! Nein, nein! Und doch, ich weiß nichts und habe auch nichts darüber gehört! ... Es ist wie ein Instinkt, der mich beherrscht ... Oh, solch' wohlberechtigte Rache kühlen zu können, das müßte dem Herzen wohltun! Gott gebe, daß meine Ahnungen nicht trügen und wir noch ...«

Der Sergeant vollendete den Satz nicht ... Seine Bewegungen deuteten an, was die Lippen nicht aussprechen wollten. Der Diener stimmte mit dem Herrn vollkommen überein.

Als ich Banks und Kapitän Hod den Sinn dieses Gespräches mitteilte, sprachen sich beide dahin aus, daß die Reiseroute weder verändert werden sollte noch könnte. Übrigens war niemals davon die Rede gewesen, durch Khanpur selbst zu gehen, denn wir beabsichtigten nach Überschreitung des Ganges bei Benares durch die Ostprovinzen der Königreiche Audh und Rohikande direkt nach Norden zu ziehen. Was Mac Neil auch denken mochte, so stand es doch nicht fest, daß Oberst Munro Laknau oder Khanpur, für ihn die Stätten der entsetzlichsten Erinnerungen, wiedersehen wolle; doch würde man auch im letzteren Falle seinem Wunsche nicht entgegentreten.

Nana Sahib endlich war eine so allgemein bekannte Persönlichkeit, daß wir, wenn sich die, sein Wiederauftreten in der Präsidentschaft Bombay meldende Anzeige bestätigte, unterwegs wohl von ihm hätten sprechen hören. Zur Zeit unserer Abfahrt von Kalkutta war von dem Nabab aber kaum noch die Rede, und die von uns gelegentlich eingezogenen Erkundigungen ließen eher den Gedanken aufkommen, daß die Behörden falsch berichtet gewesen seien.

Bargen die Gerüchte aber wider Erwarten doch einen wahren Kern und leitete auch den Oberst Munro jetzt wirklich eine geheime Absicht, so hätte es verwundern können, daß er an Stelle Mac Neils nicht Banks, seinem vertrautesten Freunde, davon Mitteilung gemacht hatte. Eine Erklärung dafür lag jedoch, wie auch Banks selbst sagte, darin, daß er alles aufgeboten hatte, den Oberst von gefährlichen und nutzlosen Unternehmungen abzuhalten, während der Sergeant jenen vielmehr dazu antrieb.

Am 19. Mai gegen Mittag hatten wir den Flecken Chittra passiert. Das Steam-House befand sich jetzt 450 Kilometer von seinem Ausgangspunkt entfernt.

Mit einbrechender Nacht des nächsten Tages, des 20. Mai, kam der Stahlriese nach einem brennend heißen Tag in der Nähe von Gaya an. Wir hielten am Ufer eines geheiligten Flusses, des Phalgon, der durch die dahin gerichteten Pilgerfahrten weit und breit bekannt ist. Die beiden Häuser nahmen an einem hübschen, von prächtigen Bäumen beschatteten Uferabhang, zwei Meilen von der Stadt, Platz.

Wir gedachten hier 36 Stunden, nämlich zwei Nächte und einen Tag, zu rasten, denn dieser Ort ist, wie ich oben andeutete, einer genaueren Betrachtung wert.

Am folgenden Morgen, und zwar, um der Mittagshitze zu entgehen, schon um vier Uhr, verabschiedeten wir, d. h. Banks, Kapitän Hod und ich, uns bei Oberst Munro und wanderten nach Gaya.

Man versichert, daß nach diesem Mittelpunkt des brahmanischen Kultus jährlich mindestens 500.000 Andächtige zusammenströmen. Bei Annäherung an die Stadt sahen wir die Wege auch von einer unendlichen Menge von Männern, Frauen und Kindern bedeckt. In langem, feierlichem Zug schritten sie alle dahin, die den Mühsalen einer langen Pilgerfahrt getrotzt hatten, um ihre religiösen Pflichten zu erfüllen.

Banks hatte das Gebiet von Behar schon früher einmal, bei Gelegenheit der Vorarbeiten für eine noch nicht zur Ausführung gekommene Eisenbahn, kennengelernt, wir konnten also einen besseren Führer nicht leicht finden. Den Kapitän Hod hatte er übrigens zur Zurücklassung jedes Jagdgerätes zu bestimmen gewußt, so daß wir auch nicht zu befürchten brauchten, daß unser Nimrod uns unterwegs im Stich ließ.

Kurz vor dem Ort, den man mit Recht die »heilige Stadt« nennen könnte, machte Banks uns auf einen geweihten Baum aufmerksam, welchen Pilger jedes Geschlechtes und jedes Alters andachtsvoll umringten.

Es war ein sogenannter »Pipal« mit ungeheurem Stamme; obwohl die meisten Äste desselben vor Alter schon abgefallen schienen, konnte er doch nicht mehr als zwei- bis dreihundert Jahre zählen, was Louis Rousselet während seiner hochinteressanten Reise durch die indischen Gebiete der Rajahs zwei Jahre später bestätigte.

Dieser letzte Repräsentant der geweihten Pipals, welche eine lange Reihe von Jahrhunderten denselben Platz beschatteten und deren erster fünfhundert Jahre vor der christlichen Zeitrechnung gepflanzt worden sein soll, trug den religiösen Namen »Boddhi«. Wahrscheinlich galt er, im Glauben der um seinen Stamm knieenden Fanatiker, für denselben, den Buddha einst gesegnet haben soll. Er erhebt sich auf einer jetzt halb verfallenen Terrasse, in der Nähe eines Backstein-Tempels aus offenbar uralten Zeiten.

Die Anwesenheit der drei Europäer inmitten der Tausende von Hindus wurde mit ziemlich scheelen Augen betrachtet. Man ließ zwar nichts gegen uns verlauten, doch vermochten wir weder bis zu der Terrasse noch in den alten Tempel durchzudringen. Die Pilger bildeten eben wahre Mauern um jene Heiligtümer, durch welche man sich kaum hätte einen Weg bahnen können.

»Wäre ein Brahmane hier«, begann Banks, »so hätten wir mehr erreichen und das Bauwerk in allen Teilen besichtigen können.«

»Wieso?« fragte ich verwundert, »sollte ein Priester minder streng sein als die Anhänger seiner Lehre?«

»Mein lieber Maucler«, belehrte mich Banks, »es gibt keine Strenge, die vor dem Angebot einiger Rupien standhielte. Alles in allem ist es sehr notwendig, daß es Brahmanen gibt.«

»Das begreife ich nicht im mindesten!« erwiderte Kapitän Hod, der eine unbezwingbare Abneigung hegte sowohl gegen die Inder, deren Sitten, Vorurteile und die Objekte ihrer Verehrung, wie gegen die nachgiebige Duldung, welche seine Landsleute jenen gerechter Weise zu Teil werden ließen.

Augenblicklich erschien ihm Indien nur als »reserviertes Jagdgebiet«, und für ihn hatten die wilden Raubtiere der Dschungel mehr Werth als alle Bewohner der Städte und Dörfer zusammen.

Nach genügendem Aufenthalt in der Nähe des geweihten Baumes führte uns Banks in der Richtung nach Gaya weiter. Mit der Annäherung an die heilige Stadt vergrößerte sich die Menge der Pilger gleichmäßig. Bald ward uns durch eine Lichtung des Gebüsches Gaya auf dem Gipfel des Felsens sichtbar, den es mit seinen wunderlichen Baulichkeiten krönt.

Vor allem ist es der Tempel Wischnus, der hier die Aufmerksamkeit der Reisenden erregt. Er erscheint von neuerer Bauart, da ihn die Königin von Holcar erst vor wenigen Jahren neu ausführen ließ. Die größte Merkwürdigkeit birgt dieser Tempel in den von Wischnu persönlich herrührenden Fußstapfen, als er einst zur Erde herniederstieg, um gegen den Dämon Maya zu kämpfen. Der Kampf zwischen einem Gott und einem bösen Geist konnte nicht lange unentschieden bleiben. Der Teufel unterlag, und ein im Bereiche von Wischnu-Pad selbst sichtbarer Felsblock bezeugt durch die tiefen Fußabdrücke seines Gegners, daß dieser Dämon es hier mit einem weit Überlegenen zu tun hatte.

Wenn ich sagte, daß diese Fußstapfen auf dem Stein sichtbar wären, so beeile ich mich jedoch hinzuzufügen, daß das nur für Hindus gültig ist. Es wird nämlich kein Europäer zur Betrachtung dieser göttlichen Fußspuren zugelassen. Vielleicht gehört zu deren Erkennung auf dem wunderbaren Steine auch ein handfester Glaube, der den Leuten aus dem Abendlande ja meist abgeht. Diesmal vermochte Banks durch das Angebot seiner Rupien doch nichts durchzusetzen. Kein Priester wollte sich für irgendeinen Preis zu einer Heiligtumsschändung erkaufen lassen. Ob nur die Höhe der Summe die Forderungen eines Brahmanen-Gewissens noch nicht erreichte, wage ich nicht zu entscheiden. Jedenfalls gelang es uns nicht, in den Tempel Zutritt zu erhalten, und ich bin also noch immer ohne Kenntnis von dem »Eindruck« jenes sanften und schönen jungen Mannes von Azurfarbe, gekleidet wie ein König der alten Zeit, berühmt durch seine zehn Fleischwerdungen, den Vertreter des erhaltenden Prinzips, im Gegensatz zu Siva, der Verkörperung des zerstörenden Prinzips, den die Vaichnavas, die Verehrer Wischnus, als den ersten der dreihundert Millionen Götter betrachten, die in ihrer ungemein polytheistischen Mythologie vorkommen.

Dennoch hatten wir keine Ursache, unseren Ausflug

nach der heiligen Stadt und den Weg nach Wischnu-Pad zu bereuen. Freilich erscheint es unmöglich, den Wirrwarr von Tempeln, die Reihe von Höfen und die Mengen von Viharas zu schildern, durch welche oder um welche herum wir uns begeben mußten, um nach dem letzteren zu gelangen. Selbst ein Theseus mit dem Faden der Ariadne in der Hand würde sich in diesem Labyrinth verirrt haben! Wir stiegen also den Felsen von Gaya wieder hinab.

Der Kapitän kochte vor Wut. Er hatte seinen Zorn an dem Brahmanen, der uns den Eintritt in den Wischnu-Pad verweigerte, auslassen wollen.

»Wo denken Sie hin, Hod?« hatte Banks, der jenen zurückhielt, gesagt. »Wissen Sie nicht, daß die Hindus ihre Priester, die Brahmanen, nicht nur als ausgezeichnete Personen, sondern gar als Wesen höherer Abkunft verehren?«

Als wir an den Teil des Phalgou gelangt waren, der den Felsen von Gaya bespült, lag weit und breit die ungeheuere Menge von Pilgern vor unseren Blicken. Da drängten sich in einem Wirrwarr ohnegleichen Männer, Frauen, Greise und Kinder, reiche Babous und arme Raiots der untersten Gesellschaftsklassen, Stadt- und Landbewohner, Vaichyas, Kaufleute und Gutsbesitzer, Kchatryas, stolze eingeborene Krieger, Sudras, erbärmliche Künstler der verschiedensten Sekten, neben Parias, die außerhalb des Gesetzes stehen und deren Augen die Gegenstände, welche sie ansehen, unrein machen – mit einem Wort, alle Klassen oder Kasten Indiens durcheinander, und der kräftige Radjoupt stieß den schwächlichen Bengali mit dem Ellbogen zur Seite, wie die Leute aus dem Pendjab die Mohammedaner aus Scind. Die einen waren in Palankins gekommen, die anderen in Wagen mit einem Gespann von Buckelochsen. Hier lagen einzelne neben ihren Kamelen, deren Vipernkopf selbst den Boden berührte, auf der Erde, andere haben den ganzen Weg zu Fuß zurückgelegt, und noch immer mehr strömen aus allen Teilen der Halbinsel herbei. Da und dort erheben sich Zelte, stehen abgespannte Wagen umher oder sieht man Hütten aus Zweigen, die aller Welt als vorübergehende Wohnung dienen.

»Welch wüster Lärm!« bemerkte Kapitän Hod.

»Das Wasser des Phalgou wird nach Sonnenuntergang nicht appetitlich zu trinken sein!« meinte Banks.

»Und warum nicht?« fragte ich.

»Weil dessen Wasser geheiligt ist und diese ganze verdächtige Menge sich darin baden wird, wie die Anwohner des Ganges in dessen Wellen.«

»Lagern wir stromabwärts von hier?« rief Hod, während er die Hand nach der Richtung ausstreckte, in der unser Zug hielt.

»Nein, Kapitän, beruhigen Sie sich«, antwortete der Ingenieur, »wir liegen stromaufwärts.«

»Das ist ein Glück, Banks; ich möchte nicht, daß unser Stahlriese aus dieser unreinen Quelle getränkt würde!«

Wir wanden uns nun durch die Tausenden von Hindus hindurch, die auf einem engen Raume zusammengepfercht waren.

Dabei hörte man zunächst das unharmonische Geräusch von Ketten und Glöckchen, das von Bettlern herrührte, welche die öffentliche Mildtätigkeit erwecken wollten.

Es wimmelt hier geradezu von Vertretern der auf der ganzen Indischen Halbinsel so zahlreichen Brüderschaft von Landstreichern. Die meisten trugen falsche Wunden zur Schau, wie die Clopin-Trouillefou des Mittelalters. Wenn diese Bettler auch sonst von den meisten als Betrüger angesehen werden, so war das bei den Fanatikern hier, deren Verblendung den höchsten Grad erreichte, doch ganz anders.

Da fanden sich Fakirs, sogenannte Goussaïns, fast nackt und mit Asche überstreut; der eine hatte sich durch fortgesetzte Dehnung den Arm ausgerenkt, der andere die Nägel der eigenen Finger durch die Hand wachsen lassen.

Wieder andere waren auf die hirnverbrannte Idee gekommen, den ganzen Weg bis hierher mit ihrem Körper zu messen. Dazu strecken sie sich auf der Erde aus, erheben sich an der Stelle, werfen sich wieder nieder und legen in dieser Weise Hunderte von Meilen zurück, als hätten sie als Maßketten dienen sollen.

Hier hingen einzelne Gläubige, berauscht vom Hang – das ist eine Art flüssiges Opium mit Hanfaufguß –, in Baumzweigen an eisernen Haken, welche in das Fleisch der Schulter eingriffen. Dabei drehten sie sich noch um, bis die Muskeln durchrissen und sie in die Wellen des Phalgou fielen.

Dort ließen andere, welche zu Ehren Sivas die Beine durchstochen oder die Zunge durchbohrt hatten, indem sie Pfeile durch diese Teile gestoßen hatten, das aus den Wunden träufelnde Blut von Schlangen auflecken.

Das ganze Schauspiel erschien einem europäischen Auge natürlich im höchsten Grade widerlich. Ich beeilte mich, weiterzukommen, als Banks mich plötzlich aufhielt.

»Jetzt naht die Stunde des Gebets!« sagte er.

Eben erschien ein Brahmane inmitten des Menschengewühls. Er erhob die rechte Hand und wies damit nach der Sonne, welche der Felsen von Gaya bis jetz verdeckt hatte.

Der erste von dem Tagesgestirn ausgehende Strahl diente als Signal. Die fast nackte Menge stürzte in das geheiligte Gewässer. Einige begnügten sich mit einer kurzen Untertauchung, wie in den ersten Zeiten der Taufe; andere dagegen erweiterten das vorgeschriebene Bad zu wirklichen Wasserlustbarkeiten, an denen ein religiöser Charakter wohl kaum noch zu erkennen war. Ich weiß nicht, ob die Eingeweihten, während sie »Slocas« oder Denkverse hermurmelten, die ihnen die Priester gegen eine gewisse Belohnung vorbeteten, mehr daran dachten, ihre Seele oder ihren Leib zu reinigen. Jedenfalls schöpften sie zuerst etwas Wasser mit der hohlen Hand, sprengten dasselbe nach den vier Himmelsgegenden aus und spritzten sich darauf einige Tropfen in das Gesicht, wie die Badenden, die sich am flachen Ufer eines Seebades belustigen. Für jede von ihnen begangene Sünde rauften sie sich übrigens je ein Haar aus. Wie viele hätten da wohl verdient, nur als Kahlköpfe aus den Fluten des Phalgou hervorzugehen! Der Lärm und Jubel der Badenden, die das Wasser durch das rasche Untertauchen in Bewegung setzten oder wie ein ungeschickter Schwimmer mit der Ferse peitschten, ging so weit, daß selbst die Alligatoren erschreckt nach dem anderen Ufer entflohen. Da saßen sie, starrten mit glotzenden Augen auf die bewegte Menschenmenge, die sie aus ihrem Bereich vertrieben, und ließen von ihren gewaltigen Kiefern ein drohendes Klappern ertönen. Die Pilger bekümmerten sich um sie übrigens nicht mehr als um unschädliche Eidechsen.

Für uns wurde es nun die höchste Zeit, diese wunderlichen Heiligen sich selbst zu überlassen, um sich zum Eintritt in den Kaîlas, d. h. das Paradies Brahmas, vorzubereiten. Wir wanderten also am Ufer des Phalgou hinauf, um unseren Halteplatz wieder zu erreichen.

Das Frühstück vereinigte uns alle an der Tafel, und der übrige, außerordentlich warme Tag verlief ohne weitere Zwischenfälle. Kapitän Hod durchstreifte gegen Abend noch einmal die nächste Umgebung und brachte etwas Wild mit heim. Inzwischen vervollständigten Storr, Kâlouth und Goûmi den Vorrat an Wasser und Brennmaterial und setzten die Feuerung in Stand, denn wir gedachten am nächsten Tag zeitig aufzubrechen.

Um neun Uhr abends hatten alle ihre Zimmer aufgesucht. Eine ruhige, aber sehr warme Nacht verhüllte alles ringsumher. Dicke Wolken verdeckten die Sterne und machten die Atmosphäre noch schwerer. Auch nach Sonnenuntergang nahm die Hitze nicht merkbar ab.

Die Temperatur war so erstickend, daß ich Mühe hatte einzuschlafen. Durch das offengelassene Fenster drang nur eine glühende Luft ein, die mir für die Tätigkeit der Lungen sehr ungeeignet schien.

Mitternacht kam heran, ohne daß ich einen Augenblick Ruhe gefunden hätte. Dennoch wollte ich vor der Abreise drei bis vier Stunden geschlafen haben, ich täuschte mich aber in dem Glauben, dem Schlaf befehlen zu können. Der Schlummer floh mich. Der feste Wille vermochte nichts, sondern bewirkte eher das Gegenteil.

Es mochte gegen ein Uhr morgens sein, als ich ein dumpfes Geräusch vernahm, das sich längs des Phalgou-Ufers fortzusetzen schien.

Ich glaubte zuerst, daß bei der mit Elektrizität überladenen Atmosphäre ein Sturm aus Westen auftreten würde. Ein solcher konnte wohl heiß sein, mußte aber wenigstens die Luftschichten verschieben und das Atmen leichter machen.

Ich irrte. Die über unserer Haltestelle herabhängenden Baumzweige blieben vollkommen unbewegt.

Ich steckte den Kopf durch das Fenster und lauschte. Wohl ließ sich entferntes Geräusch vernehmen, doch nirgends war etwas zu sehen. Die Wasserfläche des Phalgou breitete sich tief dunkel vor mir aus, ohne jene zitternden Reflexe, welche jede Bewegung derselben erzeugt haben würde. Das Geräusch kam also weder aus der Luft noch vom Wasser her.

Etwas Verdächtiges vermochte ich jedoch nicht zu entdecken. Ich legte mich also nieder und begann, von Ermüdung überwältigt, einzuschlummern. Dann und wann drang mir jenes Geräusch noch einmal ins Ohr, endlich schlief ich aber trotzdem fest ein.

Zwei Stunden später, eben als der erste Morgenschimmer graute, wurde ich plötzlich erweckt.

Man rief nach dem Ingenieur.

»Herr Banks!«

»Was gibt es?«

»Kommen Sie schnell!«

Ich hatte die Stimme Banks und die des Mechanikers erkannt, der in den Gang vor unseren Zimmern getreten war.

Ich erhob mich sofort und verließ meine Kabine. Banks und Storr befanden sich schon auf der vorderen Veranda. Oberst Munro kam mir noch zuvor und Kapitän Hod erschien bald darauf.

»Was ist geschehen?« fragte der Ingenieur.

»Sehen Sie selbst!« antwortete Storr.

Das Licht des anbrechenden Tages gestattete die Ufer des Phalgou und einen Teil der sich an demselben hinaufziehenden Straße einige Meilen weit zu erkennen. Unser Erstaunen war nicht gering, als wir mehrere Hundert von Hindus erblickten, welche truppweise an den Uferabhängen und auf der Straße lagerten.

»Das sind ja unsere Pilger von gestern!« meinte Kapitän Hod.

»Was machen sie aber hier?« fragte ich.

»Sie erwarten ohne Zweifel den Aufgang der Sonne«, erwiderte der Kapitän, »um sich in die heiligen Wellen zu stürzen.«

»Nein«, entgegnete Banks. »Ihre Abwaschungen können sie ja in Gaya selbst vornehmen. Wenn sie hierher gekommen sind, so . . .«

»Rührt das daher, daß der Stahlriese die gewohnte Wirkung hervorgebracht hat!« fiel Kapitän Hod ein. »Sie werden gehört haben, daß ein gigantischer Elefant, ein Koloß, wie sie nie einen ähnlichen gesehen, sich in der Nähe befinde, und sind in hellen Haufen hergezogen, ihn zu bewundern!«

»Wenn es bci der einfachen Bewunderung bleibt«, bemerkte der Ingenieur kopfschüttelnd.

»Was fürchtest du sonst, Banks?« fragte Oberst Munro.

»Oh, nichts weiter . . . als daß diese Fanatiker den Weg versperren und uns aufhalten könnten.«

»Sei in jedem Fall vorsichtig! Mit derartigen Heiligen kann man nicht zart genug umgehen.«

»Gewiß!« stimmte Banks ihm bei.

Dann rief er den Heizer.

»Sind die Feuer bereit, Kâlouth?«

»Jawohl!«

»So zünde an!«

»Ja, ja, zünd' an, Kâlouth«, wiederholte Kapitän Hod; »heize daraufzu, daß unser Elefant seinen Atem von Dampf und Rauch den Pilgern ins Gesicht speie!«

Es war jetzt ein halb vier Uhr morgens. Die Maschine bedurfte nur einer halben Stunde, um Dampf zu haben. Die Feuer wurden also entzündet, das Holz knisterte auf dem Roste, und aus dem Rüssel des riesigen Elefanten, der bis in das Gezweig der hohen Bäume reichte, wirbelten schwarze Rauchwolken empor.

Da kamen einzelne Gruppen von Hindus näher heran. Unter der Menge entstand eine allgemeine Bewegung. Bald sahen wir uns dicht umdrängt. Die ersten Reihen der Pilger hoben die Arme empor oder streckten sie nach dem Elefanten aus. Viele beugten sich nieder, fielen auf die Kniee oder warfen sich ganz zu Boden, jedenfalls als Ausdruck der Verehrung und Anbetung.

Oberst Munro, Kapitän Hod und ich befanden uns inzwischen auf der Veranda, einigermaßen beunruhigt, wie weit dieser Fanatismus gehen werde. Auch Mac Neil war hinzugekommen und blickte schweigend hinaus. Banks hatte mit Storr in dem Türmchen, welches das ungeheuere Tier trug, Platz genommen, von wo aus sie dasselbe nach Belieben in Gang setzen oder halten konnten.

Um vier Uhr schon brodelte und schnaubte der Kessel. Dieses dumpfe Geräusch konnte von den Hindus wohl als das Grollen eines überirdischen Elefanten aufgefaßt werden. Der Manometer zeigte jetzt eine Spannung von fünf Atmosphären, und Storr ließ etwas Dampf durch die Ventile abblasen, was sich etwa so ausnahm, als dränge der letztere durch die Haut der gigantischen Pachyderme.

»Wir haben vollen Dampf, Munro!« rief Banks herab.

»So fahr' zu, Banks, aber vorsichtig und verletze niemand!«

Es war nun fast tageshell. Den längs des Phalgou hinauflaufenden Weg bedeckte die andächtige Menge, welche wenig Lust zeigte, uns Platz zu machen. Es erschien unter solchen Umständen freilich nicht so leicht, vorwärts zu fahren und niemand zu beschädigen.

Banks ließ einige Male die Dampfpfeife ertönen, worauf die Pilger mit wahrhaft höllischem Geheul antworteten.

»Platz da! Aufgepaßt!« rief Banks laut und befahl dem Mechaniker, den Regulator ein wenig zu öffnen.

Man hörte das Zischen des Dampfes, der in die Zylinder eindrang. Die Maschine machte eine halbe Radumdrehung, eine mächtige weiße Dampfwolke stieg aus dem Rüssel auf.

Die Menge war einen Augenblick zurückgewichen. Der Regulator wurde nun zur Hälfte geöffnet. Das Schnaufen des Stahlriesen nahm an Stärke zu, und unser Zug begann sich durch die dichte Reihe der Hindus zu bewegen, die uns Platz zu machen nicht gewillt schienen.

»Nehmen Sie sich in acht, Banks!« rief ich da aus.

Beim Herabbeugen über das Geländer der Veranda hatte ich gesehen, wie sich wohl ein Dutzend Fanatiker auf den Weg offenbar in der Absicht niederwarfen, sich von den Rädern der schweren Maschine zermalmen zu lassen.

»Diese Dummköpfe!« rief Kapitän Hod, »sie sehen unseren Zug für den Wagen Jaggernauts an! Sie wollen sich von den Füßen des heiligen Elefanten zertreten lassen!«

Auf ein Zeichen des Ingenieurs sperrte der Mechaniker den Dampfzufluß ab. Die quer über den Weg liegenden Pilger machten keine Miene, sich zu erheben. Rings um sie schrie und heulte die erregte Menge und ermutigte sie durch allerlei Gesten.

Die Maschine stand still. Banks wußte nicht, was er tun solle, und befand sich offenbar in Verlegenheit.

Plötzlich kam ihm ein Gedanke.

»Wir wollen doch sehen . . .!« sagte er.

Er öffnete den Hahn, der zum Reinigen und Ausblasen der Zylinder diente. Sofort zischten mächtige Dampfstrahlen über den Boden hin, daß die Luft von dem Brausen erzitterte.

»Hurra! Hurra! Hurra!« brach Kapitän Hod aus. »Drauflos, Freund Banks, drauflos!«

Dieses Mittel wirkte. Schreiend sprangen die freiwilligen Opfer, als der heiße Dampf sie traf. Zermalmen lassen wollten sie sich wohl, aber verbrühen nicht.

Die Menge wich zurück und der Weg ward frei.

Der Regulator wurde weit geöffnet und die Räder griffen tief in den Boden ein.

»Vorwärts! Vorwärts!« drängte Kapitän Hod in die Hände klatschend und aus vollem Herzen lachend.

In schnellem Tempo eilte der Stahlriese des Wegs dahin und verschwand bald den Blicken der vor Erstaunen sprachlosen Menschenmenge, wie ein Märchenwesen in einer Wolke von Dampf.

Achtes Kapitel

Einige Stunden in Benares

Nun lag die Landstraße also für das Steam-House offen – jene Straße, die uns über Sasseram am rechten Ufer des Ganges bis nach Benares führen sollte.

Eine Meile von der letzten Haltestelle nahm die Maschine wieder einen gemäßigteren Gang an und legte etwa zweiundeinehalbe Meile in der Stunde zurück. Banks beabsichtigte denselben Abend fünfundzwanzig Meilen von Gaya zu rasten und die Nacht in Ruhe nahe der kleinen Stadt Sasseram zu verbringen.

Im allgemeinen vermeiden die Landstraßen Indiens soweit als möglich die Wasserläufe, welche Brücken notwendig machen, deren Herstellung auf dem Alluvialboden des Landes große Kosten bedingt. Selbst an solchen Stellen, wo man einem Flusse oder Strome nicht aus dem Wege gehen konnte, fehlen sie doch noch häufig. Zwar findet man dann wenigstens eine Fähre, das altertümliche unzureichende Auskunftsmittel, das zur Überführung unseres Zuges sicherlich nicht genügt hätte. Glücklicherweise konnten wir desselben entbehren.

Gerade an diesem Tag mußten wir nun einen bedeutenden Fluß, die Sone, überschreiten. Oberhalb Rhotas aus seinen Quellflüssen Coput und Coyle entspringend, mündet derselbe etwa in der Mitte zwischen Arrah und Dinapore in den Ganges.

Die Überfahrt ging außerordentlich leicht vonstatten. Der Elefant verwandelte sich ganz von selbst in einen Wasser-Motor. Er stieg den sanft geneigten Uferrand hinab bis in den Fluß, schwamm auf dessen Fläche, und die breiten Füße peitschten das Wasser wie die Schaufeln eines Rades, wobei er den Zug, der hinter ihm schwamm, nachschleppte.

Kapitän Hod wußte sich vor Jubel kaum zu fassen.

»Ein rollendes Haus!« rief er einmal über das andere, »ein Haus, das gleichzeitig ein Wagen und ein Dampfschiff ist! Nun fehlen ihm nur noch Flügel, um es in einen Fliegapparat zu verwandeln und den Luftraum zu durchmessen!«

»Das wird auch noch einmal kommen, Freund Hod«, sagte der Ingenieur ganz ernsthaft.

»Ja, ich weiß, Freund Banks«, antwortete ebenso ernsthaft der Kapitän, »es wird noch alles werden! Nur eines nicht, nämlich, daß wir in zweihundert Jahren noch einmal unter den Lebenden weilen, um all' diese Wunder zu schauen! Das Leben ist gar nicht alle Tage so angenehm, und doch wäre ich dabei, zehn Jahrhunderte zu leben – aus reiner Neugier!«

Gegen Abend, zwölf Stunden nach der Abfahrt von Gaya, nachdem wir unter der stolzen Röhrenbrücke der Eisenbahn, welche vierundzwanzig Fuß über dem Spiegel der Sone liegt, hinweggeglitten waren, hielten wir in der Nähe von Sasseram. Wir wollten hier nur eine Nacht über bleiben, um Holz und Wasser zu fassen, und mit

Tagesanbruch wieder aufbrechen.

Dieses Programm wurde in allen Punkten eingehalten, und bevor die Sonne ihre brennenden Strahlen, welche uns für den Mittag gespart blieben, aussandte, fuhren wir am frühen Morgen des 22. Mai wieder ab.

Die Landschaft war immer dieselbe, d. h. reich und fleißig angebaut, so wie sie längs der Ufer des herrlichen Ganges-Tales erscheint. Ich erwähne hier die zahlreichen Dörfer nicht, die inmitten unendlicher Reisfelder zerstreut oder unter Palmengruppen mit dichter Blätterkrone, unter dem Schatten von Mango- oder anderen edlen Bäumen versteckt liegen. Wir hielten übrigens bei denselben nicht an. Sperrte dann und wann ein von Zebus langsam dahingezogenener Karren den Weg, so genügte ein schriller Pfiff mit der Dampfpfeife, ihn zum Ausweichen zu veranlassen, und unser Zug rollte zur größten Verwunderung der Bauern vorüber.

Im Laufe dieses Tages hatte ich auch das herrliche Vergnügen, sehr viele Rosenfelder zu sehen. Wir befanden uns jetzt nämlich nicht mehr fern von Ghazipore, dem Mittelpunkt für die Darstellung des Rosenwassers oder vielmehr der Rosenessenz.

Ich fragte Banks, ob er mir über diesen so gesuchten Artikel, den wichtigsten in der Kunst der Zusammenstellung von Wohlgerüchen, Näheres mitteilen könne.

»Ich will Ihnen Ziffern anführen«, antwortete mir Banks, »die den Beweis liefern, wie kostspielig die Fabrikation ist. Vierzig Pfund Rosen werden zuerst bei mäßigem Feuer einer Art langsamer Destillation unterworfen und liefern etwa dreißig Pfund Rosenwasser. Dieses Wasser gießt man auf eine neue Quantität von vierzig Pfund Blumen und setzt die Destillation so lange fort, bis die Flüssigkeit noch zwanzig Pfund beträgt. Dieselbe wird nun zwölf Stunden lang der kalten Nachtluft ausgesetzt, und am anderen Morgen findet man auf deren Oberfläche – eine Unze wohlriechendes Öl. Aus achtzig Pfund Rosen – eine Quantität, welche mindestens zweimalhunderttausend Blumen enthält – gewinnt man am

Ende also eine Unze ätherisches Öl. Es ist ein wirklicher Massenmord! Es ist also nicht zu verwundern, daß die Rosenessenz selbst im Produktionsland die Unze mit vierzig Rupien, gleich hundert Francs bezahlt wird.«

»Ah«, meinte Kapitän Hod, »wenn man zur Gewinnung einer Unze Alkohols achtzig Pfund Weintrauben brauchte, da würde der Grog verwünscht teuer werden!«

An diesem Tag hatten wir noch die Karamnaca, einen der Nebenflüsse des Ganges, zu überschreiten. Die Hindus haben aus diesem unschuldigen Fluß eine Art Styx gemacht, auf dem zu fahren nicht geraten ist. Sein Ufer ist nicht minder in üblem Ruf als das des Jordans oder die Küste des Toten Meeres. Die Kadaver, welche in denselben geworfen werden, führt er direkt in die brahmanische Hölle. Ich gehe auf diese Glaubensfragen hier nicht ein; wenn aber behauptet wird, das Wasser dieses Höllenflusses sei von unangenehmem Geschmack und der Gesundheit schädlich, so muß ich dem widersprechen, da es im Gegenteil ausgezeichnet ist.

Am Abend, nachdem wir durch ein wenig hügeliges Land mit unübersehbaren Mohnfeldern und weiten Reisplantagen gekommen, lagerten wir am rechten Ufer des Ganges, gegenüber dem uralten Jerusalem der Hindus, der heiligen Stadt Benares.

»Vierundzwanzig Stunden Aufenthalt!« rief Banks.

»Wie weit sind wir jetzt von Kalkutta?« fragte ich den Ingenieur.

»Etwa dreihundertfünfzig Meilen«, erklärte er mir, »und Sie werden zugeben, lieber Freund, daß wir weder von der Länge des Weges noch von Beschwerden der Reise etwas bemerkt haben!«

Der Ganges! Gibt es einen Fluß, dessen bloßer Name mehr poetische Legenden in uns wachruft, und scheint sich nicht ganz Indien in ihm zu vereinen? Findet sich auf der weiten Erde ein dem seinigen vergleichbares Tal, das sich, um seinen stolzen Lauf zu regeln, über eine Strecke von fünfhundert Meilen fortsetzt und nicht weniger als hundert Millionen Einwohner zählt? Gibt es einen zweiten Ort, wo seit dem Auftreten der asiatischen Rassen mehr Wunder zusammengehäuft worden wären? Was würde Victor Hugo, der die Donau so erhaben besang, von dem Ganges gesagt haben? Ja, man kann es laut von sich verkündigen, wenn man

> ... wie ein Meer seine hohle See hat,
> Wenn man über die Erde dahinzieht
> Wie eine Schlange, und wenn man strömt
> Vom Abendlande bis zum Morgenland!

Der Ganges aber hat seinen gefährlichen Seegang, seine Zyklonen, die schlimmer auftreten als die Stürme des europäischen Stromes! Er windet sich, einer Schlange gleich, durch die paradiesischsten Gegenden der Welt! Auch er fließt vom Abend nach Morgen. Aber seine Quelle entspringt nicht auf mittelmäßigen Hügeln – die höchste Bergkette der Erde ist es, in den Gebirgsriesen von Tibet, von der sie herabstürzt, alle Nebenflüsse verschlingend! Vom Himalaja steigt er zur Erde herab!

Am folgenden Tag, am 23. Mai, lag bei Sonnenaufgang der breite Wasserspiegel vor unseren Blicken da. Auf dem weißen Sand lagen einige Gesellschaften gewaltiger Alligatoren, welche die ersten Strahlen der Sonne zu trinken schienen. Sie verhielten sich ruhig dem glänzenden Gestirn zugewendet, als wären sie die gewissenhaftesten Anhänger Brahmas. Einige vorüberschwimmende Leichen störten sie jedoch bald aus ihrer Andacht auf. Von den Kadavern, welche der Strom mit hinabführt, hat man gesagt, daß sie auf dem Rücken schwimmen, wenn es solche von Männern, auf der Brust aber, wenn es solche von Frauen wären. Ich kann versichern, daß an dieser Beobachtung nichts Wahres ist. Schnell stürzten sich die Ungeheuer auf die willkommene Beute, welche ihnen die Ströme der Halbinsel täglich liefern, und schleppten dieselben in die Tiefe.

Die Eisenbahn von Kalkutta verläuft vor ihrer Gabelung bei Allahabad, von wo aus sie nordwestlich nach

Delhi und südwestlich nach Bombay führt, stets am rechten Ufer des Ganges, dessen Krümmungen sie nur abschneidet. Bei der Station Mogul Seraï, von der wir nur wenige Meilen entfernt waren, zweigt sich eine kleinere Strecke ab, die nach Überschreitung des Stromes Benares berührt und durch das Gounti-Tal sechzig Kilometer weit bis Jaunpore reicht.

Benares liegt demnach am linken Ufer. Hier wollten wir indes nicht über den Ganges gehen, sondern erst bei Allahabad. Der Stahlriese blieb also an dem am Vorabend des 22. Mai gewählten Halteplatz. Am Flußufer lagen Gondeln bereit, uns nach der heiligen Stadt zu bringen, die ich etwas eingehender zu besichtigen wünschte.

Oberst Munro hatte in der oft von ihm besuchten Stadt nichts mehr zu lernen, nichts mehr zu sehen. An jenem Tag kam ihm zwar einmal der Gedanke, sich uns anzuschließen, nach reiflicher Überlegung aber entschied er sich für einen in Gesellschaft Mac Neils längs des Flusses zu unternehmenden Ausflug. Beide verließen auch das Steam-House, bevor wir aufgebrochen waren. Kapitän Hod, der früher in Benares in Garnison gelegen hatte, wollte einige Kameraden besuchen. Banks und ich – der Ingenieur wollte mir als Führer dienen –, wir waren also die einzigen, welche ein Gefühl von Neugierde nach der Stadt verlockte.

Wenn ich sagte, daß Kapitän Hod in Benares garnisoniert habe, so darf man nicht vergessen, daß die Truppen der königlichen Armee gewöhnlich nicht in den Hindustädten selbst untergebracht sind. Ihre Kasernen liegen in den sogenannten »Contonnements«, welche gleich an und für sich englische Städte darstellen. So ist es in Allahabad, in Benares und an anderen Punkten des Reiches, wo sich nicht allein die Soldaten, sondern auch die Beamten, Kaufleute und Rentiers mit Vorliebe ansiedeln. Jede von jenen großen Städten besteht also eigentlich aus zwei Teilen, dem einen, in dem man allen modernen Luxus Europas wiederfindet, und dem anderen, der die Landessitte und die Gebräuche der Hindus mit der ganzen Lokalfarbe bewahrt hat.

Die an Benares anliegende englische Stadt ist Secrole, deren Bungalows und christliche Kirchen nichts Interessantes bieten. Hier befanden sich auch von Touristen frequentierte bessere Hotels. Secrole ist eine ganz und gar »gemachte« Stadt, welche die Fabrikanten des Vereinigten Königreiches in Kisten versenden könnten, um sie sofort wieder aufzustellen. Hier gibt es also etwas Merkwürdiges nicht zu sehen. Nachdem Banks und ich in einer Gondel Platz genommen, fuhren wir in schräger Richtung über den Ganges, um zunächst einen Überblick über das prächtige Amphitheater zu gewinnen, das Benares oberhalb des hohen Ufers bildet.

»Benares«, sagte Banks zu mir, »ist vor allen anderen die heilige Stadt Indiens, das Mekka der Hindus, und jeder, der sich daselbst, wenn auch nur vierundzwanzig Stunden aufgehalten hat, versichert sich damit eines Teiles der ewigen Glückseligkeiten. Es erscheint begreiflich, welchen Zufluß von Pilgern ein solches Dogma herbeilocken und welch' große Anzahl Bewohner eine Stadt haben muß, der Brahma so hochwichtige Vorrechte verliehen hat.«

Benares soll schon über dreißig Jahrhunderte alt sein. Es wäre also etwa zu der Zeit gegründet worden, als Troja vom Erdboden verschwand. Nachdem es von jeher einen großen, nicht politischen, aber geistigen Einfluß auf ganz Hindostan ausgeübt, wurde es bis zum 9. Jahrhundert der anerkannte Mittelpunkt der buddhistischen Religion. Da vollzog sich eine religiöse Umwälzung. Der Brahmanismus verdrängte den alten Kultus. Benares wurde die Hauptstadt der Brahmanen, der Brennpunkt für die Fahrten der Gläubigen, und man behauptet, daß hier jährlich 300.000 Pilger zusammenströmen.

Die heilige Stadt hat noch immer ihren eigenen Rajah. Dieser von England nur kärglich besoldete Fürst bewohnt einen prächtigen Palast in Ramnagur am Ganges.

Er ist ein wirklicher Nachkomme der Könige von Kazi (der alte Name für Benares), hat aber keinerlei Einfluß und würde sich darüber wohl hinwegsetzen, hätte man sein Ruhegehalt nicht auf ein Lakh Rupien vermindert, d. h. also auf 100.000 Rupien, gleich 200.000 Mark, eine Summe, die einem früheren Nabob kaum als Taschengeld ausreichte.

Der Aufstand von 1857 berührte, wie überhaupt alle Städte des Ganges-Tales, auch Benares. Jener Zeit bestand dessen Garnison aus dem 37. Regiment eingeborener Infanterie, einem Corps regulärer Kavallerie und einem halben Regiment Sikhs. An königlichen Truppen besaß es nur eine halbe Batterie europäischer Artillerie. Diese Handvoll Menschen konnte es nicht wagen, die eingeborenen Soldaten zu entwaffnen. Die Regierungsbehörden erwarteten daher auch mit Verlangen die Ankunft des Oberst Neil, der mit dem 10. Regiment der königlichen Armee auf Allahabad marschierte. Oberst Neil zog in Benares nur mit zweihundertfünfzig Mann ein und ordnete sofort eine Parade auf dem Exerzierplatz an.

Als die Sipahis versammelt waren, erhielten sie den Befehl, die Waffen niederzulegen. Das verweigerten dieselben. Damit kam es zwischen ihnen und der Infanterie des Oberst Neil zum Kampf. Die reguläre Kavallerie schloß sich sofort den Empörern an, ebenso wie später die Sikhs, welche sich verraten glaubten. Jetzt eröffnete die halbe Batterie das Feuer mit einem Hagel von Kartätschen, der die Aufrührer trotz ihrer Übermacht und Erbitterung völlig auflöste.

Das Gefecht fand außerhalb der bewohnten Quartiere statt. Im Gebiet der Stadt selbst kam es nur zu einer ohnmächtigen Erhebung der Muselmanen, welche die grüne Fahne aufzogen – ein Versuch, der gänzlich fehlschlug. Von diesem Tag an wurde Benares während des ganzen Aufstandes nicht wieder gestört, nicht einmal als die Empörung in den Provinzen des Westens siegreich zu sein schien.«

Banks machte mir diese Mitteilungen, während unser Boot über die Fluten des Ganges glitt.

»Lieber Freund«, sagte er, »wir wollen also Benares besuchen; gut! So alt diese Stadt auch ist, so werden Sie selbst kein Bauwerk finden, das mehr als dreihundert Jahre zählte. Wundern Sie sich darüber nicht. Es ist das die Folge der Religions-Streitigkeiten, bei denen Eisen und Feuer stets eine nur zu bedauerliche Rolle spielten. Nichtsdestoweniger bleibt Benares eine merkwürdige Stadt, und Sie werden keine Ursache haben, Ihren Ausflug zu bereuen!«

Bald darauf lag unsere Gondel in geeigneter Entfernung still, um uns am Grunde eines Golfes, ähnlich dem von Neapel, das pittoreske Amphitheater von Häusern erkennen zu lassen, die auf einem Hügel übereinanderliegen, und die Menge Paläste, von denen ein ganzer Komplex in Folge einer Senkung des Bodens, den die Wellen des Ganges fort und fort unterwühlen, vom Einstürzen bedroht ist. Eine nepalesische Pagode von chinesischer Architektur, welche Buddha geweiht ist, ein Wald von Türmen, Spitzen, Minaretts und kleinen Pyramiden, die von Tempeln und Moscheen emporstreben, überragt von dem goldenen Lingam-Pfeile Sivas und den beiden unscheinbaren Pfeilen der Moschee Aureng Zebs, krönt das wunderbare Panorama.

Statt unmittelbar an einer der »Ghâts« oder Treppen, die vom Wasser zu den Uferstraßen hinaufführen, zu halten, ließ Banks die Gondel längs der Kais weiter fahren, deren unterste Mauerschichten bis zum Strome hinabreichen.

Ich sah hier eine Wiederholung der Auftritte von Gaya, nur in anderer Landschaft. An Stelle der grünen Wälder des Phalgou trat hier als Hintergrund das Bild der heiligen Stadt.

Das Schauspiel selbst war nahezu das gleiche.

Auch hier bedeckten Tausende von Pilgern den Uferabhang, die Terrassen und Treppen, und stürzten sich voller Andacht zu dreien und vieren in den Strom. Man darf aber nicht etwa glauben, daß dieses Bad unentgeltlich zu haben wäre. Wächter mit rotem Turban und den Säbel an der Seite erhoben auf den untersten Stufen der Ghâts das Eintrittsgeld im Verein mit geschäftigen Brahmanen, welche Rosenkränze, Amulette und andere fromme Bedürfnisse verkauften.

Übrigens drängten sich hier nicht nur Pilger, welche nur selbst zu baden gekommen waren, sondern auch Händler, deren einziges Geschäft darin bestand, heiliges, geweihtes Wasser zu schöpfen, das bis in die entlegensten Teile der Halbinsel vertrieben wird. Als Garantie ward jeder Flasche das Siegel der Brahmanen aufgedrückt. Immerhin darf man annehmen, daß hierbei Betrügereien im größten Maßstab mit unterlaufen, denn der Export der wunderbaren Flüssigkeit hat eine gar zu beträchtliche Höhe erreicht.

»Vielleicht«, meinte Banks, »genügte der ganze Inhalt des Ganges noch nicht für den Bedarf der Gläubigen!«

Ich fragte ihn darauf, ob bei dieser »Baderei« nicht zuweilen Unfälle vorkämen, da man von Sicherheitsmaßregeln nichts bemerkte. Denn Schwimmeister gab es z. B. hier nicht, um Unvorsichtige abzuhalten, die sich in die schnelle Strömung des Flusses verirrten.

»Unfälle kommen häufig genug vor«, antwortete mir Banks, »doch, wenn der Körper des Gläubigen verloren ist, so ist wenigstens seine Seele gerettet. Deshalb macht man nicht viel Aufhebens darum.«

»Und die Krokodile?« forschte ich weiter.

»Die Krokodile halten sich meist beiseite. Der Lärm im Wasser erschreckt und verscheucht sie. Diese Ungeheuer sind weit weniger zu fürchten als die Bösewichte, welche untertauchen, unter dem Wasser hingleiten, Frauen und Kinder herabzerren und ihnen das Geschmeide rauben. Man erzählt auch von einem Schurken, der mit einem künstlichen Kopf bedeckt, lange Zeit die Rolle eines falschen Krokodils gespielt und bei diesem einträglichen und gefährlichen Geschäft sich ein ganz nettes Vermögen erworben haben soll. Eines Tages ward dieser Eindringling von einem wirklichen Alligator aufgefressen, und man fand von ihm nichts als den Kopf von lohgarer Haut, der noch auf dem Strom hinabtrieb.«

Außerdem gibt es auch genug überspannte Gläubige, welche freiwillig den Tod im Ganges suchen und dabei sogar mit Raffinement zu Werk gehen. Um ihren Körper befestigen sie dann z. B. einen Rosenkranz von leeren, aber unverschlossenen urnenartigen Gefäßen. Allmählich dringt das Wasser in dieselben ein und zieht sie unter dem beifälligen Jubel der andächtigen Menge langsam hinunter.

Die Gondel hatte uns bald an die Manmenka Ghât gebracht. Hier erhoben sich die Scheiterhaufen, denen die Leichen aller derjenigen übergeben werden, welche wegen des zukünftigen Lebens etwas in Besorgnis sind. Die Gläubigen halten viel auf die Einäscherung an dieser Stelle, und die Scheiterhaufen lodern deshalb Tag und Nacht. Aus weiter Ferne her lassen sich die reichen Babous nach Benares bringen, sobald sie sich von einer unheilbaren Krankheit ergriffen fühlen. Benares gilt ohne Zweifel für den besten Abfahrtsplatz bei »der Reise in die andere Welt«. Hat der Verstorbene sich nur verzeihliche Sünden vorzuwerfen, so geht seine Seele auf den Rauchwolken der Manmenka sofort zur ewigen Glückseligkeit ein. War er ein großer Sünder, so muß sich seine Seele dagegen erst in dem Körper eines eben geborenen Brahmanen läutern. Er darf dann hoffen, daß, wenn sein Leben während dieser zweiten Fleischwerdung ein tadelloses gewesen ist, ihm keine dritte »Avatâra« (eine dritte Menschwerdung) auferlegt wird, bevor er für immer zum Genuß der Seligkeit in Brahmas Himmel zugelassen wird.

Den Rest des Tages benutzten wir zu einem Besuch der Stadt, ihrer hauptsächlichsten Bauwerke und der von düsteren Läden nach arabischer Sitte eingefaßten Bazars. Hier bringt man vorzüglich seine Musselins zum Verkaufe, neben dem »Kinkôb«, einer Art goldbroschierten Seidenstoffs und das wichtigste Erzeugnis der

Industrie von Benares. Die Straßen waren gut erhalten, aber eng, eine Anlage, die man in allen von den Strahlen der Tropensonne fast senkrecht getroffenen Städten wiederfindet. Empfindet man doch im Schatten hier noch eine unausstehliche Hitze. Ich bedauerte die Träger unseres Palankins aufrichtig, obgleich diese sich nicht selbst zu beklagen schienen.

Die armen Teufel fanden hierbei ja Gelegenheit, einige Rupien zu verdienen, das genügte, ihnen Kräfte und Mut einzuflößen. Ganz anders erschien dagegen ein Hindu, oder vielmehr ein Bengali, mit lebhaften Augen und verschlagenem Ausdruck im Gesicht, der uns ohne Scheu auf Tritt und Schritt verfolgte.

Beim Aussteigen am Kai der Manmenka Ghât hatte ich im Gespräch mit Banks den Namen des Oberst Munro laut fallen lassen. Der Bengali, der unsere Gondel anlegen sah, schien dabei unwillkürlich zu erzittern. Ich beachtete das zwar nicht weiter, doch kam es mir in den Sinn, als ich diesen Spion immer an unsere Fersen geheftet sah. Er verließ uns nur, um wenige Augenblicke später vor oder hinter uns wieder aufzutauchen. War es ein Freund oder ein Feind? Ich wußte es nicht; jedenfalls erregte der Name des Oberst Munro bei ihm ein mehr als gewöhnliches Interesse.

Unser Palankin hielt bald am Fuße der großen Treppe von hundert Stufen, die vom Kai nach der Moschee Aureng Zebs hinaufführt.

Früher klommen die Gläubigen, so wie die in Rom, diese Art Santa Scala nur auf den Knieen empor. Damals erhob sich der Tempel Wischnus an derselben Stelle, die später die Moschee des Eroberers einnahm.

Ich hätte Benares gern von der Höhe der Minaretts in Augenschein genommen, die für ein architektonisches Meisterwerk gehalten werden. Bei einer Höhe von hundertzweiunddreißig Fuß haben sie doch nur den Durchmesser einer gewöhnlichen Küchenesse, und dennoch windet sich in ihrem zylindrischen Schafte noch eine Treppe empor; es ist aber, und zwar mit Recht, verboten, dieselben zu besteigen. Schon jetzt weichen die beiden Minaretts nicht wenig von der lotrechten Linie ab und werden, da sie nicht so stabil sind wie der schiefe Turm zu Pisa, über kurz oder lang einmal umstürzen.

Als wir die Moschee Aureng Zebs verließen, sah ich den Bengali wieder, der uns am Tor derselben erwartete. Jetzt faßte ich ihn scharf ins Auge und er sah dabei zur Erde. Bevor ich Banks' Aufmerksamkeit wachrief, wollte ich mich überzeugen, ob die verdächtige Persönlichkeit uns immer nachfolgen werde, und schwieg deshalb.

Die Pagoden und Moscheen der Wunderstadt Benares zählen nach Hunderten. Ebenso die glänzenden Paläste, deren ohne Zweifel schönster dem Könige von Nagpore gehört. Es versagt sich nämlich kein Rajah, ein Stück Boden in der heiligen Stadt zu erwerben, nach der sich alle zur Zeit der großen religiösen Feste von Mela begeben.

Ich konnte nicht daran denken, in der kurzen uns zu Gebote stehenden Zeit alle diese Gebäude zu besuchen, und beschränkte mich also darauf, den Tempel Bicheschwars, wo sich der Lingam Sivas befindet, kennenzulernen. Dieser unförmige Stein, der als ein Teil des Körpers vom wildesten der Götter der Hindu-Mythologie betrachtet wird, bedeckt einen Brunnen, dessen modriges Wasser der Sage nach Wunderkräfte besitzen soll. Ich sah auch die Mankarnika oder den heiligen Springbrunnen, in dem sich die Gläubigen zum großen Vorteil der Brahmanen baden, ferner den Mân Mundir, ein vor zwei Jahrhunderten durch den Kaiser Akbar errichtetes Observatorium, dessen Instrumente alle aus – Stein hergestellt sind.

Auch von einem Palaste der Affen, den alle Reisenden in Benares aufsuchen, hatte ich reden hören. Ein Pariser würde dabei natürlich erwarten, das berühmte Affenhaus aus dem Jardin des Plantes wiederzufinden. Weit gefehlt!

Der Palast ist nichts als ein Tempel, der Dourga

Khound, etwas außerhalb der Vorstädte gelegen. Er stammt aus dem 9. Jahrhundert und gehört zu den ältesten Bauwerken der Stadt. Die Affen sind hier nicht in einem vergitterten Käfig eingesperrt. Sie schweifen frei durch die Höfe, springen von einer Mauer zur anderen, klettern in die Gipfel der riesigen Mango-Bäume und zanken sich mit lautem Geschrei um geröstete Körner, nach denen sie so lüstern sind und welche die Besucher ihnen mitzubringen pflegen. Hier, wie überall erheben die Brahmanen, als Wächter des Dourga Khound, eine kleine Steuer, welche diesen Stand zu dem einträglichsten in ganz Indien macht.

Selbstverständlich fühlten wir uns von der Hitze nicht wenig erschöpft, als wir gegen Abend daran dachten, nach dem Steam-House zurückzukehren. Wir hatten in Secrole, in einem der besten Hotels der englischen Stadt, gefrühstückt und zu Mittag gespeist, doch gestehe ich, daß wir dabei die Küche des Monsieur Parazard doch vermißten.

Als die Gondel an den Fuß der Ghât zurückkam, um uns nach dem rechten Gangesufer überzusetzen, sah ich jenen Bengali dicht bei unserem Boot zum letzten Mal wieder. Ein von einem Hindu geführtes Boot schien ihn zu erwarten. Wollte er wohl ebenfalls über den Fluß setzen und bis zu unserem Haltepunkt folgen? Die Sache ward allmählich verdächtig.

»Banks«, begann ich da mit leiser Stimme, auf den Bengali zeigend, »das ist ein Spion, der uns auf jedem Schritte folgte.«

»Ich hab' ihn wohl bemerkt«, erwiderte Banks, »und auch gesehen, daß der von Ihnen ausgesprochene Name des Oberst Munro seine Aufmerksamkeit erweckte.«

»Sollten wir ihn also nicht . . .?«

»Nein, nein, lassen wir ihn gehen«, fiel mir Banks ins Wort. »Besser, er hält sich für unbeachtet . . . übrigens ist er ja gar nicht mehr da.«

Wirklich war das Canot des Bengali schon unter der Menge von Fahrzeugen verschwunden, welche jetzt die dunklen Wellen des Ganges durchschnitten.

Da wandte sich Banks an unseren Bootsmann.

»Kennst du jenen Mann?« fragte er mit möglichst gleichgültiger Stimme.

»Nein, ich sah ihn zum ersten Male!« antwortete der Bootsführer.

Die Nacht sank herab. Hunderte von beflaggten, mit bunten Laternen geschmückte Boote, besetzt mit Sängern und Musikanten, kreuzten sich in allen Richtungen auf dem Strom. Vom linken Ufer leuchteten verschiedene Feuerwerke auf und erinnerten mich an die Nähe des Himmlischen Reiches, wo dieselben so hoch in Ansehen stehen. Es wäre schwierig, dieses Schauspiel zu beschreiben, das wirklich kaum seinesgleichen finden dürfte. Aus welcher Veranlassung dieses scheinbar improvisierte Nachtfest gefeiert wurde, an dem Hindus aller Klassen teilnahmen, konnte ich nicht erfahren. Als es zu Ende ging, hatte unsere Gondel das linke Stromufer wieder erreicht.

Das Ganze erschien wie eine Vision. Es dauerte kaum länger, als der aufblitzende Lichtschein, der den Himmel auf Augenblicke erleuchtet und dann erlischt. Doch wie gesagt, Indien verehrt dreihundert Millionen Gottheiten, Untergottheiten, Heilige und Halbheilige jeder Sorte, und das Jahr hat nicht so viele Stunden, Minuten und Sekunden, als daß jeder dieser Gottheiten eine einzige gewidmet werden könnte.

Bei unserer Rückkehr nach dem Halteplatz waren Oberst Munro und Mac Neil daselbst schon wieder eingetroffen. Banks fragte den Sergeanten, ob während unserer Abwesenheit etwas vorgefallen sei.

»Nichts«, antwortete Mac Neil.

»Sie sahen keine verdächtige Persönlichkeit hier herumschleichen?«

»Nein, Herr Banks. Haben Sie Veranlassung zu irgendeinem Verdacht ...?«

»Wir wurden bei unserem Ausflug nach Benares fortwährend beobachtet«, erwiderte der Ingenieur, »und das gefällt mir nicht.«

»Und dieser Spion war ...«

»Ein Bengali, den der Name des Oberst Munro erst aufmerksam zu machen schien.«

»Was kann der Mann von uns wollen?«

»Das weiß ich nicht, Mac Neil. Jedenfalls heißt es aufzupassen.«

»Ich werde auf dem Posten sein!« versicherte der Sergeant.

Neuntes Kapitel

Allahabad

Zwischen Benares und Allahabad beträgt die Entfernung etwa hundertdreißig Kilometer. Die Straße folgt fast stets dem rechten Ufer des Ganges und liegt zwischen der Eisenbahn und dem Strom. Storr hatte Kohlensteine besorgt und den Tender damit versehen. Für mehrere Tage war die Ernährung des Elefanten also gesichert. Wohl gereinigt – ich hätte bald gesagt, gestriegelt –, sauber, als käme er eben aus der Werkstätte, schien er ungeduldig die Zeit der Abfahrt zu erwarten. Er bäumte sich zwar nicht, aber das leise Knarren der Räder verriet die Spannung der Dämpfe, die seine Stahlbrust erfüllten.

Unser Zug setzte sich am 24. mit einer Geschwindigkeit von drei bis vier Meilen in der Stunde in Bewegung.

Die Nacht war ohne Störung verlaufen und der Bengali uns nicht ferner zu Gesicht gekommen.

Hier sei ein für allemal bemerkt, daß unsere Lebensweise, bezüglich der Zeit des Aufstehens und Niederlegens, des ersten und zweiten Frühstücks, des Mittagessens und der Siesta nach demselben mit militärischer Pünktlichkeit geregelt war. Im Steam-House ging alles ebenso regelmäßig zu, wie im Bungalow zu Kalkutta.

Unaufhörlich wechselte die umgebende Landschaft vor unseren Blicken, ohne daß die Wohnung sich nur von der Stelle zu bewegen schien. Wir waren an dieses neue Leben schon vollständig gewöhnt, wie ein Passagier an Bord eines überseeischen Dampfers – außer dessen Monotonie, denn uns umschloß nicht immer der gleichbleibende Horizont des Meeres.

Um elf Uhr ward an diesem Tag in der Ebene ein merkwürdiges Mausoleum von mongolischer Bauart sichtbar, errichtet zu Ehren zweier geheiligter Persönlichkeiten des Islam, nämlich Kassim Solimans, des Vaters und des Sohnes; eine halbe Stunde später die starke Festung von Chunar, deren pittoreske Bollwerke einen uneinnehmbaren, vom Spiegel des Ganges hundertfünfzig Fuß senkrecht in die Höhe steigenden Felsen krönen.

Es kam nicht in Frage, hier anzuhalten, um die Festung zu besuchen, die eine der bedeutendsten im Gangestal und so gelegen ist, daß sie im Fall eines Angriffs Pulver und Blei gar nicht braucht. Offenbar würde jede Sturmkolonne, welche diese Mauern zu erklimmen suchte, durch eine für diesen Fall bereitliegende Lawine von Felsenstücken zermalmt werden.

Am Fuß derselben bereitet sich die gleichnamige Stadt aus, deren schmucke Häuser sich im Grün verbergen.

Von Benares her wissen wir, daß es mehrere privilegierte Orte gibt, die von den Hindus als Heiligtümer verehrt werden. Bei genauerer Zählung würde man auf der Halbinsel leicht Hunderte von solchen finden. Auch die Veste Chunar besitzt eine solche geweihte Stätte. Hier zeigt man nämlich eine Marmorplatte, auf der irgendein Gott regelmäßig Siesta hält. Freilich bleibt der Gott dabei unsichtbar. Wir haben uns auch nicht bemüht, ihn zu sehen.

Abends machte der Stahlriese bei Mirzapore für die nächste Nacht halt. Wenn es dieser Stadt an Tempeln nicht fehlt, so besitzt sie doch auch gewerbliche Etablissements und eine Verladestelle für die in der Umgegend erzeugte Baumwolle. Sie wird sich einst zu einem bedeutenden Handelsplatz emporschwingen.

Am nächsten Tag, am 25., kamen wir gegen zwei Uhr mittags durch den kleineren Fluß Tonsa, der zu dieser Jahreszeit nur einen Fuß Wassertiefe hat. Um fünf Uhr wurde die Stelle passiert, wo sich die Bahnstrecke von Bombay nach Kalkutta anschließt. Nahe dem Punkte, wo die Jumma in den Ganges fällt, bewunderten wir den herrlichen Eisen-Viadukt, der seine sechzehn je sechzig Fuß hohen Pfeiler in den Wellen dieses schönen Nebenstromes badet. Wir kamen ohne Schwierigkeit über die einen Kilometer lange Schiffsbrücke, welche das rechte und linke Ufer verbindet, und am Abend hielten wir nahe einer Vorstadt Allahabads.

Der nächste Tag, der 26., war zu einem Besuche dieser bedeutenden Stadt bestimmt, von der die Hauptbahnlinien Hindostans ausstrahlen. Sie besitzt eine ganz entzückende Lage, inmitten des reichsten Gebietes und zwischen den beiden Wasserläufen der Jumma und des Ganges.

Die Natur hat offenbar alles getan, um Allahabad zur Hauptstadt von Englisch-Indien, zum Mittelpunkt der Regierung und zur Residenz des Vizekönigs zu machen. Es ist auch gar nicht unwahrscheinlich, daß sie das noch einmal wird, im Falle die Zyklone der heutigen Hauptstadt Kalkutta gar zu arg mitspielen. Sicher ist, daß einige weitblickende Köpfe diese Eventualität schon ins Auge gefaßt und erwägt haben. In dem großen Körper, der sich Indien nennt, liegt Allahabad an der Stelle, die das Herz einnimmt, wie Paris im Herzen Frankreichs. London freilich liegt nicht in der Mitte des vereinigten Königreichs, aber London hat auch nicht ein so ausgesprochenes leitendes Übergewicht, gegenüber den englischen Städten Liverpool, Manchester, Birmingham, wie Paris gegenüber allen Städten Frankreichs.

»Und von hier aus gehen wir geraden Wegs nach Norden?« fragte ich Banks.

»Ja«, antwortete dieser, »mindestens ziemlich geraden Wegs. Allahabad bildet im Westen den äußersten Punkt dieses ersten Teiles unserer Reise.«

»Nun endlich!« rief Kapitän Hod, »diese großen Städte sind ja ganz gut und schön, aber die unendlichen Ebenen, die weiten Dschungel sind doch weit besser. Wenn wir immer so neben dem Schienenstrange hinziehen, werden wir zuletzt auch noch darauf hinrollen, und unser Stahlriese verwandelt sich zur simplen Lokomotive! Welche Erniedrigung!«

»Beruhigen Sie sich, Hod, das wird nie geschehen. Wir werden bald in Ihre Lieblingsgebiete hinausziehen.«

»Wir fahren also direkt auf die indo-chinesische Grenze zu, ohne durch Laknau zu kommen?«

»Ich möchte diese Stadt, vor allem aber Khanpur vermeide, das für Oberst Munro gar zu viele traurige Erinnerungen birgt.«

»Sie haben recht«, bemerkte ich, »wir werden niemals weit genug davon vorüberkommen.«

»Sagen Sie, Banks«, fiel da Kapitän Hod ein, »haben Sie in Benares gar nichts von Nana Sahib gehört?«

»Nicht das mindeste«, antwortete der Ingenieur. »Wahrscheinlich ist der Gouverneur von Bombay wieder einmal falsch berichtet gewesen und Nana ist überhaupt nicht in der Präsidentschaft Bombay erschienen.«

»Wahrscheinlich«, erwiderte der Kapitän, »denn der alte Rebell würde unzweifelhaft von sich reden gemacht haben.«

»Wie dem auch sei«, sagte Banks, »jedenfalls drängt es mich, aus dem Gangestal, das von Allahabad bis Khanpur der Schauplatz so vieler Greueltaten während des Sipahi-Aufstandes war, bald herauszukommen. Auf keinen Fall darf der Name dieser Stadt, ebensowenig wie der Nana Sahibs vor dem Obersten ausgesprochen werden. Überlassen wir ihn selbst seinen Gedanken!«

Am nächsten Tag wollte mich auch Banks während der wenigen Stunden begleiten, die ich einem Besuch

Allahabads zu widmen gedachte. Man hätte wohl drei Tage gebraucht, um die drei Städte, welche jenes bilden, gründlich in Augenschein zu nehmen. Alles in allem ist es jedoch minder merkwürdig als Benares, obwohl es gleichfalls unter die heiligen Städte gehört.

Über die Hindustadt ist nichts zu sagen. Sie besteht aus einem Haufen niedriger, von engen Straßen durchschnittener Häuser, welche da und dort einige wirklich prächtige Tamarinden überragen. Die englische Stadt und die Kontonnements bieten ebensowenig Merkwürdigkeiten, sie haben schöne, wohlerhaltene Alleen, kostbare Wohnstätten, geräumige Plätze, kurz alle Elemente einer Stadt, welche später zur Hauptstadt emporzusteigen bestimmt scheint.

Das Ganze liegt in einer weiten Ebene, nördlich und südlich von den beiden Wasseradern der Jumma und des Ganges umfaßt. Man nennt diese »die Ebene der Almosen«, weil die Hindufürsten von jeher dahin kamen, um Werke der Barmherzigkeit zu üben. Nach Rousselets Berichte, der eine Stelle aus dem »Leben Hionen Thsangs« zitiert, ist es weit verdienstvoller, an diesem Ort ein Geldstück zu geben, als zehntausend an einem anderen.

Der Gott der Christenheit vergilt Wohltaten nur hundertfach. Das ist freilich hundertmal weniger, aber es flößt mir doch mehr Vertrauen ein.

Hier noch ein Wort über das Fort von Allahabad, das einen Besuch wohl verdient. Es ist im Westen der großen Ebene der Almosen erbaut und erhebt kühn seine hohen, roten Sandsteinmauern, deren Geschütze, wenn uns der Ausdruck erlaubt ist, den beiden Strömen »die Arme zerbrechen« können. Ein Palast in der Mitte des Forts, ehemals die bevorzugte Residenz des Sultans Akbar, – in einer der Ecken der »Lât« Feroze Schachs, d. i. ein prächtiger, sechsunddreißig Fuß hoher Monolith, der einen Löwen trägt, – unfern davon ein kleiner Tempel, den die Hindu aber, da man ihnen den Eintritt in das Fort verwehrt, nicht besuchen können, obwohl er einen der hochheiligsten Orte ihrer Welt bildet, das sind etwa die Sehenswürdigkeiten dieses Forts, das die Aufmerksamkeit aller Reisenden erregt.

Banks erzählte mir, daß das Fort von Allahabad auch seine Legende habe, welche an die Sage von der Wiederaufrichtung des Tempels Salomos in Jerusalem erinnert.

Als der Sultan das Fort von Allahabad zu errichten gedachte, schien es, als ob die Steine sich widersetzen wollten. Kaum war eine Mauer ausgeführt, so brach sie wieder zusammen. Man befragte das Orakel. Dieses antwortete wie gewöhnlich, daß nur ein freiwilliges Opfer das zürnende Geschick versöhnen könne. Ein Hindu erbot sich als Sühnopfer. Er wurde den Göttern dargebracht und das Fort nun ungestört vollendet. Dieser Hindu hieß Brog, und noch heute führt die Stadt den Doppelnamen Brog-Allahabad.

Banks begleitete mich von hier aus nach den Gärten von Khousrou, welche berühmt sind und das in der Tat verdienen. Der eine derselben war der letzte Aufenthaltsort des Sultans, dessen Namen diese Gärten tragen. In einer der weißen Marmormauern findet sich eine ungeheuere Hand eingefügt. Man zeigte uns diese mit einer Bereitwilligkeit, die wir bei den heiligen Fußabdrücken in Gaya sehr vermißten.

Freilich rührt dieses Schaustück nicht von dem Fuß eines Gottes her, sondern von einem einfachen Sterblichen, dem Großneffen Mohammeds.

Bei dem Aufstand von 1857 wurde in Allahabad das Blut so wenig geschont wie in den anderen Städten des Gangestales. Das von der königlichen Armee den Rebellen auf dem Exerzierplatz von Benares gelieferte Gefecht veranlaßte die Empörung der eingeborenen Truppen und vorzüglich die Empörung des 6. Regiments der Armee von Bengalen. Gleich anfangs wurden acht Fähnriche ermordet; infolge der entschlossenen Haltung einiger europäischer Artilleristen, die zu dem Corps der Invaliden von Chounar gehörten, mußten die Sipahis aber schließlich die Waffen niederlegen.

In den Kantonnements ging es ernsthafter zu. Die Natifs erhoben sich, sprengten die Gefängnisse, plünderten die Docks und setzten die Wohnungen der Europäer in Brand. Inzwischen kam Oberst Neil, nachdem er in Benares die Ordnung wiederhergestellt, mit seinem Regiment und hundert Füsilieren des Regiments von Madras an. Er nahm die Schiffsbrücke wieder, eroberte am Vormittag des 18. Juni die Vorstadt, vertrieb die Mitglieder der von einem Muselman errichteten provisorischen Regierung und machte sich zum Herrn der Provinz.

Während dieses kurzen Ausfluges nach Allahabad achteten wir, Banks und ich, immer sorglich darauf, ob uns hier jemand ebenso folge, wie in Benares: dieses Mal bemerkten wir jedoch nichts Verdächtiges.

»Gleichviel«, meinte der Ingenieur, »jetzt ist Mißtrauen am Platz! Ich hätte inkognito zu reisen gewünscht, denn Oberst Munros Name ist den Eingeborenen der Provinz gar zu bekannt!«

Um sechs Uhr trafen wir zum Diner wieder ein. Oberst Munro, der den Halteplatz auch eine Zeitlang verlassen hatte, war schon wieder zurückgekehrt und erwartete uns. Kapitän Hod hatte einige in den Kantonnements garnisonierende Kameraden besucht und erschien fast zu derselben Zeit wie wir.

Da bemerkte ich und machte Banks darauf aufmerksam, daß Oberst Munro mir, wenn auch nicht gerade trauriger, aber doch gedankenvoller vorkomme als gewöhnlich. In seinen Augen schien ein Feuer neu aufzuglänzen, das die Tränen schon seit langem verlöscht haben mochten.

»Sie haben recht«, sagte Banks, »hier liegt etwas zu Grunde. Was mag wohl vorgefallen sein?«

»Wenn Sie Mac Neil darüber fragten?« sagte ich.

»Richtig, Mac Neil weiß vielleicht ...«

Der Ingenieur verließ den Salon und öffnete die Kabine des Sergeanten.

Dieser war abwesend.

»Wo ist Mac Neil?« fragte Banks Goûmi, der eben die

Tafel zurechtmachen wollte.

»Er ist fortgegangen«, erklärte Goûmi.

»Seit wann?«

»Etwa seit einer Stunde, im Auftrag des Oberst Munro.«

»Sie wissen nicht, wohin?«

»Nein, Herr Banks, so wenig wie ich den Grund kenne.«

»Seit wir nach der Stadt gingen, ist hier nichts Besonderes vorgefallen?«

»Nichts!«

Banks kam zurück, teilte mir die Abwesenheit des Sergeanten und auch den Nebenumstand mit, daß niemand den Grund dafür kenne, und wiederholte:

»Ich weiß zwar noch nicht, was hier vorliegt, aber geschehen ist irgend etwas. Gedulden wir uns also!«

Wir gingen zu Tisch. Gewöhnlich beteiligte Oberst Munro sich dabei an der Unterhaltung. Er ließ sich gern von unseren Ausflügen erzählen und interessierte sich dafür, was wir tagsüber begonnen hatten. Ich achtete wohl darauf, nie von etwas zu sprechen, was ihn nur entfernt an den Sipahi-Aufstand erinnern konnte. Mir schien, als bemerkte er das auch selbst, ohne daß ich weiß, ob ihm meine Zurückhaltung genehm war. Handelte es sich um Städte wie Benares und Allahabad, in welchen die Empörung selbst gewütet, so kostete mich dieselbe übrigens genug Mühe.

Heute, während des Essens, mußte ich also die Aufforderung fürchten, von Allahabad zu erzählen. Vergebliche Angst. Oberst Munro fragte weder Banks noch mich, wie wir den Tag verbracht hätten. Er verhielt sich während der ganzen Mahlzeit stumm. Seine Besorgtheit schien mit jeder Stunde zu wachsen. Wiederholt blickte er zu der zu den Kantonnements führenden Straße hinaus, und ich glaube, er war nahe daran, sich mehrmals von der Tafel zu erheben, um besser dahinzu ausschauen zu können. Offenbar erwartete Oberst Munro die Rückkehr des Sergeant Mac Neil mit unerklärlicher

Ungeduld.

Das Diner verlief ziemlich traurig. Kapitän Hod warf Banks forschende Blicke zu, um zu erfahren, was hier vorliege. Banks wußte das ja so wenig wie er selbst.

Nach der Tafel stieg Oberst Munro, statt wie gewöhnlich der Ruhe zu pflegen, die Stufen der Veranda hinab, ging einige Schritte in der Straße hin und blickte längere Zeit in deren Richtung hinaus; dann wendete er sich nach uns zurück.

»Banks, Hod und Sie, Maucler«, begann er, »würden Sie mich wohl bis zu den ersten Häusern der Kantonnements begleiten?«

Wir verließen sofort unsere Sitze und folgten dem Oberst, der langsam und stumm dahinwandelte.

Nach etwa hundert Schritten blieb Sir Edward Munro vor einem Pfahle an der rechten Seite der Straße stehen, an dem eine Bekanntmachung angeheftet war.

»Lesen Sie!« sagte er.

Es war die nun zwei Monate alte Bekanntmachung eines Preise für den Kopf Nana Sahibs, welche dessen Anwesenheit in der Präsidentschaft Bombay ankündigte.

Banks und Hod konnten das Gefühl getäuschter Hoffnung nicht verbergen. Bisher hatten sie sich ebenso in Kalkutta wie im Verlaufe der Reise mit Erfolg bemüht, diese Bekanntmachung dem Obersten nicht vor Augen kommen zu lassen. Ein unglücklicher Zufall machte jetzt ihre Vorsicht zuschanden.

»Banks«, nahm Sir Edward Munro, die Hand des Ingenieurs ergreifend, wieder das Wort, »du kanntest diese Nachricht?«

Banks antwortete nicht.

»Du wußtest vor zwei Monaten, daß Nana Sahibs Auftreten in der Präsidentschaft Bombay gemeldet worden war, und hast mir nichts davon mitgeteilt?«

Banks, der nicht wußte, was er antworten sollte, blieb noch immer stumm.

»Nun denn, ja, Herr Oberst«, trat Kapitän Hod da für jenen ein, »wir wußten davon, doch warum sollten wir

Ihnen davon sprechen? Wer steht dafür, daß die Tatsache richtig war, und weshalb sollten wir Erinnerungen wachrufen, die Ihnen so viel Herzleid verursachen?«

»Banks«, rief da Oberst Munro, dessen Gesicht einen ganz anderen Ausdruck annahm, »hast du denn vergessen, daß mir vor jedem anderen das Strafgericht über jenen Mann zukommt! So wisse denn, wenn ich zustimmte, Kalkutta zu verlassen, so geschah es, weil diese Reise mich nach dem Norden Indiens führen sollte, weil ich nimmer an den Tod Nana Sahibs geglaubt und meine Pflicht als Rächer nie vergessen habe. Als ich mit euch ging, hatte ich nur einen Gedanken, nur eine Hoffnung. Ich rechnete darauf, durch die Zufälligkeiten der Reise und mit der Hilfe Gottes mein Ziel zu erreichen. Ich irrte nicht! Gott selbst hat mir jene Nachricht zugeführt. Im Norden ist Nana Sahib also nicht zu suchen, sondern im Süden. Nun wohl! Ich werde nach dem Süden gehen!«

Unsere Ahnungen hatten also nicht gelogen! Es war nur zu richtig – ein Hintergedanke oder besser eine fixe Idee beherrschte noch immer, wenn nicht mehr als jemals, den armen Oberst Munro! Jetzt hatte er sie ganz vor uns enthüllt.

»Wenn ich nichts gegen dich laut werden ließ, Munro«, antwortete Banks nach kurzer Pause, »so erkläre dir es damit, daß ich an die Anwesenheit Nana Sahibs in der Präsidentschaft Bombay nicht glaubte. Die Behörden waren, das ist jetzt kaum noch zweifelhaft, wieder einmal getäuscht worden. Jene Nachricht datiert vom sechsten März, und seit jenem Tag hat nichts das Wiederauftreten des Nabab bestätigt.«

Oberst Munro schwieg zunächst auf die Bemerkung des Ingenieurs und blickte noch einmal nach der Straße hinaus.

»Meine Freunde«, nahm er darauf wieder das Wort, »ich will Sie über die Sachlage aufklären. Mac Neil ist mit einem Brief an den Gouverneur nach Allahabad gegangen. In kurzer Zeit werde ich darüber belehrt sein, ob

Nana Sahib wirklich in den Westprovinzen wieder erschienen, ob er dort noch anwesend oder schon wieder verschwunden ist.«

»Und was gedenkst du zu tun, Munro, wenn er wirklich gesehen wurde?« fragte Banks, des Obersten Hand ergreifend.

»Ich gehe dahin!« antwortete Sir Edward Munro, »überallhin, wohin mich das Gebot der ungesühnten Gerechtigkeit zu gehen verpflichtet!«

»Das ist dein endgültiger Beschluß, Munro?«

»Gewiß, Banks. Ihr, meine Freunde, setzt ohne mich eure Reise fort – noch diesen Abend benutze ich den Bahnzug nach Bombay.«

»Nun gut, aber allein wirst du nicht gehen«, erklärte der Ingenieur, der sich nach uns umwendete. »Wir begleiten dich, Munro!«

»Ja, ja, Herr Oberst!« rief Kapitän Hod. »Ohne uns dürfen Sie nicht des Weges ziehen! Statt Raubtieren nachzustellen, machen wir Jagd auf Schurken.«

»Gestatten Sie mir, Herr Oberst«, fügte ich hinzu, »mich dem Kapitän und Ihren Freunden anzuschließen.«

»Gewiß, Maucler«, antwortete Banks, »heut abend werden wir alle Allahabad verlassen haben . . .«

»Nicht mehr vonnöten!« ließ sich da eine Stimme vernehmen.

Wir sahen uns um. Da stand der Sergeant Mac Neil mit einem Zeitungsblatt in der Hand.

»Lesen Sie, Herr Oberst«, sagte er. »Der Gouverneur beauftragte mich, Ihnen dies vorzulegen.«

Sir Edward Munro las wie folgt:

»Der Gouverneur der Präsidentschaft Bombay bringt hiermit zur Kenntnis der Einwohnerschaft, daß die den Nabab Dandou Pant betreffende Bekanntmachung vom 6. März gegenstandslos geworden ist. Am gestrigen Tag in den Abhängen der Sauptourra-Berge angegriffen, wurde seine Truppe zersprengt und er selbst getötet. Über die Identität der Person herrscht kein Zweifel, da er von Bewohnern Khanpurs und Laknaus wiedererkannt wurde. Dazu fehlte dem Gefallenen ein Finger der linken Hand, und es ist längst erwiesen, daß der sich diesen abnehmen ließ, als er durch seine vorgebliche Beerdigung den Glauben an seinen Tod erwecken wollte. Das indische Reich hat also nichts mehr zu fürchten von den Anschlägen des grausamen Nabab, der ihm so viel Blut gekostet hat.«

Oberst Munro hatte diese Zeilen mit dumpfer Stimme vorgelesen. Das Journal entfiel seinen Händen.

Wir blieben stumm. Das nun unbestreitbare Ableben Nana Sahibs enthob uns jeder Befürchtung für die Zukunft.

Nach mehreren Minuten des Schweigens strich sich Oberst Munro mit der Hand über die Stirn, als wolle er peinliche Erinnerungen verwischen. »Wann werden wir von Allahabad abreisen?« fragte er darauf.

»Morgen mit Tagesanbruch«, antwortete der Ingenieur.

»Können wir einige Stunden in Khanpur anhalten?« fuhr Oberst Munro fort.

»Du wolltest . . .?«

»Ja, Banks, ich möchte . . . ich will Khanpur noch einmal . . . zum letzten Mal, wiedersehen!«

»In zwei Tagen werden wir da sein«, erklärte einfach der Ingenieur.

»Und dann . . .?« fragte Oberst Munro weiter.

»Dann . . .?« wiederholte Banks, »dann setzen wir unseren Ausflug nach dem Norden Indiens fort.«

»Ja . . .! nach dem Norden. . . ! nach Norden!« rief auch der Oberst mit einer Stimme, die mir das Herz erzittern machte.

Man hätte wirklich vermuten können, daß Sir Edward Munro noch immer über den Ausgang des letztgemeldeten Kampfes zwischen Nana Sahib und den englischen Streitkräften einigen Zweifel hegte. Hatte er recht gegenüber den scheinbar unbestreitbaren Tatsachen?

Die Zukunft sollte uns das lehren.

Zehntes Kapitel

Via dolorosa

Das Königreich Audh war früher eines der bedeutendsten der Halbinsel und ist noch heute eines der reichsten in ganz Indien. Es besaß verschiedene mächtige und ohnmächtige Herrscher. Die Ohnmacht eines derselben, Wajad Ali Schahs, ermöglichte am 6. Februar 1857 die Einverleibung seines Reiches in das Territorium der Compagnie. Es geschah das also kaum einige Monate vor dem Ausbruch der Empörung, und diese Gebiete bildeten dann auch den Schauplatz der entsetzlichsten Metzeleien und darauf der furchtbarsten Repressalien.

Zwei Namen von Städten, Laknau und Khanpur, sind seit jener Zeit zu wirklich trauriger Berühmtheit gelangt.

Laknau ist die Hauptstadt, Khanpur einer der wichtigsten Orte des ehemaligen Königreiches.

Nach Khanpur wollte Oberst Munro gehen; und nach einer Fahrt längs des rechten Gangesufers und mitten durch eine weite Ebene voller Indigoplantagen, langten wir am Morgen des 29. Mai daselbst an. Zwei Tage über hatte sich der Stahlriese mit einer Durchschnittsgeschwindigkeit von drei Meilen in der Stunde fortbewegt, wobei wir die zweihundertfünfzig Kilometer von Allahabad nach Khanpur zurücklegten.

Jetzt befanden wir uns tausend Kilometer von Kalkutta, unserem Ausgangspunkt.

Khanpur ist eine Stadt von etwa 60.000 Seelen. Es bedeckt am rechten Ufer des Ganges einen schmalen Streifen von fünf Meilen Länge. Hier liegt auch eine Garnison von 7000 Mann.

In der ganzen Stadt würde der Reisende vergeblich ein seiner Aufmerksamkeit würdiges Baudenkmal suchen, obgleich jene sehr alten Ursprungs sein und sogar aus der vorchristlichen Ära herrühren soll. Neugierde hatte uns auch sicherlich nicht nach Khanpur verlockt. Nur der ausgesprochene Wille Sir Edward Munros führte uns hierher.

Am 30. Mai frühmorgens verließen wir unseren Halteplatz. Banks, Kapitän Hod und ich folgten dem Oberst und dem Sergeanten Mac Neil auf diesem Schmerzensweg, dessen wichtigste Punkte Sir Edward Munro zum letzten Mal besuchen wollte.

Hierzu ist es nötig, das Folgende zu kennen, was ich nach dem Bericht des Ingenieurs auszugsweise wiedergebe:

»Khanpur, das zur Zeit der Annexion des Königreiches Audh von sehr verläßlichen Truppen bewacht wurde, zählte beim Ausbruch des Aufstandes nur zweihundertfünfzig Mann der königlichen Armee, gegen drei Regimenter eingeborener Infanterie, das 1., 53. und 56., zwei Regimenter Kavallerie und eine Batterie Artillerie der Armee von Bengalen. Außerdem befanden sich hier eine beträchtliche Anzahl Europäer, Beamte, Kaufleute u. dergl., ferner achthundertfünfzig Frauen und Kinder des 32. königlichen Regiments, das in Laknau garnisonierte.

Oberst Munro wohnte schon seit mehreren Jahren in Khanpur. Hier lernte er auch das junge Mädchen kennen, das später sein Weib wurde.

Mrs. Honlay war eine reizende, geistvolle junge Engländerin mit edlem Charakter und hochherzigem Sinne, eine heroische Natur und würdig, von einem Manne wie dem Oberst geliebt zu werden, der sie bewunderte und anbetete. Sie bewohnte in Gesellschaft ihrer Mutter einen Bungalow in der Nähe der Stadt, wo sich Edward Munro 1855 mit ihr vermählte.

Zwei Jahre nach der Hochzeit, 1857, als sich in Mirat die ersten Auftritte der Empörung abspielten, mußte Oberst Munro unverzüglich bei seinem Regiment eintreten. Gattin und Schwiegermutter ließ er in Khanpur zurück, empfahl ihnen aber, sich sofort zur Abreise nach Kalkutta bereit zu machen. Oberst Munro sagte sich, daß Khanpur nicht sicher sei, und die späteren Ereignisse sollten seine Ahnung leider in vollstem Maße bestätigen.

Mrs. Honlays und Lady Munros Abreise erlitt einige Verzögerungen, die von den schlimmsten Folgen sein sollten. Die unglücklichen Frauen wurden von den Ereignissen überrascht und konnten Khanpur dann nicht mehr verlassen.

Die Division, zu der Oberst Munros Regiment gehörte, stand damals unter dem Befehl des Generals Sir Hugh Wheeler, eines geraden, ehrlichen Soldaten, der dem arglistigen Verfahren Nana Sahibs sehr bald zum Opfer fiel.

Der Nabab bewohnte jener Zeit sein Schloß in Bilhour, zehn Meilen von Khanpur, und heuchelte immer das beste Einvernehmen mit den Europäern.

Sie wissen, lieber Maucler, daß die ersten Insurrektions-Versuche in Mirat und Delhi zutage traten. Am 14. Mai erreichte die Nachricht davon Khanpur. Am nämlichen Tag zeigte auch schon das 1. Sipahi-Regiment eine feindselige Haltung.

Da bot Nana Sahib der Regierung seine Dienste an. General Wheeler mußte schlecht genug unterrichtet sein, um an die Ehrlichkeit jenes Schurken zu glauben, dessen eigene Soldaten sich fast gleichzeitig der Gebäude des Schatzamtes bemächtigten.

Denselben Tag ermordete auch ein auf dem Marsch nach Khanpur begriffenes, irreguläres Sipahi-Regiment seine europäischen Offiziere vor den Toren der genannten Stadt.

Jetzt zeigte sich die Gefahr in ihrer ganzen Größe. General Wheeler befahl allen Europäern, sich in die Kaserne zu flüchten, welche die Frauen und Kinder des 32. Regiments von Laknau bewohnten – eine Kaserne in unmittelbarer Nähe der Straße nach Allahabad, der einzigen, von welcher her man auf eintreffende Hilfe hoffen konnte.

Ebenda mußten sich auch Lady Munro und ihre Mutter einschließen. Während der ganzen Dauer dieses unfreiwilligen Aufenthaltes bewies die junge Frau ihren

Unglücksgefährten eine Hingebung ohnegleichen. Sie sorgte für jene mit eigener Hand, unterstützte dieselben aus ihrer Börse, ermutigte sie durch Wort und Beispiel und zeigte ihre wahre Natur, das große Herz und, wie ich schon sagte, das heldenmütige Weib.

Das Arsenal wurde inzwischen unter die Obhut der Soldaten Nana Sahibs gestellt.

Nun erhob der Verräter aber die Fahne des Aufstandes, und am 7. Juni griffen die Sipahis auf sein Anstiften die Kaserne an, zu deren Verteidigung nur dreihundert kampffähige Soldaten vorhanden waren.

Die braven Leute wehrten sich jedoch nach Kräften gegen das Feuer der Angreifer, trotz eines wahren Hagels von Geschossen, trotz Krankheiten jeder Art, halb sterbend vor Hunger und Durst, denn an Lebensmitteln trat bald empfindlicher Mangel ein und die Senkbrunnen versiegten nur zu zeitig.

Der Widerstand dauerte bis zum 27. Juni.

Da brachte Nana Sahib eine Kapitulation in Vorschlag, auf welche General Wheeler unverzeihlicher Weise einging, trotz Lady Munros dringendster Bitte, den Kampf noch nicht aufzugeben.

Nach dem Wortlaut jener Kapitulation sollten alle Männer, Frauen und Kinder – gegen fünfhundert Personen, auch Lady Munro nebst ihrer Mutter – auf Fahrzeuge gebracht und auf dem Ganges nach Allahabad hinunter befördert werden.

Kaum stießen die Schiffe vom Ufer ab, als die Sipahis ein mörderisches Feuer auf dieselben eröffneten und sie mit Kanonenkugeln und Kartätschen überschütteten. Infolgedessen sanken einige derselben, andere gerieten in Brand. Einem einzigen Fahrzeug glückte es, wenige Meilen auf dem Strom hinabzugelangen.

Auf demselben befanden sich Lady Munro und ihre Mutter. Einen Augenblick konnten sie sich wohl für gerettet halten. Die Söldner des Nana verfolgten sie jedoch, fingen sie wieder ein und schleppten alle nach den Kantonnements zurück.

Hier traf man eine Auswahl unter den Gefangenen. Die Männer wurden sofort niedergemetzelt. Die Frauen und Kinder sperrte man mit denen zusammen, die am 27. Juni dem Tod entgangen waren.

Das ergab zusammen zweihundert arme Opfer, denen ein langer Todeskampf vorbehalten war, und welche man in einem Bungalow unterbrachte, dessen Name, »Bibi-Ghar«, eine traurige Berühmtheit erlangt hat.«

»Wie sind Sie aber zur Kenntnis dieser grauenhaften Einzelheiten gekommen?« fragte ich Banks.

»Durch einen alten Sergeanten des 32. Regiments der königlichen Armee«, antwortete mir der Ingenieur. »Der Mann entkam damals wie durch ein Wunder und wurde von dem Rajah von Raïschwarah – eine der Provinzen des Königreichs Audh – ebenso wie mehrere andere Flüchtlinge mit größter Menschenfreundlichkeit aufgenommen.«

»Und was wurde aus Lady Munro und deren Mutter?«

»Darüber, was später vorgegangen ist, lieber Freund«, fuhr Banks fort, »fehlen uns Berichte von Augenzeugen, doch läßt sich das ohne Schwierigkeiten mutmaßen. Die Sipahis waren ja tatsächlich die Herren von Khanpur, wenigstens bis zum 15. Juli – neunzehn Tage – neunzehn Jahrhunderte! Die unglücklichen Gefangenen harrten von Stunde zu Stunde auf Entsatz, der leider nur zu spät eintreffen sollte.

Schon seit einiger Zeit marschierte General Havelock von Kalkutta aus nach Khanpur zur Hilfe und zog daselbst, nachdem er die Aufständischen wiederholt geschlagen, am 17. Juli ein.

Zwei Tage vorher aber, als Nana Sahib vernommen, daß die königlichen Truppen den Pandou-Niddi-Fluß überschritten hatten, beschloß er, die letzten Stunden seiner Herrschaft durch einen abscheulichen Massenmord zu bezeichnen. Gegenüber den Eroberern Indiens hielt er eben alles für erlaubt!

Einige männliche Gefangene, welche die Haft im

Bibi-Ghar mit den Frauen geteilt hatten, wurden vor ihn geführt und unter seinen Augen erwürgt.

Nun blieb noch die Menge der Frauen und Kinder übrig, und darunter auch Lady Munro nebst ihrer Mutter. Eine Abteilung des 6. Sipahi-Regiments erhielt Befehl, diese durch die Fenster des Bungalow niederzuschießen. Die Exekution nahm ihren Anfang; da sie für Nana Sahib, der auf den Rückzug denken mußte, aber nicht schnell genug förderte, schickte der blutdürstige Fürst auch noch die muselmanischen Fleischer unter seine Henker . . . nun gab es ein Gemetzel wie im Schlachthof!

Am nächsten Tag wurden die Frauen und die Kinder, gleichviel ob lebend oder tot, in einen benachbarten Brunnenschacht geworfen, und als Havelocks Soldaten eintrafen, soll der bis zum Rande angefüllte Brunnen noch gedampft haben!

Jetzt nahm die Wiedervergeltung ihren Anfang. Eine gewisse Anzahl Rebellen, Helfershelfer Nana Sahibs, waren dem General Havelock in die Hände gefallen. Dieser erließ einen schrecklichen Tagesbefehl, dessen Wortlaut ich nimmermehr vergessen werde.

»Der Brunnen, welcher die Überreste der armen, auf Befehl Sahibs ermordeten Frauen und Kinder enthält, wird mit Erde angefüllt und in der Form eines Grabes hergestellt. Ein von ihrem Offizier kommandiertes Detachement europäischer Soldaten wird heute abend diese fromme Pflicht erfüllen. Das Haus und die Räumlichkeiten, in denen das Gemetzel stattgefunden, werden nicht durch die Landsleute der Opfer gereinigt und gewaschen. Der Brigadier will, daß jeder Tropfen unschuldigen Blutes von den Verurteilten mit der Zunge beseitigt und vor der Vollstreckung des Todesurteils aufgeleckt werde, jeder nach seinem Range und dem Anteil, den er bei der Mordtat gehabt hat. Nach Verlesung des Todesurteils wird also jeder nach jenem Haus geführt werden, um daselbst einen Teil des Fußbodens zu säubern. Man wird Sorge tragen, die Arbeit den religiösen Empfindungen der Verurteilten so widerlich wie möglich zu machen, und der Profos mag die Peitsche nicht schonen, wenn das nötig erscheint. Nach vollendeter Arbeit wird der Ausspruch des Kriegsgerichts an dem neben dem Hause errichteten Galgen vollstreckt.

So lautete«, fuhr Banks tiefbewegt fort, »jener Tagesbefehl, der Punkt für Punkt zur Ausführung kam. Und doch, die bedauernswerten Opfer atmeten ja nicht mehr – sie waren einmal ermordet, verstümmelt, zerfleischt! Als Oberst Munro, der zwei Tage nachher eintraf, den Versuch machte, von Lady Munro und deren Mutter Überreste zu entdecken, fand er nichts . . . nichts!«

Obige Mitteilungen hatte mir Banks vor unserer Ankunft in Khanpur gemacht, und jetzt begab sich der Oberst nach dem Platz, wo einst jenes entsetzliche Blutbad stattfand.

Vorher jedoch wollte er den Bungalow wiedersehen, in dem früher Lady Munro gewohnt und ihre Jugend verbracht, die Stätte, wo er sie zum letzten Male gesehen, die Schwelle, auf der sie ihn zum letzten Male umarmt hatte.

Dieser Bungalow lag etwas abgesondert außerhalb der Vorstädte, unfern den militärischen Kantonnements. Ruinen, geschwärzte Mauerreste, einige umgehackte, jetzt verdorrte Bäume, das war alles, was von dem früheren traulichen Heim noch übrig war. Der Oberst hatte von einer Wiederherstellung nichts wissen wollen. Nach sechs Jahren lag der Bungalow also noch ebenso da, wie ihn die Hände der Mordbrenner zugerichtet hatten.

Wir verbrachten eine Stunde an dieser vereinsamten Stelle. Sir Edward Munro ging stumm durch den Trümmerhaufen, der in ihm so viele Erinnerungen wachrief. Er gedachte wohl der früheren glücklichen Zeiten, die ihm später nichts mehr wiedergeben konnte. Er sah wohl das junge Mädchen wieder, wie sie sich heiteren Sinnes in ihrem Geburtshaus bewegte, in dem er sie dereinst kennenlernte, und zuweilen schloß er die Augen, um die Bilder seines Geistes besser zu erkennen!

Endlich aber wendete er sich plötzlich, doch als müsse er sich dabei Gewalt antun, zurück und führte uns mit hinweg.

Banks hatte gehofft, der Oberst werde sich damit begnügen, jenen Bungalow zu besuchen... weit gefehlt! Sir Edward Munro mochte beschlossen haben, den bitteren Kelch bis zur Neige zu leeren. Nach der Wohnstätte Lady Munros wollte er auch die Kaserne wiedersehen, wo so viele Unschuldige, für welche seine heldenmütige Frau sich damals so aufopferungsvoll abmühte, alle Schrecken einer Belagerung ausgehalten hatten.

Diese Kaserne lag in der Ebene vor der Stadt, und jetzt baute man eine Kirche an der Stelle, wohin sich seinerzeit die Einwohner von Khanpur flüchten mußten. Der Weg nach derselben führte auf einer makadamisierten, von schönen Bäumen beschatteten Straße hin.

Hier also hatte sich der erste Akt der schauerlichen Tragödie abgespielt, hier lebten, litten und kämpften einst Lady Munro und ihre Mutter mit dem Tode, bis die Kapitulation so viele Opfer den Händen Nana Sahibs auslieferte, welche dieser schon einem schrecklichen Tode geweiht hatte, als der Verräter gelobte, sie heil und gesund nach Allahabad ziehen zu lassen. In der Umgebung des noch unvollendeten Baues gewahrte man da und dort Mauerüberreste als Zeugen für die Maßnahmen zur Verteidigung, die General Wheeler getroffen hatte.*

Oberst Munro stand lange regungslos und still vor diesen Ruinen. In der Erinnerung traten ihm wohl die Schauerszenen vor Augen, deren Schauplatz jene gewesen – nach dem Bungalow, wo Lady Munro so glücklich

---

*Inzwischen ist jene Gedächtnis-Kirche längst vollendet worden. Inschriften auf Marmortafeln erinnern an die Ingenieurs der East-Indian-Bahnlinie, welche während des großen Aufstandes von 1857 ihren Wunden oder Krankheiten erlagen; an die Offiziere, Unteroffiziere und Soldaten des 34. Regiments der königl. Armee, die am 17. November in dem Gefecht vor Khanpur fielen; an den Kapitän Stuart Beathon, die Offiziere, Mannschaften und Frauen des 32. Regiments, welche bei der Belagerung von Laknau und Khanpur oder während des Aufstandes den Tod fanden; endlich an die Märtyrer des Bibi-Ghar, die im Juli 1857 hingeschlachtet wurden.

gelebt, die Kaserne, in der sie über alle Beschreibung gelitten hatte!

Jetzt war nur noch der Bibi-Ghar zu besuchen, jene Wohnstätte, aus der Nana einen Kerker gemacht hatte, wo einst jener Brunnenschacht gähnte, der die Leichen der Opfer seiner Grausamkeit bunt durcheinander aufnahm.

Als Banks den Oberst sich nach jener Richtung wenden sah, ergriff er dessen Arm, wie um ihn zurückzuhalten.

Sir Edward Munro blickte ihm gerade ins Gesicht und sagte mit erschreckend ruhiger Stimme:

»Laß uns gehen!«

»Munro, ich bitte dich . . .«

»So gehe ich allein!«

Hier half kein Widerstreben.

Wir begaben uns also nach Bibi-Ghar, vor dem wohlgepflegte und mit schönen Bäumen bestandene Gärten liegen.

Hier erhebt sich eine gotische achteckige Kolonnade. Sie umschließt die Stätte des früheren Brunnens, dessen Mündung jetzt mit Steinen verdeckt ist. Letztere bilden eine Art Sockel mit einer Figur aus weißem Marmor, den Engel der Barmherzigkeit darauf, eines der letzten Werke des Meißels Marochettis.

Lord Canning, der General-Gouverneur von Indien zur Zeit der furchtbaren Empörung 1857, ließ dieses Totendenkmal nach den Entwürfen des Genie-Obersten Yule errichten und wollte die Kosten sogar aus eigenen Mitteln decken.

An dieser Stelle, wo die beiden Frauen, die Mutter und die Tochter, nachdem sie von den Metzgern Nana Sahibs niedergeschlagen worden, vielleicht noch lebend in den Brunnen gestürzt worden waren, konnte Sir Edward Munro sich der Tränen nicht erwehren. Er sank am Fuß des Denkmals in die Kniee.

Dicht bei ihm stand der Sergeant Mac Neil und weinte still.

Uns allen brach fast das Herz, da wir keine Worte fanden, in diesem unheilbaren Schmerz zu trösten, während wir doch hofften, daß Sir Edward Munro hier die letzten Tränen vergießen werde.

Ach, wäre er unter den ersten Soldaten gewesen, die in Khanpur eindrangen und nach jener beispiellosen Metzelei in den Bibi-Ghar gelangten – der Schmerz würde ihn getötet haben.

Einer der englischen Offiziere lieferte darüber folgenden Bericht, den Rousselet in seinem erwähnten Werk zitiert:

»Gleich nach unserem Eindringen in Khanpur, forschten wir nach den armen Frauen und Kindern, die wir in des scheußlichen Nana Sahibs Händen wußten, erfuhren aber nur zu bald von deren unmenschlicher Abschlachtung. Gepeinigt von unstillbarem Durst nach Rache und durchdrungen von dem Gefühl der furchtbaren Leiden, welche jene armen Opfer zu erdulden gehabt, erwachten in uns ganz fremdartige, wilde Gedanken. Halb wahnsinnig stürzten wir nach der Opferstelle. Geronnenes Blut, untermischt mit Fetzen jeder Art, bedeckte den Fußboden des kleinen Raumes, in dem jene eingesperrt gewesen waren, so hoch, daß es uns bis an die Knöchel reichte. Lange, seidenweiche Haarflechten, zerrissene Stücke von Kleidern, Schuhe von kleinen Kindern neben Spielsachen derselben lagen auf dem besudelten Fußboden umher. Die mit Blut bespritzten Wände zeugten für die entsetzlichen Todesqualen. Ich hob ein kleines Gebetbuch auf, dessen erste Seite folgende ergreifende Worte zeigte: ›27. Juni, die Schiffe verlassen ... 7. Juli, Gefangene Nanas ... unglücksschwerer Tag‹. Das war aber nicht der einzige grause Anblick, der unserer harrte. Noch schrecklicher erschien der Anblick des tiefen Brunnens, in den die verstümmelten Überreste der zarten Wesen geworfen worden waren ...!«

Sir Edward Munro war nicht dabei, als die ersten Truppen Havelocks sich der Stadt bemächtigten. Er kam erst zwei Tage nach dem gräßlichen Menschenopfer. Und jezt zeigte sich seinem Blick nur die Stelle, wo sich einst der schreckliche Brunnenschacht befand, ein namenloses Grab von zweihundert Opfern Nana Sahibs!

Hier gelang es Banks mit Hilfe des Sergeanten, ihn mit Gewalt wegzuziehen.

Oberst Munro vergaß gewiß niemals die zwei Worte, die einer der Soldaten Havelocks mit dem Bajonett auf den Rahmen des Brunnens gekritzelt hatte:

»Remember Cawnpore!«

»Gedenk' an Khanpur!«

Elftes Kapitel

Der Wechsel des Moussons

Um elf Uhr waren wir an unserem Halteplatz zurück und hätten erklärlicherweise Khanpur gern so schnell als möglich verlassen; eine notwendige Reparatur an der Speisepumpe der Maschine hielt uns jedoch bis zum nächsten Tag zurück.

Es verblieb mir also anderthalb Tag. Ich glaubte diese Zeit nicht besser als durch einen Besuch Laknaus verwerten zu können.

Banks gedachte diese Stadt nicht zu berühren, in welcher Oberst Munro nur den Schauplatz der furchtbarsten Greuel des Krieges wiedergesehen hätte. Er hatte wohl recht. Auch dort erwarteten jenen noch zu peinigende Erinnerungen.

Nachdem ich zu Mittag das Steam-House verlassen, benutzte ich die kurze Zweigbahn, welche Khanpur mit Laknau verbindet. Die Strecke beträgt kaum zwanzig (englische) Meilen, und binnen zwei Stunden langte ich in der bedeutenden Hauptstadt des Königreichs Audh an, von der ich nur einen flüchtigen Überblick gewinnen, sozusagen einen Eindruck mitnehmen wollte.

Ich fand übrigens das bestätigt, was ich über die unter der Herrschaft muselmanischer Kaiser im 12. Jahrhundert errichteten Bauwerke Laknaus schon gehört hatte.

Ein Franzose aus Lyon, Martin mit Namen, und gewöhnlicher Soldat in der Armee Lally-Tollendals, der sich 1730 zum erklärten Günstling des Königs zu machen wußte, war der Schöpfer, der Erfinder, man könnte sagen, der Baumeister der sogenannten Wunderwerke der Hauptstadt von Audh gewesen. Die offizielle Residenz der Herrscher, der Kaiserbagh, ein sinnloses Gemisch aller Baustile, das nur dem Gehirn eines Korporals entspringen konnte, ist nichts als ein »äußerliches« Bauwerk. Darin ist nichts, alles an der Außenseite, aber diese selbst erscheint gleichzeitig indisch, chinesisch, maurisch und . . . europäisch. Ebenso verhält es sich mit eiem anderen kleineren Palast, dem Farid Bâkh, gleichfalls eine Schöpfung Martins. Der Inâmbara dagegen, erbaut in der Mitte der Zitadelle von Kaïhiatoulla, einem der ersten Architekten Indiens im 17. Jahrhundert, ist wirklich ein stolzes Denkmal und bringt mit den Tausenden von Glockentürmchen, die seine Zinnen krönen, eine wirklich großartige Wirkung hervor.

Ich konnte Laknau nicht verlassen, ohne den Constantin-Palast zu besuchen, wiederum ein persönliches Werk des französischen Korporals, der deshalb auch den Namen »Palais de la Martinière« führt. Ich wollte dabei auch den nahe gelegenen Garten, den Secunder Bâkh, sehen, wo Hunderte von Sipahis, welche die Grabstätte des einfachen Soldaten beraubt hatten, bevor sie aus der Stadt flüchten konnten, niedergemacht worden waren.

Übrigens ist der Martins nicht der einzige französische Name, der in Laknau in hohem Ansehen steht. Ein alter Unteroffizier der französischen Jäger, namens Duprat, zeichnete sich während des Aufstandes durch seine Kühnheit so aus, daß die Empörer ihm anboten, sich an ihre Spitze zu stellen. Trotz der ihm versprochenen Schätze, und trotz der Drohungen für den Fall der Weigerung, wies Duprat das Anerbieten ab und blieb den Engländern treu. Da er nun aber den Angriffen der Sipahis, denen es nicht gelang, ihn zum Verräter zu machen, desto mehr ausgesetzt war, fand er auch seinen Tod bei einem Gefecht mit jenen.

»Ungläubiger Hund«, hatten sie gerufen, »du wirst auch gegen deinen Willen der Unsere!«

Er wurde es, aber als – ein toter Mann.

Bei den Repressalien spielten die beiden französischen Soldaten also zusammen eine Rolle: die Sipahis, welche das Grab des einen beraubt, und die, durch deren Hand der andere den Tod fand, wurden ohne Erbarmen niedergemacht.

Nachdem ich noch die prächtigen Parkanlagen, den grünen blumenreichen Rahmen der großen, eine halbe Million Einwohner zählenden Stadt bewundert und auf dem Rücken eines Elefanten deren Hauptstraßen und den großartigen Boulevard Hazrat Gaudj in Augenschein genommen, ging ich wieder zur Bahn und gelangte am nämlichen Abend nach Khanpur zurück.

Am 31. Mai mit Tagesanbruch reisten wir weiter.

»Endlich«, rief Kapitän Hod, »ist es doch nun aus mit den Allahabad, Khanpur, Laknau und den anderen Städten, um die ich mich gerade soviel bekümmere, wie um eine leere Patrone!«

»Jawohl, das ist zu Ende, Hod«, bestätigte Banks, »und nun werden wir direkt nach Norden ziehen, um dcn Fuß des Himalaja auf kürzestem Weg zu erreichen.«

»Bravo!« jubelte der Kapitän. »Was ich eigentlich Indien nenne, das sind nicht die Provinzen voller Städte und mit einer zusammengedrängten Bevölkerung von Hindus – nein, das ist das Land, wo meine Freunde, die Elefanten, Löwen, Tiger, Panther, Geparden, Bären, Büffel und Schlangen in der Freiheit hausen! Da ist der einzige bewohnbare Teil der Halbinsel! Sie werden das selbst sehen, Maucler, und werden die Wunder des Gangestales nicht vermissen.«

»In Ihrer Gesellschaft, lieber Kapitän«, erwiderte ich,

»werde ich überhaupt gar nichts vermissen.«

»Übrigens gibt es im Nordwesten«, warf Banks ein, »noch recht interessante Städte, wie Delhi, Agra, Lahore . . .«

»Aber, bester Banks«, unterbrach ihn Hod, »wer hat denn je von diesen erbärmlichen Nestern reden hören!«

»Erbärmliche Nester!« versetzte Banks, »nein, Hod, das sind sehr schöne Städte. Doch, beruhigen Sie sich, lieber Freund«, fuhr der Ingenieur an mich gewendet fort, »wir werden Ihnen das zu zeigen wissen, ohne die Feldzugpläne unseres Kapitäns zu kreuzen.«

»Sehr schön, Bank«, meinte Hod, »aber eigentlich fängt unsere Reise doch erst heute an!«

Dann rief er lauter:

»Fox!«

Der Diener erschien

»Hier, Herr Kapitän!«

»Fox, die Flinten, Karabiner und Revolver sind doch in Ordnung?«

»Gewiß!«

»Sieh' mir die Schlösser nach.«

»Ist auch besorgt.«

»Fertige Patronen an.«

»Ich habe Vorrat . . .«

»Es ist also alles in Stand?«

»Alles!«

»Wenns möglich ist, so bring' es in noch besseren!«

»Soll geschehen.«

»Der Achtunddreißigste wird bald auf der Liste deines Ruhmes paradieren, Fox!«

»Der Achtunddreißigste!« rief der Diener, in dessen Augen ein flüchtiger Blitz aufleuchtete. »Ich werde für den Burschen eine hübsche explodierende Kugel zurechtmachen, über die er nicht zu klagen haben soll.«

»Schon gut, Fox, nun geh' nur!«

Fox grüßte militärisch, machte eine halbe Schwenkung und wandte sich nach der Waffenkammer.

Ich verzeichne hier die für den zweiten Teil der Reise

festgestellte Richtung, von der, außer im Fall des Eintritts unvorzusehender Ereignisse, nicht abgewichen werden sollte.

Diese folgt auf etwa fünfundsiebzig Kilometer dem Laufe des Ganges nach Nordwesten, von da zweigt sie sich, längs eines Nebenflusses des gewaltigen Stromes und eines anderen bedeutenden Armes der Goutmi nach Norden ab. Damit vermeidet sie viele Wasserläufe, die sich zur rechten und linken Seite verbreiten, und führt in schräger Linie durch das westliche Gebiet der Königreiche Audh und Rohilkande auf die ersten Wellen der Gebirgslandschaften von Nepal zu.

Der Ingenieur hatte diesen Weg, auf dem wir vielen Schwierigkeiten entgingen, vorsorglich ausgewählt. Wurde auch die Beschaffung von Kohle im nördlichen Hindostan etwas beschwerlicher, so konnte uns dafür Holz niemals fehlen. Unser Stahlriese war also in der Lage, auf der so gutgehaltenen Straße durch die schönsten Wälder der Indischen Halbinsel in jeder beliebigen Gangart vorwärts zu traben.

Gegen achtzig Kilometer trennten uns noch von der kleinen Stadt Biswah. Wir wollten diese Strecke nur sehr langsam durchreisen, und es wurden dazu sechs Tage bestimmt. Dabei konnten wir nach Belieben anhalten, wo es uns gefiel, und die Jäger der Expedition gewannen hinlänglich Zeit, ihre Heldentaten auszuführen.

Kapitän Hod mit seinem Diener Fox, denen sich auch Goûmi zuweilen anschloß, vermochten so bequem auf Kundschaft umherzuschweifen, während der Stahlriese langsamen Schrittes weiterzog. Auch mir stand es frei, jene bei ihren Treibjagden zu begleiten, und obwohl nur ein unerfahrener Waidmann, leistete ich ihnen doch dann und wann Gesellschaft.

Ich muß gestehen, daß Oberst Munro, seit der Zeit, da unsere Reise gleichsam in eine neue Phase trat, sich weniger zurückzog. Außerhalb des Bezirkes der Städte wurde er inmitten der Wälder und Ebenen, fern dem eben durchzogenen Tal des Ganges, entschieden umgänglicher. Unter diesen Verhältnissen schien er die Ruhe wiederzufinden, in der er sein Leben in Kalkutta verbrachte. Und doch, konnte er wohl je vergessen, daß sein rollendes Haus ihn nach dem Norden Indiens führte, wohin ihn ein unwiderstehliches Geschick zog? Wie dem auch sei, jedenfalls gewann seine Unterhaltung an Lebhaftigkeit, während der Mahlzeiten sowohl, wie unter der Siesta, und zuweilen setzte er dieselbe sogar noch weit in die schönen Nächte hinein fort, deren wir uns während der heißen Jahreszeit erfreuten. Mac Neil dagegen erschien seit dem Besuch des Brunnenschachtes in Khanpur finsterer als gewöhnlich. Hatte der Anblick des Bibi-Ghar in seiner Seele vielleicht den Rachedurst, den er noch zu löschen hoffte, aufs neue geweckt?

»Nana Sahib«, sagte er eines Tages in abgerissenen Sätzen zu mir, ». . . nein . . . Nein! Es ist unmöglich, daß sie ihn uns getötet hätten!«

Der erste Tag verlief ohne bemerkenswerten Zwischenfall. Weder Kapitän Hod noch Fox fanden Gelegenheit, auch nur auf das winzigste Tier zu feuern. Es war bedauerlich und sogar wunderbar, wenn man es nicht der Erscheinung des Stahlriesen selbst zuschreiben wollte, der die Raubtiere der Umgegend vielleicht verscheuchte. Wir kamen z. B. durch verschiedene Dschungel, in denen sich Tiger und andere Raubtiere mit Vorliebe aufzuhalten pflegen, aber nicht eines kam zum Vorschein, obwohl die Jäger bis auf ein oder zwei Meilen seitwärts von unserem Zug die Umgebung absuchten. Sie mußten sich also begnügen, Black und Phann auf die Jagd nach eßbarem Wild mitzunehmen, von dem Monsieur Parazard seine gewohnte tägliche Ration beanspruchte. Unser schwarzer Küchenchef nahm einmal keine Vernunft an, und wenn der Diener des Kapitäns ihm von Tigern, Geparden und anderen minder schmackhaften Bestien erzählte, zuckte er verächtlich die Achseln und sagte bloß:

»Kann man das Zeug essen?«

An diesem Abend hielten wir unter dem Schutz einer Gruppe riesiger Banianen. Die Nacht war ebenso still wie der Tag ruhig. Nicht einmal das Heulen der Raubtiere unterbrach das Schweigen der Natur. Auch unser Elefant ruhte ja. Das Zischen und Brausen des abblasenden Dampfes hatte aufgehört. Die Feuer waren gelöscht, und um dem Kapitän zu willfahren, hatte Banks nicht einmal den elektrischen Strom in Gang gesetzt, der die Augen des Stahlriesen in zwei glänzende Leuchtfeuer verwandelte. Doch auch dieses Mittel erwies sich als fruchtlos.

Ganz ebenso vergingen der 1. und 2. Juni. Es war zum Verzweifeln.

»Man hat mir das Königreich Audh vertauscht!« rief der Kapitän wiederholt. »Man hat es mitten nach Europa hinein versetzt! Hier gibts jetzt ebensowenig Tiger, wie in den schottischen Niederungen!«

»Möglicherweise, lieber Hod«, erwiderte Oberst Munro, »sind in der Gegend Treibjagden abgehalten und die Tiere in Menge verscheucht worden. Doch verzweifeln Sie noch nicht; warten Sie, bis wir am Fuß der Berge von Nepal sind. Dort werden Sie Gelegenheit finden, Ihre Meisterschaft im edlen Waidwerk zu erproben.«

»Ich hoffe es, lieber Oberst«, antwortete Hod, »im anderen Fall müßten wir die Kugeln wahrlich zum Umgießen in die Schrotmühle schicken!«

Im Laufe des 3. Juni herrschte eine bis dahin unbekannte Hitze. Wäre der Weg nicht von großen Bäumen beschattet gewesen, ich glaube, wir wären in unserer beweglichen Wohnung buchstäblich gesotten worden. Das Thermometer stieg im Schatten bis auf 48 Grad, ohne den geringsten Luftzug. Es war also möglich, daß auch die Raubtiere bei so erstickender Glut selbst in der Nacht gar nicht daran dachten, ihre Höhlen zu verlassen.

Am nächsten Tag bei Sonnenaufgang erschien der westliche Horizont zum erstenmal etwas neblig. Wir genossen da das herrliche Schauspiel einer sogenannten Luftspiegelung, die man in einigen Gegenden Indiens »Seekote«, d. i. Luftschlösser, in anderen »Dessasur«, d. i. Augentäuschung nennt.

Es war jedoch keine scheinbare Wasserfläche mit den wunderbaren Effekten der Strahlenbrechung, die vor unseren Augen lag, sondern eine ganze Kette mäßiger Hügel, besetzt mit den phantastischsten Schlössern, die es nur geben kann, so etwa wie die Ufer des Rheintales mit ihren altertümlichen Burggrafensitzen. Wir sahen uns für kurze Zeit nicht nur in das Herz des alten Europa, sondern auch fünf bis sechs Jahrhunderte zurück, mitten ins Mittelalter versetzt.

Die überraschend deutliche Erscheinung machte auf uns völlig den Eindruck der Wirklichkeit. Der Stahlriese mit allem, was dazu gehörte, erschien mir, als er so auf eine Stadt aus dem 11. Jahrhundert zuzog, noch fremdartiger, als wenn er, in Dampfwolken gehüllt, durch das Land Wischnus und Brahmas trabte.

»Hab' Dank, Mutter Natur!« rief entzückt der Kapitän. »Nach so vielen Minaretts und Kuppeln, so vielen Moscheen und Pagoden doch endlich einmal eine alte Stadt aus der schönen Feudalzeit mit der romanischen und gotischen Pracht, die sie vor meinen Augen entrollt!«

»Alle Wetter«, scherzte Banks, »was unser Freund Hod heute poetisch gestimmt ist. Sollte er vor dem Frühstück schon eine Ballade verzehrt haben?«

»Immer lachen Sie, lieber Banks, scherzen und spotten Sie nach Herzenslust«, entgegnete Hod; aber blikken Sie nur dorthin! Sehen Sie alles, wie es im Vordergrund noch größer erscheint; da werden Gebüsche zu Bäumen, Hügel wachsen zu Bergen an, und ...«

»Und einfache Katzen würden zu Tigern, wenn es hier gerade Katzen gäbe, nicht wahr, Hod?«

»Oh, Banks, das wäre nicht zu verachten ...! Ei«, rief der Kapitän, »da schmelzen ja meine Schlösser am Rhein, die Stadt verschwindet und wir fallen aus dem

Himmel auf die Erde, in eine gewöhnliche Landschaft des Königreichs Audh, welches nicht einmal die Tiger mehr bewohnen mögen!«

Die im Osten jetzt mehr heraufgestiegene Sonne hatte das Spiel der Strahlenbrechung plötzlich verwandelt. Die Burgen stürzten gleich Kartenhäusern zusammen und die Hügel sanken zur Ebene herab.

»Wollt ihr, da die Luftspiegelung verschwunden ist«, begann Banks, und mit ihr die ganze dichterische Begeisterung des Kapitän Hod verflogen zu sein scheint, »nun vielleicht erfahren, worauf diese Erscheinung hindeutet?«

»Sprechen Sie, Ingenieur!« antwortete der Kapitän.

»Auf eine demnächstige Veränderung der Witterung«, erklärte Banks, »wir befinden uns übrigens in den ersten Tagen des Juni, welche stets klimatische Veränderungen herbeiführen. Der Wechsel des Moussons wird die periodische Regenzeit einleiten.«

»Nun, lieber Banks«, sagte ich darauf, »sind wir nicht wohlverwahrt? Mag der Regen immer kommen! Und wenns ein diluvianischer wäre, dieser unausstehlichen Hitze ist er allemal vorzuziehen . . .«

»Ihr Wunsch wird in Erfüllung gehen, bester Freund«, antwortete Banks. »Ich glaube, daß der Regen nicht mehr fern ist und wir bald am Südwesthorizont die ersten Wolken werden aufsteigen sehen!«

Banks täuschte sich nicht. Gegen Abend belud sich der westliche Horizont mit Dunstmassen, eine Hindeutung darauf, daß der Mousson, wie es nicht selten zu geschehen pflegt, in der Nacht umspringen werde. Hier sandte uns der Indische Ozean über die Halbinsel jene mit Elektrizität gesättigten Dünste, gleich großen Schläuchen des Gottes Äolus, die mit Unwettern und Stürmen gefüllt sind.

Während des Tages zeigten sich auch noch einige andere Erscheinungen, über welche kein Anglo-Inder hätte im unklaren bleiben können. Längs der Straße wirbelten vor unserem Zug ganze Wolken sehr feinen Staubes her. Zwar mußte die jetzt etwas schnellere Bewegung der Räder – sowohl der unseres Motors, wie der beiden rollenden Häuser – Staub aufwirbeln, sicherlich aber nicht in solcher Intensität. Es sah aus wie eine Wolke von Flaumfedern, die eine in Tätigkeit gesetzte Elektrisiermaschine tanzen machte. Wirklich konnte man den Boden für einen ungeheueren Rezeptor ansehen, in dem das elektrische Fluidum sich seit mehreren Tagen schon angehäuft hatte. Übrigens zeigte jener Staub eine merkwürdige gelbliche Farbe, und in jedem Molekül desselben glänzte ein leuchtendes Pünktchen. Dann und wann schien unser ganzer Zug sich mitten durch Flammen zu bewegen – freilich Flammen ohne Wärme, die aber weder durch ihre Färbung, noch durch ihre Lebhaftigkeit an das bekannte St.-Elmsfeuer erinnerten. Storr erzählte uns, er habe mitunter Eisenbahnzüge zwischen einer Doppelwand solch' leuchtenden Staubes dahinbrausen gesehen, und Banks bestätigte die Aussagen des Mechanikers. Während einer Viertelstunde konnte ich diese eigentümliche Naturerscheinung durch die Lichtpforten des Türmchens genau beobachten, von wo aus ich die Straße auf eine Strecke von fünf bis sechs Kilometer überblickte. Der baumlose Weg war staubig und von den senkrechten Sonnenstrahlen grell beleuchtet. Jetzt schien mir die Hitze der Atmosphäre fast die unserer Maschinenfeuerung zu übersteigen; jedenfalls war sie geradezu unerträglich und ich halb erstickt, als ich unter dem Flügelschlag der Punka einige Atemzüge frischerer Luft schöpfte.

Abends gegen sieben Uhr hielt das Steam-House an. Die von Banks ausgewählte Haltestelle lag am Saum eines Waldes von prächtigen Banianen, der sich unübersehbar weit nach Norden zu erstreckte. Eine schöne Straße durchschnitt denselben und versprach uns für den folgenden Tag eine angenehmere Fahrt unter seinem hohen und ausgebreiteten Blätterdache.

Die Banianen, diese Riesen unter der Flora Indiens, sind wirkliche Großväter, man könnte sagen Häupter von Pflanzenfamilien, umringt von ihren Kindern und Kindeskindern. Aus gemeinschaftlicher Wurzel entspringend, erheben sich die letzteren rings um den Hauptstamm, mit dem sie sonst in keinerlei Verbindung stehen, während sie sich in der Höhe wiederum in dem väterlichen Gezweig verlieren. Sie machen unter dem dichten Blattwerk denselben Eindruck wie Küchlein unter den schützenden Flügeln der Glucke. Daher rührt der merkwürdige Anblick, den diese, oft mehrhundertjährigen Wälder darbieten. Die alten Bäume erscheinen wie isolierte Pfeiler, welche das ungeheuere Gewölbe tragen, dessen feinere Rippen sich auf junge Banianen stützen, die einst selbst zu Pfeilern werden sollen.

An diesem Abend richteten wir uns umfassender als gewöhnlich zum Rasten ein. Sollte der nächstfolgende Tag sich ebenso heiß zeigen wie der eben vergangene, so hatte Banks beschlossen, noch zu verweilen und nur während der Nacht zu fahren.

Oberst Munro wünschte nichts mehr, als einige Stunden in dem schönen, stillen und schattenreichen Wald zu verbringen. Alle stimmten ihm bei, die einen, weil sie wirklich der Erholung bedurften, die anderen, weil sie versuchen wollten, endlich ein der Büchse eines Anderson oder eines Gérard würdiges Tier zu entdecken. Man errät leicht, wer diese anderen waren.

»Fox, Goûmi«, rief Hod, »jetzt ist es erst sieben Uhr! Noch einen Streifzug in den Wald, bevor die Nacht hereinbricht. Werden Sie uns begleiten, Maucler?«

»Mein lieber Hod«, sagte Banks, ehe ich noch antworten konnte. »Sie täten besser, sich nicht mehr von hier zu entfernen. Der Himmel hat ein drohendes Aussehen. Wenn das Unwetter losbricht, würden Sie Mühe haben, den Rückweg zu finden. Im Falle, daß wir morgen noch hier rasten, könnten Sie ja dann aufbrechen . . .«

»Morgen, oh, da ists heller Tag«, erwiderte Kapitän Hod, »jetzt ist die Stunde günstiger zu einem Versuch.«

»Das weiß ich, Hod, aber die kommende Nacht sieht mir doch zu unsicher aus. Wenn Sie darauf bestehen, noch heute zu jagen, so wagen Sie sich wenigstens nicht zu weit hinaus. Binnen einer Stunde schon dürfte es sehr finster und dann schwierig sein, die Haltestelle wieder aufzufinden.«

»Seien Sie außer Sorge, Banks, es ist erst sieben Uhr, ich werde den Herrn Oberst nur um einen Urlaub von zwei Stunden ersuchen.«

»So gehen Sie, lieber Hod«, antwortete Sir Edward Munro, »doch lassen Sie Banks' Warnung nicht außer acht.«

»Gewiß nicht, Herr Oberst!«

Mit prächtigen Jagdgewehren versehen, verließen Kapitän Hod, Fox und Goûmi das Lager und verschwanden unter den hohen Banianen zur Rechten der Straße.

Mich hatte die Hitze des Tages so sehr ermüdet, daß ich es vorzog, im Steam-House zurückzubleiben.

Inzwischen wurde auf Banks' Anordnung das Feuer unter dem Kessel nicht ganz gelöscht, sondern nur gedämpft, um stets eine bis zwei Atmosphären Dampf zu behalten. Der Ingenieur wollte für jeden Zufall gerüstet sein.

Storr und Kâlouth erneuerten einstweilen den Brennmaterial- und Wasservorrat. Ein kleiner Bach, der zur linken Seite des Weges floß, lieferte ihnen das letztere und die nahen Bäume das nötige Holz zur Füllung des Tenders. Monsieur Parazard besorgte seine gewöhnlichen Geschäfte und grübelte, während er die Reste des heutigen Diners abtrug, schon über das für den folgenden Tag.

Noch war es ziemlich hell. Oberst Munro, Banks, der Sergeant Mac Neil und ich wollten am Ufer des Baches Siesta halten. Das klare plätschernde Wasser erfrischte einigermaßen die wahrhaft erstickende Luft. Die Sonne stand noch über dem Horizont. Der Widerschein ihres Lichtes färbte die Dunstmassen, welche man durch Lükken in dem Blätterdach sich im Zenit ansammeln sah, mit blaugrauen Tinten. Es waren das schwere, dichte, gleichsam kondensierte Wolken, welche kein Wind bewegte, sondern die ihren Motor in sich selbst zu haben schienen.

Wir plauderten etwa bis acht Uhr. Von Zeit zu Zeit erhob sich Banks, um den Himmel in größerer Ausdehnung übersehen zu können, indem er bis zum Saume des Waldes ging, der ziemlich eine Viertelmeile von unserer Haltestelle die Ebene scharf begrenzte.

Zurückkehrend, schüttelte er bedenklich den Kopf.

Das letzte Mal hatten wir ihn begleitet. Schon wurde es unter den Kronen der Banianen allmählich düster. Vom Waldessaum aus erblickte ich nach Westen zu eine weite Ebene, die sich bis zu einer Reihe kleiner, schon mit den Wolken verschwimmender Hügel erstreckte.

Der Anblick des Himmels in seiner Ruhe war wirklich schrecklich. Kein Lufthauch bewegte die Blätter der hohen Bäume. Die Ruhe der eingeschlummerten Natur, von der die Dichter so oft gesungen, war das aber nicht, sondern ein bleischwerer, krankhafter Schlaf. Es schien, als stände die ganze Atmosphäre unter einer gewissen Spannung. Ich kann den Himmelsraum nicht besser vergleichen, als mit dem Dampfraum eines Kessels, wenn der Dampf zu stark komprimiert ist und eine Explosion bevorsteht.

Diese Explosion drohte hier in kürzester Zeit.

Die Gewitterwolken erschienen, wie es über Ebenen gewöhnlich der Fall ist, hoch übereinander getürmt und zeigten gebogene, sehr scharf umschriebene Ränder. Sie schienen anzuschwellen, an Zahl ab- und an Ausdehnung zuzunehmen, während sie immer auf derselben Basis ruhten. Offenbar mußten sie bald in eine einzige Masse zusammengeflossen sein, was die Dichtheit der Wolke nur vermehren konnte. Schon verloren sich kleinere Nebenwolken, wie von einer Art Anziehungskraft getrieben und hin und her gestoßen, in der allgemeinen Dunstmasse.

Gegen achteinhalb Uhr zerriß ein Zickzackblitz mit sehr scharfen Winkeln die dunkle Masse in eine Länge von zweitausendfünfhundert bis dreitausend Metern.

Fünfundsechzig Sekunden später erreichte uns der Donner und rollte lang hin, wie es bei jenen, etwa fünfzehn Sekunden dauernden Blitzen stets der Fall ist.

»Einundzwanzig Kilometer«, sagte Banks, der seine Uhr beobachtet hatte. »Das ist fast die größte Entfernung, auf welche hin der Donner noch hörbar ist. Wenn das Unwetter aber einmal losbrach, wird es schnell heraufziehen, und wir dürfen es hier nicht erwarten. Kehren wir also zurück, meine Freunde.«

»Und Kapitän Hod?« fragte Mac Neil.

»Der Donner wird ihn wohl zur Heimkehr mahnen«, meinte Banks, »ich hoffe, daß er dieser Stimme gehorcht.«

Fünf Minuten später langten wir wieder an der Haltestelle an und nahmen unter der Veranda des Salons Platz.

Zwölftes Kapitel

Feuer ringsum

Indien teilt mit gewissen Gegenden von Brasilien – unter anderen der von Rio de Janeiro – das Privileg, von allen Ländern der Erde am häufigsten von Gewittern heimgesucht zu werden. Wenn im mittleren Europa, wie in Deutschland, Frankreich, England, etwa an zwanzig Tagen des Jahres die Stimme des Donners zu hören ist, so ist das auf der Indischen Halbinsel mindestens fünfzigmal im Jahre der Fall.

Wie die Umstände heute lagen, hatten wir allen Anzeichen nach ein Gewitter von besonderer Heftigkeit zu erwarten.

Nach unserer Rückkehr in das Steam-House beobachtete ich das Barometer. Die Quecksilbersäule war in kürzester Zeit um zwei Zoll, von 29 auf 27 (etwa 730 mm.) gefallen.

Ich teilte das dem Oberst mit.

»Mich beunruhigt die Abwesenheit des Kapitän Hod und seiner Begleiter«, erwiderte er. »Das Unwetter muß gleich zum Ausbruch kommen, die Nacht rückt heran und die Dunkelheit nimmt schneller zu. Jäger entfernen sich stets weiter, als sie versprechen und selbst, als sie gewollt haben. Wie werden jene in der tiefen Finsternis den Rückweg finden?«

»Die Tollköpfe!« fiel Banks ein. »Sie wollten auch keine Vernunft annehmen. Besser, sie wären ganz hiergeblieben.«

»Gewiß, Banks, doch sie sind einmal weg«, entgegnete Oberst Munro, »und an uns ist es, alles zu tun, um ihnen die Rückkehr zu erleichtern.«

»Gibt es kein Mittel, ihnen die Stelle, wo wir liegen, zu bezeichnen?« wandte ich mich an den Ingenieur.

»O doch«, antwortete Banks, »wenn wir unser elektrisches Licht anzünden, das sehr mächtig und weithin zu sehen ist. Ich werde den Strom schließen.«

»Eine herrliche Idee, Banks!«

»Soll ich mich zur Aufsuchung des Kapitän Hod aufmachen?« fragte der Sergeant.

»Nein, mein alter Neil«, erklärte Oberst Munro, »du würdest ihn nicht finden und dich nur noch selbst verirren.«

Banks brachte die Elemente der Säule in Stand, schloß den Strom, und bald warfen die beiden Augen des Stahlriesen, gleich zwei elektrischen Leuchttürmen, ihre Strahlenbündel durch die Finsternis unter den Banianen. Bei der besonders dunklen Nacht mußte die Tragweite des Lichtes gewiß eine weite sein und konnte unseren Jägern als Leitstern dienen.

Da erhob sich plötzlich ein Orkan mit entsetzlicher Gewalt. Er zerriß die Gipfel der Bäume, bog die jungen Banianenstämme zu Boden und pfiff durch dieselben wie durch die Pfeifen einer Orgel.

Alles war das Werk eines Augenblickes.

Ein Hagel von vertrockneten Zweigen und ein Regen

von abgerissenen Blättern bedeckte die Straße. Die Bedachung des Steam-Houses hallte wider von fortwährendem Rauschen des Stromes, der sich darüber hinwegwälzte.

Wir mußten uns in den Salon flüchten und alle Fenster dicht verschließen.

»Das ist eine Art Tofan«, sagte Banks.

So bezeichnen die Inder die heftigen und urplötzlichen Stürme, welche vorzüglich die Berggegenden verwüsten und im ganzen Land gefürchtet sind.

»Storr«, rief Banks dem Mechaniker zu, »hast du die Fensteröffnung des Turmes gut verschlossen?«

»Gewiß, Herr Banks«, erklärte der Mechaniker, »von dieser Seite ist nichts zu fürchten.«

»Wo ist Kâlouth?«

»Er schichtet eben das letzte Brennmaterial in dem Tender auf.«

»Morgen werden wir das Holz nur aufzulesen brauchen«, meinte der Ingenieur. »Der Wind fällt es selbst und erspart uns die Mühe. Paß auf, daß wir Druck behalten, Storr, und suche unter Dach und Fach zu bleiben.«

»Soll geschehen.«

»Sind die Bunker voll, Kâlouth?« fragte Banks.

»Ja, Herr Banks«, antwortete der Heizer. »Auch der Wasservorrat ist ergänzt.«

»Gut, so komm herein!«

Maschinist und Heizer hatten bald im zweiten Wagen Platz genommen.

Jetzt leuchteten die Blitze häufiger auf und aus den Wolken hörte man ununterbrochen das dumpfe Rollen. Der Tofan hatte die Luft nicht abgekühlt. Es war ein trockener Wind mit heißem Atem, so als käme er selbst aus der Mündung eines Hochofens her.

Sir Edward Munro, Banks, Mac Neil und ich verließen den Salon, um nach der Veranda zu gehen. Das hohe Geäst der Banianen zeichnete sich gleich einer feinen, schwarzen Spitze auf dem feurigen Hintergrund des Himmels ab. Auf jeden Blitz folgte schon nach wenigen Sekunden ein heftiger Donner. Das Echo davon konnte gar nicht verstummen, weil sich stets schon ein neuer Donnerschlag hineinmischte. So rollte unausgesetzt ein tiefer Baß daher und unter diesen mischten sich noch jene trockenen Detonationen, welche Lukretius so passend mit dem scharfen Schrei zerreißenden Papieres verglichen hat.

»Warum sie nur auch wegen des Unwetters nicht zurückkehren?« begann Oberst Munro.

»Vielleicht«, meinte der Sergeant, »hat Kapitän Hod mit seinen Begleitern ein Obdach im Wald, in der Höhlung eines Baumes oder unter einem Stein gefunden, und sie kommen erst morgen zurück. Wir sind ja dann noch immer zur Stelle!«

Banks schüttelte den Kopf. Er schien Mac Neils Ansicht nicht zu teilen.

Jetzt – es mochte gegen neun Uhr sein – begann der Regen in furchtbaren Strömen herabzustürzen. Er war mit großen Hagelkörnern vermischt, welche uns steinigten und auf das klingende Dach des Steam-Houses niederprasselten. Es klang wie ein furchtbarer Trommelwirbel. Einander zu hören, war vollständig unmöglich, auch wenn es nicht unaufhörlich gedonnert hätte. Die von den Schloßen abgeschlagenen Banianenblätter flogen auf allen Seiten umher.

Banks, der sich inmitten dieses betäubenden Lärmens nicht verständlich machen konnte, erhob den Arm und wies uns auf die Schloßen hin, welche die Seiten des Stahlriesen trafen.

Unglaublich! Alles funkelte bei der Berührung mit den harten Eisstücken. Man hätte meinen sollen, daß aus den Wolken wirklich Tropfen geschmolzenen Metalles kämen, die bei Berührung mit dem Stahlpanzer Lichtfunken auswarfen. Diese Erscheinung bewies, wie stark die Atmosphäre mit Elektrizität geladen war. Unausgesetzt durchströmte sie die leuchtende Materie, so daß der ganze Himmelsraum ein Feuer zu sein schien.

Banks winkte uns wieder nach dem Salon zurück und schloß die nach der Veranda führende Tür. Gewiß konnte man sich in freier Luft diesen elektrischen Entladungen nicht ungestraft aussetzen.

Im Innern des Hauses standen wir fast im Finstern, wodurch die Beleuchtung der Außenwelt nur um so sichtbarer wurde. Wie erstaunten wir aber, sogar den eigenen Speichel leuchten zu sehen! Auch wir mußten von dem umgebenden Fluidum im höchsten Grade imprägniert sein.

»Wir spieen Feuer«, um den Ausdruck zu gebrauchen, mit dem man diese selten beobachtete und immer erschreckende Erscheinung charakterisiert hat. In der Tat mußte unter diesem fortwährenden Aufleuchten, dem Feuer draußen, unter dem Krachen des Donners bei den gewaltigen Blitzen auch das furchtloseste Herz doch etwas schneller schlagen.

»Und sie!« sagte bedauernd Oberst Munro.

»Ja, wo mögen sie sein!« antwortete Banks.

Unsere Lage war entsetzlich. Nicht das geringste konnten wir tun, um den so sehr bedrohten Kapitän Hod und seinen Begleitern zu Hilfe zu kommen.

Wenn sie Schutz gefunden hatten, so konnte das nur unter den Bäumen selbst sein, und man weiß, mit welchen Gefahren das unter schweren Gewittern verbunden ist. Wie hätten sie sich in dem dichten Walde fünf bis sechs Meter von der die äußersten Zweige eines Baumes schneidenden senkrechten Linie aufhalten können – wie man es denen empfiehlt, die in der Nähe von Bäumen von einem Gewitter überrascht werden?

Alles das ging mir durch den Kopf, als ein furchtbarer Donnerschlag, noch trockener als die anderen, mein Ohr traf, der mit dem Blitze fast zusammenzufallen schien.

Gleichzeitig machte sich ein scharfer Geruch bemerkbar – der durchdringende Geruch von salpetrigen Dämpfen –, und gewiß hätte Regenwasser, das während dieses Wetters aufgefangen wurde, große Mengen derselben Säure erkennen lassen.

»Der Blitz hat eingeschlagen ...« meinte Mac Neil.

»Storr, Kâlouth, Parazard!« rief Banks.

Alle drei erschienen im Salon. Zum Glück war keiner von ihnen getroffen.

Der Ingenieur stieß die Tür zur Veranda auf und begab sich nach dem Balkon.

»Dort ... seht dort ...!« sagte er.

Zehn Schritte von uns an der linken Seite der Straße war eine große Baniane getroffen worden. Bei dem unausgesetzten elektrischen Schein sahen wir sie wie am hellen Tag. Der ungeheuere Stamm, den seine Ausläufer nicht mehr zu halten vermochten, lag quer zwischen den anderen Bäumen. In seiner ganzen Länge war die Rinde abgesprengt, und frei in der Luft hing ein langer Fetzen derselben, der umhergeworfen wurde wie eine Schlange, die sich von Baumästen herabschlängelt. Die Abschälung mußte von unten nach aufwärts stattgefunden haben, also von einem aufsteigenden Blitz von ungeheuerer Gewalt herrühren.

»Da fehlte nicht viel, daß unser Steam-House getroffen worden wäre!« sagte der Ingenieur. »Doch bleiben wir hier, es ist immer ein besserer Schutz als der unter Bäumen!«

Da hörten wir einen lauten Aufschrei. Rührte er vielleicht von unseren heimkehrenden Genossen her?

»Das war Parazards Stimme«, sagte Storr.

Wirklich rief uns der Koch, der sich unter der letzten Veranda befand, zu sich hin.

Wir folgten eifrigst seinem Ruf.

Kaum hundert Meter von unserer Haltestelle und rechts von derselben war der Banianenwald entzündet. Schon verschwanden die höchsten Gipfel der Bäume unter den lodernden Flammen. Das Feuer entwickelte sich unglaublich heftig und schritt schneller, als man hätte glauben sollen, auf das Steam-House zu.

Da enstand eine ernste Gefahr. Die lange Dürre und die hohe Temperatur der drei Monate heißer Jahreszeit hatten Bäume, Gebüsche und Gräser ausgetrocknet. An dem leicht entzündbaren Material fand das Feuer vollauf Nahrung. Wie das in Indien wiederholt vorkommt, war der ganze Wald bedroht, von den Flammen verzehrt zu werden.

Unzweifelhaft sah man, wie das Feuer an Umfang gewann und sich nach allen Seiten verbreitete. Erreichte es unsere Haltestelle, so wurden die beiden Wagen sicher binnen wenig Minuten zerstört, denn ihre dünnen Wände konnten nicht den gleichen Widerstand leisten wie die Stahlblechumhüllung eines feuerfesten Geldschrankes.

Schweigend standen wir der Gefahr gegenüber. Oberst Munro kreuzte die Arme.

»Banks«, begann er sehr ruhig, »es ist deine Sache, uns aus dieser Lage zu helfen.«

»Jawohl, Munro«, antwortete der Ingenieur, »und da wir kein Mittel haben, die Feuersbrunst zu löschen, so werden wir ihr entfliehen müssen.«

»Zu Fuß?« rief ich erschrocken.

»O nein, mit dem ganzen Zug.«

»Und was wird aus Kapitän Hod und seinen Begleitern?« warf Mac Neil ein.

»Wir können nichts für sie tun. Sind sie nicht zurück, bevor wir aufbrechen, so kann ich mir nicht helfen.«

»Wir dürfen sie aber nicht im Stich lassen!« erklärte der Oberst.

»Wenn der Train in Sicherheit ist, Munro«, erwiderte ihm Banks, »wenn ihn die Flammen nicht mehr erreichen können, so kehren wir zurück und durchsuchen den ganzen Wald, bis wir jene entdeckt haben.«

»Tu' was du willst, Banks«, sagte Oberest Munro, der sich dem Rat des Ingenieurs, gewiß dem einzigen, der hier am Platz war, fügen mußte.

»Storr«, rief Banks, »an deine Maschine, und du, Kâlouth, an den Kessel und schüre das Feuer! – Welchen Druck zeigt das Manometer?«

»Drei Atmosphären«, meldete der Meschaniker.

»Binnen zehn Minuten müssen wir vier haben. Nun vorwärts, ihr Leute, ans Werk!«

Der Mechaniker und der Heizer ließen sich nicht antreiben. Bald wirbelten schwarze Rauchwolken aus dem Rüssel des Elefanten und mischten sich mit den Regenströmen, um die sich der Riese gar nicht zu kümmern schien. Auf die Blitze, welche den Himmel in Feuer hüllten, antwortete er mit einem Sprühregen von Funken. Ein Dampfstrahl pfiff durch den Rauchfang, und der künstlich vermehrte Zug beschleunigte die Verbrennung des Holzes, das Kâlouth auf dem Roste aufhäufte.

Sir Edward Munro, Banks und ich waren auf der hinteren Veranda zurückgeblieben und beobachteten die Fortschritte der Feuersbrunst im Walde; die großen Bäume sanken in der gewaltigen Lohe zusammen, die Zweige krachten wie Revolverschüsse, die Lianen schwankten von einem Stamme zum anderen, und das Feuer pflanzte sich auf neue und immer neue Herde fort. In fünf Minuten war der Brand auf fünfzig Meter vorgeschritten, und die vom Sturmwind zerzausten Flammen züngelten zu einer solchen Höhe auf, daß die Blitze sie in allen Richtungen kreuzten.

»Binnen fünf Minuten müssen wir den Platz verlassen haben«, erklärte Banks, »oder es fängt alles Feuer!«

»Diese Feuersbrunst greift schnell um sich!« bemerkte ich.

»Wir werden noch schneller vorwärts kommen!«

»Wenn nur Hod und seine Begleiter da wären!« klagte Sir Edward Munro.

»Wir wollen pfeifen, ja, ja, pfeifen«, rief Banks, »vielleicht hören sie das!«

Er eilte nach dem Türmchen, und bald ertönte die Luft von schrillen Pfiffen, die sich von dem rollenden Donner so auffällig unterschieden, daß sie gewiß weithin vernehmbar sein mußten.

Unsere Lage wird sich jedermann eher denken können, als man sie schildern kann.

Auf einer Seite die Notwendigkeit, so schnell als möglich zu entfliehen, auf der anderen die Verpflichtung, die noch nicht Zurückgekehrten zu erwarten.

Banks war nach der hinteren Veranda zurückgekommen. Der Rand des Feuers lag jetzt kaum noch fünfzig Fuß vom Steam-House entfernt. Ringsum verbreitete sich eine unerträgliche Hitze, und die glühende Luft wurde nahezu unatembar. Schon fielen eine Menge glühender Holzstücke auf unseren Train nieder. Zum Glück schützte ihn der noch fortdauernde Platzregen, der ihn jedoch gegen das eigentliche Feuer selbst gewiß nicht sichern konnte.

Noch immer dauerte das scharfe Pfeifen der Maschine fort, doch weder Hod, noch Fox noch Goûmi ließen sich sehen.

Da trat der Mechaniker zu Banks heran.

»Wir haben den verlangten Druck«, sagte er.

»Nun dann, vorwärts, Storr«, erwiderte dieser, »doch nicht zu schnell ...! Es gilt nur außer dem Bereich des Waldbrandes zu bleiben.«

»Warte noch, Banks, warte noch«, bat Oberst Munro, der sich nicht entschließen konnte, den Halteplatz zu verlassen.

»Noch drei Minuten, Munro«, antwortete Banks sehr kühl, »doch auf keinen Fall länger. In drei Minuten schon kann der Hinterteil des Zuges Feuer fangen!«

Zwei Minuten verstrichen. Das Verweilen auf der Veranda wurde jetzt zur Unmöglichkeit. Man konnte die Hand schon nicht mehr auf das erhitzte Blech legen, welches sich zu krümmen begann. Jetzt noch länger zu warten, wäre die schwerste Torheit gewesen.

»Vorwärts, Storr!« befahl Banks.

»Ach, da ...!« rief der Sergeant.

»Sie sind es!«

Kapitän Hod und Fox erschienen an der rechten Seite der Straße. In ihren Armen trugen sie Goûmis scheinbar leblosen Körper und gelangten eben an den Auftritt zum zweiten Wagen.

»Tot?« fragte Banks.

»Nein, aber vom Blitz getroffen, der ihm das Gewehr in der Hand zertrümmerte«, erklärte Kapitän Hod, »und auf dem linken Bein gelähmt.«

»Gott sei gelobt!« brach Oberst Munro aus.

»Meinen Dank auch, Banks«, setzte der Kapitän hinzu. »Ohne Ihr Pfeifensignal hätten wir die Haltestelle schwerlich wiedergefunden!«

»Nun schnell hier weg«, drängte Banks, »nun vorwärts!«

Hod und Fox waren in den Wagen gesprungen, und Goûmi, der den Gebrauch der Sinne nicht ganz verloren hatte, wurde in seiner Kabine niedergelegt.

»Wie viel Druck haben wir?« fragte dieser den Mechaniker.

»Ziemlich fünf Atmosphären«, lautete Storrs Antwort.

»Nun dann fort!« wiederholte Banks.

Es war jetzt halb elf Uhr. Banks und Storr nahmen in dem Türmchen Platz. Der Regulator ward geöffnet, der Dampf strömte in die Zylinder, das erste Schnaufen ließ sich vernehmen und der Zug setzte sich langam in Bewegung, inmitten der dreifachen Beleuchtung, durch den Brand der Banianen, durch die elektrischen Lampen des Elefanten und die flammenden Blitze des Himmels.

Kapitän Hod erzählte uns mit kurzen Worten die Vorgänge während seines Ausfluges, bei dem die Jäger keine Spur eines Tieres angetroffen hatten. Mit dem Aufsteigen des Gewitters kam die Dunkelheit schneller und tiefer, als sie gedacht hatten. Sie wurden von dem ersten Donnerschlag überrascht, als sie etwa drei Meilen weit entfernt waren. Natürlich wollten sie nun sofort umkehren, doch trotz aller Mühe, sich zurechtzufinden, verirrten sie sich unter den großen Banianengruppen, die einander gar zu sehr ähnelten, da ihnen kein Steg die Richtung angab.

Inzwischen brach das Unwetter mit aller Wut los. Das elektrische Licht konnte bis zu der Stelle, wo sie sich befanden, nicht dringen, so daß sie gewiß nicht in gerader

Linie auf das Steam-House zuschritten. Hagel und Regen fielen in Strömen. Ein Obdach gab es nicht, außer dem unzulänglichen des Blätterdaches, das bald genug durchlöchert wurde.

Plötzlich krachte ein furchtbarer Donnerschlag zugleich mit einem blendenden Blitz. Neben dem Kapitän sank Goûmi vor Fox' Füßen zur Erde. Von dem Gewehr in seiner Hand hielt er nur noch den Schaft. Lauf, Schloß, Drückerbügel, kurz alles, was von Metall daran war, hatte die elektrische Entladung zerstreut.

Seine Genossen hielten ihn für tot, was sich glücklicherweise nicht bestätigte; obwohl er aber von dem Fluidum nicht selbst getroffen schien, war doch sein linkes Bein gelähmt, so daß der arme Goûmi keinen Schritt gehen konnte. Er mußte also getragen werden. Vergeblich bat er, ihn vorläufig zurückzulassen und erst später abzuholen. Seine Begleiter gaben nicht nach; der eine erfaßte ihn an den Schultern, der andere an den Beinen, und so zogen sie auf gut Glück durch das Dunkel des Waldes weiter.

Zwei volle Stunden lang irrten Hod und Fox auf diese Weise umher, zögerten, hielten einmal an und setzten dann den Weg weiter fort, ohne irgendeinen Anhalt, der ihnen die Lage des Halteplatzes hätte andeuten können.

Endlich hörten sie mitten unter dem Wüten der Elemente und dem Sausen des Sturmes den scharfen Ton der Dampfpfeife, der vernehmlicher war, als es sogar Flintenschüsse gewesen wären. Sie erkannten die Stimme des Stahlriesen.

Eine Viertelstunde später gelangten alle drei nach der Stelle, die eben verlassen werden sollte. Es war die höchste Zeit!

Während der Zug nun auf der breiten und ebenen Straße im Wald dahinrollte, machte der Brand doch noch schnellere Fortschritte. Daneben wuchs die Gefahr noch mehr, als der Wind umsprang, wie es bei solchen Gewitterstürmen häufig vorkommt. Statt von der Seite zu wehen, blies er jetzt von rückwärts und belebte durch seine Heftigkeit das Feuer wie ein Ventilator, der einem Herde Sauerstoff zuführt. Der Waldbrand nahm rasch weiter zu. Brennende Zweige und glimmende Holzstücke wirbelten in einer Wolke von glühender Asche umher, die sich von der Erde erhob, als ob ein Krater seine vulkanischen Massen gen Himmel schleuderte. Wirklich ließ sich die Feuersbrunst mit nichts besser vergleichen als mit einem Lavastrome, der sich über das Land wälzt und alles auf seinem Weg vernichtet.

Banks bemerkte das wohl. Hätte ers auch nicht gesehen, so mußte es ihm der glühend heiße Luftstrom sagen, der über uns dahinstrich.

Die Fahrt wurde also beschleunigt, obgleich das auf dem unbekannten Weg nicht ohne Gefahr war. Die von Regen überflutete Straße hatte aber so tiefe Furchen, daß die Maschine nicht so viel leistete, als der Ingenieur gern wollte.

Gegen halb zwölf Uhr erfolgte ein neuer Donnerschlag mit einem furchtbaren Blitz. Unwillkürlich entrang sich unser ein lauter Schrei. Wir glaubten nicht anders, als daß Banks und Storr im Türmchen, von wo aus sie die Fahrt leiteten, erschlagen worden wären.

Dieses Unglück sollte uns jedoch erspart bleiben. Nur unser Elefant war an der Spitze eines seiner langen, hängenden Ohren von der elektrischen Entladung getroffen worden. Die Maschine hatte dabei zum Glück keinen Schaden erlitten, und der Stahlriese schien dem Wüten des Unwetters nur durch vermehrtes Brausen und Sausen antworten zu wollen.

»Hurra!« rief Kapitän Hod, »Hurra! Ein Elefant aus Fleisch und Bein wäre auf der Stelle zusammengesunken. Du, du trotzest dem Blitz, dich vermag nichts aufzuhalten. Hurra, Stahlriese! Hurra!«

Während einer halben Stunde hielt sich unser Zug immer in geeigneter Entfernung. Da er fürchten mußte, zu heftig gegen irgendein Hindernis zu stoßen, wollte Banks die Geschwindigkeit nicht weiter steigern, als notwendig war, um vor dem Feuer geschützt zu bleiben.

Von der Veranda aus, wo Oberst Munro, Hod und ich Platz genommen hatten, sahen wir gewaltige Schatten vor uns her eilen, welche im Licht des Brandes und der Blitze dahinflogen. Das waren endlich Raubtiere!

Aus Vorsicht ergriff Hod seine Büchse, denn es war ja möglich, daß die entsetzten Bestien sich auf den Train stürzen konnten, um dort Schutz oder ein Obdach zu suchen.

Ein ungeheuerer Tiger machte wirklich diesen Versuch; als er sich aber mit gewaltigem Sprunge erhob, fingen ihn die Ausläufer einer Baniane am Halse. Der Hauptstamm, der sich unter der Wucht des Sturmes bog, zog dieselben an wie zwei lange Stricke, welche das Tier erwürgten.

»Armer Kerl!« sagte Fox bedauernd.

»Diese Tiere«, fuhr Kapitän Hod entrüstet fort, »sind dazu geschaffen, von einer ehrlichen Büchsenkugel erlegt zu werden. Ja, du armer Teufel!«

Wahrlich, Kapitän Hod hatte Pech! Als er Tiger suchte, fand er keinen, und als er sie sah, stürmten sie im Fluge vorbei, ohne daß er auf sie schießen konnte, oder erwürgten sich wie eine Maus im Draht der Falle!

Um ein Uhr morgens verdoppelte sich die Gefahr noch, so groß sie auch schon gewesen war.

Unter dem unbeständigen Wind, der von allen Richtungen her wehte, hatte sich der Waldbrand sogar schon vor uns ausgebreitet, und wir waren jetzt vollständig eingeschlossen.

Das Gewitter hatte indessen an Heftigkeit abgenommen, wie das stets geschieht, wenn solche Wetter über einen großen Wald ziehen, wo die Bäume die Elektrizität anziehen und nach und nach erschöpfen. Doch, wenn auch die Blitze seltener wurden und der Donner nur in Zwischenräumen ertönte, auch der Regen schwächer fiel, so sauste doch der Sturm noch mit gleicher Gewalt über die Erde hin.

Jetzt mußte die Fahrt unseres Zuges unbedingt, selbst auf die Gefahr, gegen ein Hindernis anzustoßen oder in einen Abgrund zu stürzen, so viel als möglich beschleunigt werden.

Banks tat das auch, und zwar mit erstaunlich kaltem Blut, die Augen an den Linsen des Türmchens und die Hand am Regulator, den er nie losließ.

Zwischen zwei Feuerspalieren lag unsere Straße offen. Es gab keine Wahl, wir mußten dazwischen hindurch.

Banks drang mit einer Geschwindigkeit von sechs bis sieben Meilen in der Stunde hinein.

Ich glaubte schon unser Ende nahe, als wir auf die Strecke von fünfzig Metern eine sehr enge Stelle zwischen den Flammen passieren mußten. Die Räder des Zuges knirschten auf glühenden Kohlen, welche die Straße bedeckten, und eine glühende Atmosphäre umhüllte uns ganz und gar...!

Wir kamen glücklich hindurch!

Endlich, um zwei Uhr morgens, crschien der entgegengesetzte Waldessaum unter dem Scheine der schon sehr seltenen Blitze. Hinter uns breitete sich ein grenzenloses Flammenmeer aus. Das Feuer erlosch gewiß nicht eher, als es den ausgedehnten Wald bis zur letzten Baniane verzehrt hatte.

Mit Tagesanbruch machte unser Zug halt; das Gewitter hatte sich vollständig verzogen, und wir richteten uns zu einer vorläufigen Rast ein. Unser Elefant, der nun sorgfältig untersucht wurde, zeigte an der Spitze des rechten Ohres einige Löcher, deren Ränder nach innen umgebogen waren.

Gewiß wäre einem solchen Blitzschlag jedes andere Tier als ein Elefant aus Stahl unterlegen, um sich nicht wieder zu erheben, und der Waldbrand würde den ganzen Zug in kurzer Zeit vernichtet haben!

Um sechs Uhr morgens ging die Fahrt nach kurzer Rast weiter, und gegen Mittag langten wir in der Nachbarschaft von Rewah an.

Dreizehntes Kapitel

Kapitän Hods Heldentaten

Die Hälfte des 5. Juni und die darauffolgende Nacht verbrachten wir ruhig lagernd zu. Nach so viel Strapazen und ausgestandenen Gefahren tat uns diese Erholung sehr not.

Jetzt war es nicht mehr das Königreich Audh, das seine reichen Ebenen vor uns entfaltete. Das Steam-House dampfte nun durch das zwar noch fruchtbare, aber von sogenannten »Nullas« oder tiefen Hohlwegen durchschnittene Gebiet von Rohilkande. Bareille ist die Hauptstadt dieses gewaltigen Vierecks von hundertfünfundfünfzig Meilen Seite, das zahlreiche Neben- und Zuflüsse der Cogra bewässern und in dem sich da und dort Gruppen prächtiger Mangobäume neben einzelnen dichten Dschungeln erheben, welche vor der fortschreitenden Kultur zu verschwinden scheinen.

Hier lag nach der Einnahme von Delhi der Mittelpunkt der Empörung, gegen welche der eine Feldzug Sir John Campbells gerichtet war; hier erzielte die Kolonne der Brigadiers Walpole anfänglich keine glücklichen Erfolge; endlich kam hier ein Freund Sir Edward Munros, der Oberst des 93. Regimentes der Schottländer, um, der sich am 14. April bei dem Sturm auf Laknau besonders ausgezeichnet hatte.

Abgesehen von dem ganzen Charakter der Landschaft, konnte kein anderes Gebiet der Fahrt unseres Zuges günstiger sein. Schöne, gut geebnete Straßen, leicht zu überschreitende Wasseradern zwischen den beiden von Norden herabfließenden Hauptarterien, alles wirkte zur Erleichterung unserer Reise günstig zusammen. Jetzt hatten wir nur noch wenige hundert Kilometer zurückzulegen, dann mußten sich schon die ersten Bodenwellen bemerkbar machen, welche die Ebene mit den Bergen von Nepal verknüpfen.

Freilich durfte die nun eingetretene Regenzeit nicht

außer Rechnung gelassen werden.

Der in den ersten Monaten des Jahres herrschende Nordost-Mousson hatte jetzt gewechselt. Die Regenzeit ist an der Küste schlimmer als im Innern der Halbinsel und tritt hier auch etwas verzögert auf, weil die Wolken sich schon zum Teil erschöpfen, bevor sie die mittleren Teile Indiens erreichen. Außerdem wird ihre Richtung durch hohe Bergwände verändert, welche eine Art atmosphärischen Wirbels erzeugen. So tritt der Mousson-Wechsel an der Malabar-Küste schon Anfang Mai ein, in der Mitte der Zentral- und der Nordprovinzen macht er sich erst einige Wochen später, also im Juni, bemerkbar.

Wir waren jetzt im Juni, und unsere weitere Reise sollte nun unter jenen veränderten, aber wohl vorhergesehenen Verhältnissen vor sich gehen.

Unserem wackeren Goûmi, den der Blitz so jämmerlich entwaffnet hatte, ging es vom folgenden Tag an besser. Die linksseitige Lähmung des Beines erwies sich nur als vorübergehend. Er behielt davon nichts zurück als – einen Groll gegen das Feuer des Himmels.

Im Laufe des 6. und 7. Juni hatte Hod mit Hilfe Phanns und Blacks mehr Jagdglück. Er erlegte ein Paar jener Antilopen, die man hierzulande »Nilgaus« nennt. Es sind das die blauen Ochsen der Hindus, die man richtiger als Hirsche bezeichnen sollte, denn den letzteren gleichen sie weit mehr als den Verwandten des Gottes Apis. Auch sollte man sie eigentlich perlgraue Hirsche nennen, denn ihre Farbe erinnert mehr an die des wolkenbedeckten, als an die des azurnen Himmels. Man behauptet jedoch, daß einzelne Exemplare dieser prächtigen Tiere mit spitzen, geraden Hörnern und langem, wenig gebogenem Kopf wirklich ein blaues Fell hätten – eine Farbe, welche die Natur den Vierfüßlern völlig verweigert zu haben scheint, selbst dem blauen Fuchs, dessen Fell vielmehr schwarz ist.

Wilde Tiere, von denen Kapitän Hod immer schwärmte, waren das freilich noch nicht. Immerhin ist der Nilgau ziemlich gefährlich, wenn er sich, leicht verwundet, auf den Jäger stürzt. Eine erste Kugel vom Kapitän und eine zweite von Fox unterbrachen sofort den Lauf der beiden schönen Tiere. Sie wurden gleichsam im Flug erlegt. Fox schätzte sie indes nicht höher als Federwild!

Monsieur Parazard vertrat dagegen eine andere Ansicht, und die auf der Stelle gebratenen Keulen, welche er uns am nämlichen Tag auftischte, brachten auch uns auf seine Seite.

Mit Tagesanbruch, am 8. Juni, verließen wir unseren Halteplatz, der unweit eines kleinen Dorfes von Rohilkande lag und den wir am vergangenen Abend nach einer Fahrt von vierzig Kilometern von Rewah aus erreichten. Unser Zug hatte sich also auf den vom Regen mehr und mehr durchweichten Straßen nur mit sehr mäßiger Geschwindigkeit fortbewegt. Dazu begannen die Bäche anzuschwellen, und manchmal hielt uns eine überschwemmte Strecke mehrere Stunden lang auf. Trotzdem blieben wir hinter unserem Programm kaum einen bis zwei Tage zurück. Jedenfalls mußte die Berggegend, in der das Steam-House während einiger Sommermonate wie in einem Sanatorium verbleiben sollte, gegen Ende des Juni erreicht werden. Hier lag also kein Grund zur Beunruhigung vor.

An jenem 8. Juni entging dem Kapitän Hod ein recht interessanter Büchsenschuß.

Neben unserem Weg verliefen dichte Bambus-Dschungel, wie das in der Nähe von Dörfern, welche wie in einem Blumenkorb gebaut scheinen, öfter vorkommt. Es waren das noch nicht die eigentlichen Dschungel im Sinne der Hindus, welche die nackte unfruchtbare Ebene begrenzen, über die das aschgraue Buschwerk emporragte. Noch befanden wir uns in angebautem Lande und fruchtbarem Gebiete, das meist von sumpfigen Reisplantagen eingenommen wurde.

Von Storrs Hand geleitet, trabte der Stahlriese ruhig dahin und stieß seine sauberen Dampfwölkchen aus, die er unter die Bambus der Straße verstreute.

Plötzlich sprang ein Tier mit überraschender Gewandtheit auf und stürzte sich unserem Elefanten an den Hals.

»Ein Tchita! Ein Tchita!« rief der Mechaniker.

Sofort eilte Kapitän Hod nach dem vorderen Balkon und ergriff die Büchse, die er immer gleich bei der Hand hatte.

»Ein Tchita!« rief er nun auch selbst.

»So schießen Sie ihn doch!« drängte ich.

»Ich habe ja noch Zeit!« antwortete Kapitän Hod, der sich begnügte, auf das Tier im Anschlag zu liegen.

Der Tchita bildet eine in Indien eigentümliche Art von Leoparden, die nicht ganz so groß wie der Tiger, doch der Gewandtheit und der Kräfte ihrer Glieder wegen nicht minder furchtbar sind.

Oberst Munro, Banks und ich standen auf der Veranda und warteten auf den Schuß des Kapitäns.

Offenbar hatte sich der Leopard beim Anblick unseres Elefanten getäuscht; da, wo er lebendes Fleisch zu finden hoffte, in das er seine Zähne und Krallen einschlagen konnte, fand er eine Haut von Stahl, die seinen Angriffen trotzte. Wütend über die Enttäuschung, klammerte er sich an die Ohren des falschen Tieres und wollte sich von demselben offenbar schon wegwenden, als er unserer ansichtig wurde.

Kapitän Hod hielt noch immer den Gewehrlauf auf jenen gerichtet, wie ein seines Schusses sicherer Jäger, der seine Beute im richtigen Augenblick und an der rechten Stelle treffen will.

Knurrend richtete der Tchita sich auf. Jedenfalls fühlte er die Gefahr, wollte aber nicht entfliehen. Vielleicht erwartete er nur den richtigen Augenblick, um auf die Veranda zu stürzen.

Er kletterte wirklich auf den Kopf des Elefanten, dessen als Rauchfang dienenden Rüssel er mit den Pranken umschlang, und stieg dann bis zum Ende desselben hinauf, aus dem der Dampf hervordrang.

»So schießen Sie doch, Hod!« mahnte ich noch einmal.

»Dazu hab' ich ja noch Zeit!« antwortete der Kapitän.

Dann wandte er sich, ohne den Leoparden, der uns anglotzte, aus den Augen zu lassen, an mich.

»Sie haben wohl noch niemals einen Tchita geschossen, Maucler?« fragte er.

»Niemals.«

»Wollen Sie einen erlegen?«

»Kapitän«, gab ich zur Antwort, »ich will Ihnen nicht diesen herrlichen Schuß rauben . . .«

»Pah!« stieß Hod hervor, »das ist kein Schuß für einen Jäger! Nehmen Sie eine Büchse. Zielen Sie der Bestie nach der Schulter. Wenn Sie fehlen, schieße ich sie im Fluge!«

»Meinetwegen!«

Fox, der inzwischen herbeigekommen war, reichte mir eine Doppelflinte, die er in der Hand hielt. Ich ergriff dieselbe, spannte den Hahn, zielte nach der Schulter des Leoparden und gab Feuer.

Getroffen, aber offenbar nur leicht verwundet, machte das Tier einen gewaltigen Sprung über das Türmchen des Mechanikers hinweg und fiel auf dem ersten Dach des Steam-Houses nieder.

Ein so guter Schütze Kapitän Hod auch war, so hätte er jetzt doch nicht auf das Tier schießen können.

»Hierher, Fox! Mitkommen!« rief er.

Beide verließen die Veranda und nahmen in dem Türmchen Platz.

Der Leopard begab sich nach dem Dach des zweiten Hauses, wobei er die Verbindungsbrücke leicht übersprang.

Eben als der Kapitän feuern wollte, sprang das Tier zur Erde hinab, erhob sich stolz und verschwand in dem Dschungel.

»Stopp! Stopp!« rief Banks laut dem Mechaniker zu, der den Dampf absperrte und die Räder durch die Luftbremse sofort zum Stillstand brachte.

Der Kapitän und Fox sprangen auf die Straße hinab und eilten in das Dickicht, um den Tchita womöglich einzuholen.

Einige Minuten verstrichen. Wir lauschten nicht ohne einige Ungeduld. Vergebens. Kein Schuß krachte. Die beiden Jäger kamen mit leeren Händen zurück.

»Verschwunden! Entwischt!« meldete Kapitän Hod. »Und nicht einmal eine Blutspur im Gras.«

»Das ist mein Fehler!« sagte ich zum Kapitän. »Sie hätten den Tchita an meiner Statt schießen sollen, Sie würden ihn nicht gefehlt haben!«

»Mag sein, doch Sie haben auch getroffen«, meinte Hod, »das weiß ich, vielleicht nur nicht an der richtigen Stelle!«

»Das war also weder mein achtunddreißigster, noch Ihr vierzigster, Herr Kapitän!« sagte Fox sehr kleinlaut.

»Ei was«, entgegnete Hod mit etwas erheuchelter Gleichgültigkeit, »ein Tchita ist kein Tiger! Sonst, Herr Maucler, hätte ich es nicht über mich gebracht, Ihnen den Schuß abzutreten.«

»Zu Tisch, meine Herren«, fiel da Oberst Munro ein. »Das Frühstück erwartet uns und wird Sie trösten . . .«

»Um so eher«, setzte Mac Neil hinzu. »Da nur Fox an ellem Unglück schuld ist!«

»Ich?« erwiderte der Diener, dem diese Anschuldigung sehr unerwartet erschien.

»Gewiß, Fox«, fuhr der Sergeant fort, »das Gewehr, daß du Herrn Maucler gegeben hast, war ja nur mit Hühnerschrot geladen!«

Mac Neil zeigte dabei die andere Patrone vor, die er aus der Waffe, die ich benutzt, herausgenommen hatte. Sie enthielt wirklich nur kleinkörniges Schrot.

»Fox!« begann der Kapitän.

»Herr Kapitän!«

»Zwei Tage Stubenarrest!«

»Zu Befehl, Herr Kapitän!«

Fox begab sich nach seiner Kabine, mit dem Vorsatz,

sich achtundvierzig Stunden über nicht wieder blicken zu lassen. Er schämte sich seines Fehlers und wollte seine Schande verbergen.

Am nächsten Tag, am 9. Juni, durchstreiften wir, Hod, Goûmi und ich, die Ebene längs der Straße während der halbtägigen Rast, welche Banks zugestanden hatte. Der ganze Morgen war regnerisch gewesen, gegen Mittag heiterte sich der Himmel indes ein wenig auf und ließ auf einige Stunden bessere Witterung hoffen. Hod zog diesmal übrigens nicht als Raubtierjäger, sondern als Jäger auf eßbares Wild hinaus. Im Interesse der Küche sollten wir in Gesellschaft Blacks und Phanns ruhig am Rande der Reisfelder hinwandern. Monsieur Parazard hatte dem Kapitän gemeldet, daß die Speisekammer leer sei, und daß er von seiner Ehrwürden erwarte, Se. Ehrwürden werde »die geeigneten Maßregeln ergreifen«, dieselbe wieder zu füllen.

Kapitän Hod gab nach, und wir brachen, mit einfachen Jagdflinten ausgerüstet, auf. Zwei Stunden lang erzielten wir keinen anderen Erfolg, als daß wir einige Rebhühner und Hasen aufjagten, immer aber in solcher Entfernung, daß gar nicht daran zu denken war, sie zu erlangen.

Kapitän Hod verlor bald alle gute Laune. Inmitten dieser ausgedehnten Ebene ohne Dschungel und Gebüsch, dagegen mit vielen Dörfern und Farmen, konnte er ja kaum erwarten, ein Raubtier zu treffen, das ihn für den gestern entwischten Leoparden entschädigt hätte. Er spielte ja nur die Rolle eines Lieferanten und dachte über den bevorstehenden Empfang seitens Monsieur Parazards nach, wenn er mit leerer Jagdtasche heimkehrte.

An uns lag die Schuld übrigens nicht. Um vier Uhr hatten wir noch niemals Gelegenheit gefunden, ein Gewehr abzufeuern. Es wehte ein trockener Wind, und alles Wild erhob sich, wie gesagt, außer Schußweite.

»Lieber Freund«, redete Kapitän Hod mich da an, »so kann's entschieden nicht weitergehen! Als wir Kalkutta verließen, habe ich Ihnen die schönsten Jagdzüge versprochen, und nun hindert mich ein Unglück ohnegleichen, ein ewiges Pech, das ich nicht begreife, mein Versprechen zu erfüllen.«

»Ach, bester Kapitän«, antwortete ich, »nur nicht vorzeitig verzweifeln. Wenn ich dieses Malheur bedauere, so geschieht das weniger um meinet- als um Ihretwillen ...! Wir werden das Versäumte in den Bergen von Nepal wieder einholen!«

»Ja dort«, bestätigte Kapitän Hod, »auf den ersten Abhängen des Himalaja liegen die Verhältnisse günstiger. Sehen Sie, Maucler, ich möchte darauf wetten, daß unser Zug mit allem, was dazu gehört, das Zischen des Dampfes und vorzüglich der riesenhafte Elefant selbst, die Raubtiere erschreckt, vielleicht noch mehr als eine Eisenbahn, und das wird immer der Fall sein, solange er in Bewegung bleibt. Liegen wir erst ruhig, so dürfen wir hoffen, glücklicher zu sein. Wahrhaftig, jener Leopard war ein Narr! Er mußte wohl dem Hungertod nahe sein, daß er sich auf unseren Stahlriesen stürzte, und verdiente wahrlich mit einer hübschen Kugel begrüßt zu werden. Der verteufelte Fox! Ich werde ihm nie vergessen, was er da angerichtet hat! – um wieviel Uhr ist es jetzt?«

»Bald um fünf Uhr.«

»Schon um fünf und wir haben noch keine Patrone verplatzt?«

»Vor sieben Uhr erwartet man uns nicht zurück. Vielleicht glückt es noch bis dahin ...«

»Nein, das Glück ist einmal gegen uns«, versetzte Kapitän Hod, »und glauben Sie, das Glück ist der halbe Erfolg.«

»Die Ausdauer aber nicht minder«, antwortete ich. »Nehmen wir uns vor, nicht mit leeren Händen heimzukehren. Ists Ihnen recht, Kapitän?«

»Ob mir das recht ist!« entgegnete Hod. »Tod allem, was sich blicken läßt!«

»Einverstanden!«

»Maucler, ich bringe lieber einen Maulesel oder ein

Eichhörnchen mit, als daß ich als Schneider nach Hause gehe!«

Kapitän Hod, Goûmi und ich, wir befanden uns in der Gemütsstimmung, wo uns alles gute Beute schien. Die Jagd wurde also mit einem, einer besseren Sache würdigen Eifer fortgesetzt; doch auch die unschuldigsten Vögel mußten unsere Absicht erraten haben, denn es ließ sich keine Feder sehen.

So durchstreiften wir die Reisfelder, bald auf der einen, bald auf der anderen Seite der Straße, und kehrten wieder zurück, um uns nicht zu weit vom Halteplatz zu entfernen. Verlorene Mühe! Noch um ein halb sieben Uhr waren unsere Patronen intakt. Wenn wir mit einem Spazierstock in der Hand ausgegangen wären, hätten wir genau dasselbe erzielt.

Ich sah den Kapitän an. Er ging mit aufeinandergebissenen Zähnen dahin. Eine zwischen den Augenbrauen verlaufende lange und tiefe Furche der Stirn verriet seinen stummen Groll. Er murmelte etwas zwischen den gepreßten Lippen und bedrohte alles Feder- und Pelzvieh, von dem sich noch kein einziges Exemplar zeigte, mit dem Tod. Allem Anschein nach hätte er seine Flinte auf jeden beliebigen Gegenstand, auf einen Felsen oder einen Baum, abgefeuert – eine bekannte Jägermanier, um dem Zorne Luft zu machen. Das Gewehr brannte ihm in den Händen, das sah man deutlich. Er warf es einmal in den Arm, trug es dann am Riemen oder schulterte damit, scheinbar ganz wider Willen.

Goûmi betrachtete ihn verwundert.

»Der Kapitän wird noch ganz rasend, wenn das so fortgeht«, sagte er kopfschüttelnd.

»Gewiß, ich gäbe gern dreißig Schillinge für die simpelste Haustaube, die eine barmherzige Hand ihm in den Weg trieb. Das würde ihn beruhigen!«

Doch nicht für dreißig Schillinge, nicht für den doppelten oder dreifachen Preis hätte man sich hier das billigste und gewöhnlichste Stück Jagdwild verschaffen können. Das Feld ringsum war menschenleer, und wir erblickten weder eine Farm noch ein Dorf.

Wahrscheinlich, wenn es möglich gewesen wäre, hätte ich Goûmi weggeschickt, um jeden Preis ein Stück Geflügel zu kaufen, und wenn es ein gerupftes Huhn war, um es als Sühneopfer unserem unwilligen Kapitän darbieten zu lassen.

Jetzt kam die Nacht allmählich heran. Nach einer Stunde war es nicht mehr hell genug, unsere nutzlose Expedition noch länger fortzusetzen. Obwohl wir übereingekommen waren, nicht mit leerer Jagdtasche nach dem Halteplatz zurückzukehren, so schien uns doch nichts anderes übrigzubleiben, wenn wir nicht die Nacht unter freiem Himmel zubringen wollten. Doch ohne Rücksicht darauf, daß für die Nacht Regen drohte, so wären Oberst Munro und Banks über unser Ausbleiben gewiß unruhig geworden, was ihnen doch erspart bleiben mußte.

Mit weit aufgerissenen Augen warf Kapitän Hod den Blick von der Rechten zur Linken und von der Linken zur Rechten mit der Schnelligkeit eines Vogels und ging immer zehn Schritte voraus, doch in einer Richtung, die uns dem Steam-House nicht gerade näher brachte.

Ich beeilte meine Schritte, um ihn einzuholen und ihn endlich zum Aufgeben dieser vergeblichen Versuche zu veranlassen, als ich zu meiner Rechten ein starkes Rauschen von Flügeln hörte. Ich blickte auf.

Eine schillernde Masse erhob sich langsam in einem Dickicht.

Ohne Kapitän Hod Zeit zu lassen, sich umzukehren, schlug ich an, und die beiden Schüsse der Flinte krachten.

Langsam fiel ein mir unbekannter Vogel am Rand des Reisfeldes nieder.

Phann sprang darauf zu und brachte dem Kapitän die Beute.

»Endlich«, rief Hod, »wenn Monsieur Parazard nun nicht zufriedengestellt ist, mag er selbst, mit dem Kopfe voraus in seinen Kochtopf springen.«

»Sind das aber auch eßbare Vögel, auf die ich geschossen habe?«

»Natürlich . . ., wenigstens wenn man keine anderen hat!« meinte der Kapitän.

»Zum Glück hat Sie niemand gesehen, Herr Maucler!« bemerkte da Goûmi.

»Zum Glück . . .? Was hab' ich denn verbrochen?«

»Ei, Sie haben einen Pfau getötet, das ist verboten, da der Pfau ein in ganz Indien geheiligter Vogel ist.«

»Der Kuckuck hole alle heiligen Vögel und die, welche sie heiligsprechen«, rief Kapitän Hod. Der hier ist nun einmal geschossen und wird verspeist werden, meinetwegen mit aller Ehrfurcht, aber gegessen wird er doch!«

In der Tat ist der Pfau schon seit dem Zug Alexanders, zu welcher Zeit er sich in Indien verbreitete, überall im Lande der Brahmanen geheiligt. Die Hindus betrachten ihn als Symbol der Göttin Saravasti, der Beschützerin der Geburt und Ehe. Auf die Tötung dieses Vogels sind schwere, auch vom englischen Gesetz anerkannte Strafen festgestellt.

Das Exemplar aus der Hühnerfamilie, das Kapitän Hod so sehr erfreute, war mit seinen grünen, metallisch glänzenden Flügeln, welche ein Goldrand umgab, wirklich prächtig anzusehen. Der wohlausgebildete Schweif erschien wie ein Fächer aus feinstem Seidenhaar.

»Nun vorwärts«, drängte der Kapitän. »Morgen wird Monsieur Parazard uns Pfauenbraten vorsetzen, was auch alle Brahmanen Indiens dazu sagen mögen. Wenn der Pfau an und für sich nichts anderes als ein anspruchsvolles Huhn ist, so werden doch die künstlerisch angeordneten Federn von diesem hier uns einen hübschen Tafelschmuck liefern.«

»Sind Sie nun zufrieden, Herr Kapitän?«

»Mit Ihnen, lieber Freund, gewiß; mit mir leider nicht. Mein Pech ist noch nicht vorüber, ich werde das also noch abwarten müssen. Nun vorwärts!«

Wir schlugen die Richtung nach dem Lagerplatz ein,

von dem wir gegen drei Meilen entfernt sein mochten. Auf dem Weg, der sich durch die vielen Krümmungen der dichten Bambus-Dschungel wand, gingen wir, Kapitän Hod und ich, nebeneinander. Goûmi, der die Jagdbeute trug, kam wenige Schritte hinter uns. Noch war die Sonne nicht verschwunden, aber durch große Wolken verschleiert, so daß man den Weg im Halbdunkel nur mühsam erkannte.

Plötzlich ertönte aus dem Dickicht neben uns ein gewaltiges Brüllen. Mir erschien es so entsetzlich, daß ich wider Willen auf der Stelle stehenblieb.

Kapitän Hod ergriff meine Hand.

»Ein Tiger!« sagte er.

Dann kam ein Fluch über seine Lippen.

»Alle Donnerwetter Indiens!« rief er, »nun haben wir bloß Hühnerschrot in den Flinten!«

Das war leider nur zu richtig, denn wir alle besaßen keine einzige Kugelpatrone.

Übrigens würden wir kaum Zeit gehabt haben, die Gewehre damit zu laden. Schon zehn Sekunden nach dem Gebrüll erschien das Tier vor dem Dickicht und stand mit einem einzigen Sprung zwanzig Schritte vor uns auf der Straße.

Es war ein prächtiger Tiger von der Art, welchen die Hindus »Eater men« (Menschenfresser) nennen, und deren Wut jährlich noch Hunderte zum Opfer fallen.

Unsere Lage war schrecklich.

Ich sah den Tiger an, ich verschlang ihn mit den Augen, und ich gestehe, daß mir die Flinte in den Händen zitterte. Jener maß etwa zehn Fuß in der Länge und hatte ein orangefarbenes Fell mit abwechselnd weißen und schwarzen Streifen.

Er beobachtete uns ebenfalls. Sein Katzenauge leuchtete durch das Halbdunkel, und mit dem Schweife peitschte er den Boden. Er duckte und erhob sich wieder wie zum Sprung.

Hod bewahrte seine gewöhnliche Kaltblütigkeit. Er hielt das Gewehr auf das Tier angelegt und murmelte nur mit einem gar nicht wiederzugebenden Ausdruck:

»Schrot Numero sechs! Einen Tiger mit Hühnerschrot zu schießen! Wenn ich nicht in beide Augen treffe, sind wir . . .«

Er kam nicht dazu, den Satz zu vollenden. Der Tiger näherte sich, nicht in Sprüngen, sondern schleichenden Schrittes.

Goûmi, der hinter uns kauerte, zielte ebenfalls auf denselben, seine Flinte enthielt aber nur Vogeldunst. Die meinige war gar nicht geladen.

Ich wollte eine Patrone aus der Tasche holen.

»Nicht rühren!« flüsterte mir der Kapitän zu; »der Tiger würde springen, und dazu darf es nicht kommen!«

Wir verhielten uns also alle drei stumm und still.

Langsam kam der Tiger heran. Den Kopf, den er früher bewegte, hielt er jetzt völlig still. Seine Augen starrten voraus, doch scheinbar mehr nach unten. Mit dem weit offenen Rachen, den er nahe der Erde hielt, schien er deren Ausdünstung aufzufangen.

Bald stand das furchtbare Tier kaum noch zehn Schritte vom Kapitän entfernt.

Fest auf den Füßen und unbeweglich wie eine Statue, konzentrierte Hod seine ganze Lebenskraft in den Augen. Der bevorstehende grauenhafte Kampf, dessen Ausgang niemand vorhersagen konnte, machte ihm sicher kaum das Herz schneller schlagen.

In diesem Augenblick glaubte ich, der Tiger werde auf uns zuspringen.

Er machte noch fünf Schritte. Ich mußte mich stark bezwingen, um nicht dem Kapitän zuzurufen:

»So schießen Sie doch! Schießen Sie!«

Doch nein, der Kapitän hatte es gesagt – und das war wohl auch unser einziges Rettungsmittel – er wollte dem Tier die Augen verbrennen; dazu mußte er es jedoch sehr nahe haben.

Der Tiger machte noch drei Schritte und erhob sich zum Sprung . . .

Da ertönte ein gewaltiger Krach, dem fast augenblicklich ein zweiter Knall folgte.

Die zweite Detonation kam aus dem Leib des Tieres selbst her, das nach einigem Zucken und Schmerzgebrüll tot niedersank.

»Wunder über Wunder!« rief Kapitän Hod. »Mein Gewehr ist also mit einer Kugel, und noch dazu mit einer explodierenden, geladen! Oh, dieses Mal danke ich dir, Fox!«

»Ist es möglich?«

»Da, sehen Sie selbst!«

Kapitän Hod schlug die Flintenläufe zurück und holte aus dem linken die Patrone heraus.

Das war eine Kugelpatrone.

Jetzt erklärte sich alles.

Kapitän Hod besaß eine Doppelbüchse und eine Doppelflinte, beide von demselben Kaliber. Aus Irrtum hatte Fox gleichzeitig die Büchse mit Jagdpatronen und die Flinte mit Explosionskugel-Patronen geladen. Wenn dieser Mißgriff gestern abend dem Leoparden das Leben gerettet hatte, so rettete er heute das unsere.

»Jawohl«, sagte der Kapitän Hod, als ich das aussprach, »und so nahe dem Tod bin ich fast noch nie gewesen!«

Eine halbe Stunde später waren wir am Halteplatz zurück. Hod ließ Fox rufen und berichtete das erlebte Abenteuer.

»Herr Kapitän«, erwiderte der Diener, »daraus geht hervor, daß ich vier Tage Arrest verdiene, da ich mich zweimal geirrt habe!«

»Das mein' ich auch«, antwortete Hod, »doch da mir dein Irrtum den einundvierzigsten eingebracht hat, so ist es meine Absicht, dir diese Guinee dafür anzubieten . . .«

»Und die meinige, dieselbe anzunehmen!« fiel Fox ein, der das Goldstück in der Tasche verschwinden ließ.

So verlief also das erste Zusammentreffen des Kapitän Hod mit seinem einundvierzigsten Tiger.

Am Abend des 12. Juni hielten wir nahe einem unbedeutenden Flecken und fuhren am nächsten Morgen wieder weiter, um die hundertfünfzig Kilometer zurückzulegen, die uns noch von den Bergen Nepals trennten.

Vierzehntes Kapitel

Einer gegen drei

Noch wenige Tage, und wir gelangten zu den ersten Abhängen jener nördlichen Gebiete Indiens, die sich von Stufe zu Stufe, Hügel auf Hügel, Berg auf Berg bis zu den höchsten Spitzen der Erdkugel auftürmen. Bisher zeigte der Boden eine leichte Unebenheit und eine so allmähliche Steigung, daß unser Stahlriese diese gar nicht zu bemerken schien.

Das Wetter blieb stürmisch, vorzüglich regnerisch, die Temperatur aber hielt sich in erträglichen Grenzen. Die Wege waren noch nicht schlecht, und die breiten Radkränze der Räder unseres Zuges rollten trotz dessen hohen Gewichtes bequem darüber hin. Zeigte sich irgendwo eine gar zu tiefe Spur, so genügte ein leichter Druck von Banks Hand auf den Regulator, durch den er etwas mehr von dem gehorsamen Fluidum zuströmen ließ, zur Bewältigung des Hindernisses. An Kraft fehlte es unserer Maschine ja bekanntlich nicht, und eine Vierteldrehung des Einlaßventils vermehrte ihre Stärke sofort um mehrere Dutzend Pferdekräfte.

Bis jetzt hatten wir in der Tat sowohl die Art der Fortbewegung als auch den von Banks gewählten Motor nur zu loben, ebenso wie den Komfort unserer rollenden Häuser, vor denen immer ein neuer Horizont aufstieg, der sich vor unseren Augen veränderte.

Allmählich verschwand die grenzenlose Ebene, die sich vom Gangestal aus bis nach den Gebieten von Audh und Rohilkande hin erstreckt. Im Norden bildeten die Riesengipfel des Himalaja einen Rahmen, gegen den die vom Südwestwind getriebenen Wolken anzukämpfen schienen. Noch vermochten wir zwar das pittoreske Profil jener Bergkette, die sich bis zur mittleren Höhe von achttausend Metern über das Meer erhebt, nicht zu erkennen; mit der Annäherung an die tibetanische Grenze wurde das Land aber nach und nach wilder, und an Stelle der kultivierten Felder bedeckten nun dichte Dschungel die Erde.

Auch die Flora dieses Teiles des Hindugebietes gewann einen anderen Charakter. Schon waren die Palmen verschwunden, um prächtigen Banianen und dichtbelaubten Mangobäumen, welche die schönste Frucht in ganz Indien liefern, Platz zu machen, und vor allem den Bambusgruppen, deren Stengel sich garbenartig verbreitet bis hundert Fuß über den Erdboden erheben. Hier traten auch Magnolien auf, die mit ihren großen Blumen die Luft mit erquickendem Wohlgeruch erfüllten, herrliche Ahornbäume, verschiedene Arten von Eichen, Maronenbäume mit ihren gleich den Seeigeln spitzenbesäten Früchten, Gummibäume, deren Milchsaft aus den geöffneten Gefäßen strömte, großblättrige Pinien aus der Gattung der Pandaneen und daneben, zwar bescheidener an Wuchs, aber leuchtender an Farbe, Geraniums, Rhododendrons und Lorbeerbäume, welche gleich einem Gartenbeet die Straße einfaßten.

Noch zeigten sich da und dort ein Dorf mit Stroh- oder Bambushütten, zwei bis drei inmitten größerer Bäume versteckte Farmen, aber schon durch meilenweite Zwischenräume voneinander getrennt. Auch die Bevölkerung nahm mit der Annäherung an das Hochland merkbar ab.

Ein grauer, dunstiger Himmel bildete den Hintergrund des ausgedehnten Landschaftsbildes, und fast unausgesetzt strömte ein heftiger Regen herab. Während der vier Tage vom 13. bis 17. Juni verschonte er uns kaum einen halben Tag. Wir mußten uns also im Salon des Steamhauses aufhalten und die langen Stunden hinwegzutäuschen suchen, wie man das rauchend, plaudernd und Whist spielend in jeder festen Wohnung zu tun pflegt.

Während dieser Zeit hatten auch die Gewehre, zum Ärger des Kapitän Hod, vollkommen Ruhe; zwei »Schlems« aber, die er an einem Abend machte, gaben ihm den verlorenen Humor wieder.

»Man kann wohl jeden Tag einen Tiger erlegen«, sagte er, »aber nicht jeden Tag einen ›Schlem machen‹!«

Gegen diese so richtige und klar formulierte Behauptung ließ sich füglich nichts einwenden.

Am 17. Juni errichteten wir unser Lager nahe einem Seraï, wie man die speziell für die Reisenden bestimmten Bungalows bezeichnet. Das Wetter hatte sich ein wenig gebessert, und der Stahlriese, der im Laufe der vier letzten Tage hart gearbeitet hatte, bedurfte, wenn auch nicht der Ruhe, doch einiger Pflege. Wir kamen also überein, einen halben Tag und die folgende Nacht an dieser Stelle zu verbringen.

Der Seraï ist die Karawanserei, das öffentliche Gasthaus an den Straßen Indiens, ein Viereck niedriger Gebäude, welche einen Hof umschließen und deren Ecken meist vier Türmchen überragen, was dem Ganzen einen völlig orientalischen Charakter verleiht. In diesen Seraï fungiert ein ausschließlich für den Dienst in denselben bestimmtes Personal, der »Bhisti« oder Wasserträger, der Koch, die Vorsehung der anspruchslosen Reisenden, welche sich mit Eiern und jungen Hühnchen zu begnügen wissen, und der »Khansama«, d. h. der Lebensmittel-Lieferant, mit dem man unmittelbar und meist zu sehr niedrigen Preisen ein Abkommen trifft.

Der Wächter des Seraï, der »Peon«, ist ein einfacher Agent der ehrenwerten Compagnie, welcher fast alle diese Etablissements gehören und die sie durch den Chef-Ingenieur des Bezirks beaufsichtigen läßt.

Eine merkwürdige, aber in aller Strenge erhaltene Vorschrift in diesen Herbergen lautet dahin, daß jeder Reisende den Seraï vierundzwanzig Stunden lang benutzen darf; für einen längeren Aufenthalt daselbst braucht er die Erlaubnis des Inspektors. In Ermanglung einer solchen kann der erste beste, Engländer oder Hindu, verlangen, daß er ihm seinen Platz räume.

Selbstverständlich brachte unser Stahlriese, sobald wir haltgemacht hatten, seine gewöhnliche Wirkung hervor, d. h., er wurde angestaunt, vielleicht mit neidischen Augen betrachtet. Ich muß indes erwähnen, daß die dermaligen Bewohner des Seraï denselben mit einer Art Verachtung betrachteten – eine Verachtung jedoch, die viel zu gemacht erschien, um wahr sein zu können.

Freilich hatten wir es nicht mit gewöhnlichen Sterblichen zu tun, die in Geschäften oder zum Vergnügen reisten; auch nicht mit einem englischen Offizier, der sich nach dem Cantonnements an der Grenze von Nepal begab, noch mit einem Hindu-Kaufmann, der seine Karawane nach den Steppen von Afghanistan, jenseits Cahore und Peschawar, führte.

Es rastete hier nämlich kein Geringerer als der Prinz Gourou Singh in höchst eigener Person, der Sohn eines unabhängigen Rajah, der mit großem Pomp durch das nördliche Indien reiste.

Dieser Fürst nahm allein die drei oder vier Säle des Seraï ein, sogar alle Zugänge und Nebenräumlichkeiten, welche für die Leute seines Gefolges eingerichtet worden waren.

Ich hatte noch keinen Rajah auf Reisen gesehen. Gleich nachdem wir uns, eine Viertelmeile von dem Seraï, an einer reizenden Stelle neben einem kleinen Wasserlaufe unter dem Schutz prächtiger Pandanen eingerichtet hatten, ging ich also in Begleitung Banks' und des Kapitän Hod aus, um das Lager des Prinzen Gouron Singh in Augenschein zu nehmen.

Der Sohn des Rajah, der eine Ortsveränderung vornimmt, tut das natürlich nicht allein. Wenn ich irgend jemand nicht beneide, so sind es diejenigen, welche keinen Fuß bewegen können, ohne gleichzeitig mehrere hundert Menschen in Bewegung zu bringen! Wahrlich, es ist doch besser, ein einfacher Fußgänger zu sein mit dem Quersack auf dem Rücken, den Stock in der Hand und die Flinte im Arm, als ein in Indien reisender Prinz mit all' dem Zeremoniell, das sein Rang ihm auferlegt.

»Da reist nicht ein einzelner Mann von einer Stadt zur anderen«, meinte Banks, »sondern es wechselt ein ganzer Flecken seine geographischen Koordinaten!«

»Ich lobe mir das Steam-House«, erwiderte ich, »und möchte nicht mit jenem Rajahsohne tauschen!«

»Wer weiß«, bemerkte Kapitän Hod, »ob dieser Fürst nicht selbst unser rollendes Haus seinem schwerfälligen Reise-Apparat vorzöge?«

»Er braucht nur ein Wort zu sagen«, rief Banks, »und ich baue ihm einen vollständigen Dampfpalast, wenn er die Kosten tragen will. Doch in Erwartung seines Auftrages wollen wir uns einstweilen, wenn sichs der Mühe lohnt, das Lager ein wenig ansehen!«

Das Gefolge des Prinzen bestand aus nicht weniger als fünfhundert Personen. Unter großen Bäumen der Umgebung des Seraï waren gegen zweihundert Wagen, symmetrisch wie die Zelte eines Feldlagers, aufgestellt, für welche teils Zebus, teils Büffel als Zugtiere dienten, während drei große Elefanten reichgeschmückte Palankins auf dem Rücken trugen; daneben fanden sich auch noch gegen zwanzig, aus den Ländern westlich des Indus herstammende Kamele. Der Karawane fehlte wirklich nichts, weder Musiker, welche die Ohren Seiner Hoheit ergötzten, und Bajaderen, die seine Augen entzückten, noch Künstler, um die Stunden der Muße zu verkürzen. Dreihundert Träger und zweihundert Hellebardiere vervollständigten dieses große Personal, dessen Sold jede andere Börse als die eines unabhängigen indischen Rajah erschöpft hätte.

Die Musiker, Tamburin-, Cymbal- und Tamtamspieler, gehörten teils der Sippe an, welche den Lärm an Stelle der Töne setzt, teils kratzten sie auf Gitarren und viersaitigen Geigen, welche offenbar kaum jemals richtig gestimmt gewesen waren.

Unter den Künstlern befanden sich einige »Sapwallahs« oder Schlangenbändiger, welche die Reptilien durch ihre Beschwörungen anlocken oder vertreiben; ferner »Slutuis«, sehr geschickt in Übungen mit dem Säbel; Akrobaten, die mit einer Pyramide von irdenen Gefäßen auf dem Kopf und Büffelhörnern an den Füßen auf schlaffem Seil tanzen, und endlich Taschenspieler, welche nach Belieben des Zuschauers alte Schlangenhäute in giftige »Cobras« oder umgekehrt verwandeln.

Die Bajaderen gehörten zu der Klasse jener hübschen »Boundelis«, die für »Nautchs« oder Abendgesellschaften so gesucht sind, wo sie die doppelte Rolle der Sängerinnen und Tänzerinnen vertreten. Diese Ballerinen gingen sehr prächtig gekleidet, die einen in goldgesticktem Mousselin, die anderen in faltigen Röcken mit Schärpen, die sie bei ihren graziösen Bewegungen ausspannten, und alle waren geschmückt mit reichen Kostbarkeiten, prächtigen Spangen an den Armen, mit goldenen Ringen an den Fingern und Zehen und silbernen Schellen an den Knöcheln. So aufgeputzt, führten sie den berühmten Eiertanz mit außerordentlicher Grazie und Gewandtheit aus, und ich hoffte stark, Gelegenheit zu erhalten, jene auf besondere Einladung des Rajah einmal bewundern zu können.

Außerdem figurierten, ich weiß nicht unter welchem Titel, noch eine Anzahl Männer, Frauen und Kinder unter dem Personal der Karawane. Die Männer gingen in lange Streifen Stoff gehüllt, den man »Dhoti« nannte, oder waren mit einer Art Hemd, der »Angarkah«, und langem, weißem Rock, der »Jamah«, bekleidet, was ihnen ein sehr bizarres Aussehen verlieh.

Die Frauen trugen den »Choli«, etwa eine Jacke mit kurzen Ärmeln, und den »Sari«, entsprechend dem Dhoti der Männer, den sie um die Hüften schlangen und dessen Ende sie kokett rückwärts über den Kopf warfen.

Träge unter den Bäumen ausgestreckt liegend, erwarteten diese Hindus die Stunde der Mahlzeiten und rauchten inzwischen in ein grünes Blatt gewickelte Zigaretten oder den »Gargoulie«, in dem der »Gurago«, eine schwärzliche Mischung aus Tabak, Melasse und Opium, eingeäschert wird. Andere kauten das bekannte Gemisch aus Betelblättern, Arecanuß und gelöschtem Kalk, das der Verdauung förderlich sein soll, eine Eigenschaft von großem Wert in dem brennenden Klima Indiens.

Gewöhnt an den Aufenthalt in Karawanen, lebten alle in besten Einvernehmen und legten nur zur Zeit eines Festes die gewohnte Ruhe ab.

Man hätte sie für Mitglieder einer reisenden Schauspielergesellschaft halten können, welche auch in vollständige Apathie zu versinken pflegen, wenn sie nicht auf der Bühne beschäftigt sind.

Als wir jedoch an der Lagerstelle ankamen, beeilten sich die Hindus, uns mit einigen »Salams« und tiefen Verbeugungen zu begrüßen. Die meisten riefen »Sahib! Sahib!« was »Herr! O Herr!« bedeutet, und wir antworteten ihnen durch freundschaftliche Zeichen.

Ich erwähnte, daß mir der Gedanke kam, Gourou Singh werde uns zu Ehren ein Fest geben, womit die Rajahs sonst nicht zu geizen pflegen. Der für eine derartige Zeremonie hinreichende Hof des Bungalow schien mir wie geschaffen für die Tänze der Bajaderen, die Beschwörungen der Zauberer und für die Kunststücke der Akrobaten. Ich gestehe gern, daß es mich entzückt hätte, einem solchen Schauspiel in einem Seraï unter prächtigen Bäumen und mit der natürlichen, vom Personal der Karawane gebildeten Szenerie beizuwohnen. Wie weit mußte eine solche jede Bühne eines beschränkten Theaters mit seinen Mauern aus gemalter Leinwand, dem unechten Laubwerk und der geringen Zahl Mitwirkender übertreffen!

Ich teilte diesen Gedanken meinen Gefährten mit, welche ihn zwar teilten, aber an die Erfüllung dieses Wunsches nicht glaubten.

»Der Rajah von Guzarate«, belehrte mich Banks, »ist ein Unabhängiger, der sich kaum nach dem Aufstand der Sipahis unterworfen hat, währenddessen sein Verhalten mindestens ein sehr zweideutiges war. Er liebt die Engländer nicht, und sein Sohn wird nichts tun, sich ihnen zuvorkommend zu erweisen.«

»Nun gut, was kümmern uns auch seine Nautchs!« erwiderte Kapitän Hod mit verächtlichem Achselzucken.

Es kam, wie wir dachten, ja, es wurde uns nicht einmal gestattet, das Innere des Seraï zu besichtigen. Vielleicht erwartete Prinz Gourou Singh einen offiziellen Besuch von Oberst Munro. Dieser hatte mit jener Persönlichkeit ja nichts zu schaffen und ließ sich also nicht im mindesten stören.

Nach unserem Halteplatz zurückgekehrt, erwiesen wir dem von Monsieur Parazard bereiteten Diner alle Ehre. Der Speisezettel bestand in der Hauptsache freilich nur aus Konserven. Seit mehreren Tagen hatte uns das schlechte Wetter am Jagen verhindert; unser Koch war aber ein solcher Meister seines Faches, daß konserviertes Fleisch und Gemüse unter seinen kundigen Händen ihre Frische und natürlichen Geschmack wieder annahmen.

Trotz Banks' Erklärung erhielt ein Gefühl von Neugierde in mir während des ganzen Abends noch immer einige Hoffnung, die erwünschte Einladung eintreffen zu sehen. Kapitän Hod spottete über meine Vorliebe für das Ballett unter freiem Himmel und behauptete, daß sich das im Opernhaus doch weit schöner ausnähme. Ich glaubte zwar nicht daran, konnte jedoch, angesichts der Unliebenswürdigkeit des Prinzen, keinen Beweis dafür beibringen.

Am folgenden Tag, am 18. Juni, wurde alles zurechtgemacht, um mit Anbruch des nächsten Tages aufzubrechen.

Um fünf Uhr begann Kâlouth zu heizen. Unser, jetzt übrigens abgespannter Elefant, stand gegen fünfzig Fuß von den Häusern entfernt, wo der Maschinist noch mit der Zuführung des nötigen Wasservorrats beschäftigt war.

Wir gingen inzwischen am Ufer des kleinen Flusses spazieren.

Vierzig Minuten später hatte der Kessel genügend Druck, und Storr wollte eben rückwärts fahren, als sich eine Truppe Hindus näherte.

Es waren fünf bis sechs Männer in weißen Röcken und seidenen Überwürfen, die Turbans mit Goldstickereien verziert. Ein Dutzend mit Flinten und Säbeln bewaffnete Soldaten begleiteten dieselben. Einer dieser Soldaten trug eine grüne Laubkrone – ein Zeichen, daß irgendwelche hohe Person mit im Zug sei.

Diese hohe Person war der Prinz Gourou Singh selbst, ein Mann von etwa fünfunddreißig Jahren, von ziemlich stolzer Erscheinung – der Typus aller Nachkommen jener sagenhaften Rajahs, in dem sich der Maharatten-Charakter noch immer widerspiegelt.

Der Prinz schien unsere Anwesenheit nicht zu bemerken. Er trat einige Schritte vor und näherte sich dem riesigen Elefanten, den Storrs Hand eben in Bewegung setzen wollte. Als er jenen mit einiger, nur schlecht verhehlter Bewunderung betrachtet hatte, fragte er Storr:

»Wer hat diese Maschine gebaut?«

Der Mechaniker zeigte auf den Ingenieur, der jetzt herankam und in kurzer Entfernung stehenblieb.

Prinz Gourou Singh sprach ziemlich geläufig englisch und wendete sich nun an Banks:

»Sie haben das . . .?« sagte er, kaum die Lippen bewegend.

»Ja, das ist mein Werk!« antwortete Banks.

»Hat man mir nicht gesagt, es sei das eine Phantasie des verstorbenen Rajah von Bouthan gewesen?«

Banks nickte bejahend mit dem Kopfe.

»Wozu dient es«, fuhr Seine Hoheit, nachlässig mit den Achzeln zuckend, fort, »wozu dient es, sich von einem mechanischen Elefanten ziehen zu lassen, wenn man deren von Fleisch und Bein zur Verfügung hat?«

»Nun«, antwortete Banks, »dieser Elefant ist weit stärker als alle, welche der verstorbene Rajah je besaß.«

»Oh«, versetzte Gourou Singh, der verächtlich den Mund spitzte, »oh . . . stärker . . .!«

»Gewiß und ganz bedeutend!« behauptete Banks.

»Keiner der Ihrigen«, fiel der Kapitän Hod ein, den dies prahlerische Auftreten verletzte, »keiner der Ihrigen wäre im Stande, jenen einen Fuß zu biegen, wenn er es nicht selbst will.«

»Sie sagten . . .?« schnarrte der Prinz.

»Mein Freund behauptet«, erwiderte der Ingenieur, »und ich bestätige es, daß dieses künstliche Tier dem Zug von zehn Paar Pferden Widerstand leisten könne, und daß Ihre drei zusammengespannten Elefanten es nicht um einen Fuß breit fortbewegen würden.«

»Das glaube ich unbedingt nicht«, antwortete der Prinz.

»Sie tun sehr unrecht, das unbedingt nicht zu glauben«, gab ihm Kapitän Hod zurück.

»Und wenn Eure Hoheit den Preis dafür zahlen wollen«, fuhr Banks fort, »so verpflichte ich mich gern, einen zu liefern, der die Kraft von zwanzig unter den besten Exemplaren Ihrer Ställe ausgewählten Elefanten besitzt.«

»Das ließe sich hören«, erwiderte sehr trocken Gourou Singh.

»Und läßt sich auch ausführen!« versicherte Banks.

Der Prinz wurde allmählich lebhafter. Man sah, daß er Widerspruch nicht gern ertrug.

»Man könnte ja hier auf der Stelle eine Probe anstellen«, sagte er nach kurzem Besinnen.

»Das kann man«, antwortete der Ingenieur.

»Und sogar diese Probe«, fuhr Gourou Singh fort, »zum Gegenstand einer ansehnlichen Wette machen – im Falle Sie nicht die Furcht von dem Verluste schreckt, so wie Ihr Elefant erschrecken würde, könnte er sehen, daß er sich mit meinen Elefanten messen soll!«

»Der Stahlriese erschrecken, zurückweichen?« rief

Kapitän Hod. »Wer wagt zu behaupten, daß der Stahlriese zurückweichen würde?«

»Ich«, erwiderte Gourou Singh.

»Und was würden Eure Hoheit einsetzen?« fragte der Ingenieur, die Arme kreuzend.

»Viertausend Rupien«, erklärte der Prinz, »wenn Sie viertausend Rupien zu verlieren haben!«

Diese Summe entsprach etwa zehntausend Francs. Der Einsatz war ziemlich hoch, und ich sah, wie Banks, so zuversichtlich er auch war, doch eine so große Summe nicht aufs Spiel setzten wollte.

Kapitän Hod hätte sofort das Doppelte gehalten, wenn sein bescheidener Sold ihm das erlaubte.

»Sie schlagen nicht ein?« sagte da Seine Hoheit, für den viertausend Rupien nur eine verschwindende Kleinigkeit waren. »Sie fürchten, viertausend Rupien daran zu wagen?«

»Ich halte sie«, fiel jetzt Oberst Munro ein, der herangekommen war und sich mit den wenigen, aber wichtigen Worten einmischte.

»Oberst Munro hält gegen mich viertausend Rupien?« fragte der Prinz Gourou Singh.

»Auch zehntausend«, erwiderte Sir Edward Munro, »wenn es Eurer Hoheit beliebt!«

»Wie Sie wünschen!« antwortete Gourou Singh.

Die Sache wurde interessant. Der Ingenieur hatte des Obersten Hand gedrückt, wie um zu danken, daß er ihn gegenüber diesem prahlerischen Rajah nicht im Stich gelassen habe, doch zog eine Wolke über seine Stirn, die mir die Frage nahelegte, ob er der mechanischen Kraft seines Elefanten nicht etwas zuviel zugemutet habe.

Kapitän Hod strahlte vor Vergnügen, rieb sich die Hände und schritt auf den Elefanten zu.

»Nun Achtung, Stahlriese«, rief er, »es gilt für die Ehre Altenglands einzutreten!«

Alle unsere Leute standen auf der einen Seite der Straße. Auch von dem Seraï her war eine Anzahl Hindus herzugelaufen, dem bevorstehenden Wettkampf beizuwohnen.

Banks hatte sich nach dem Türmchen zu Storr begeben, der durch künstlich vermehrten Zug das Feuer noch mehr schürte, indem er durch den Rüssel des Stahlriesen einen Dampfstrom abblasen ließ.

Inzwischen waren einige von Gourou Singhs Dienern nach dem Seraï zurückgekehrt und holten von dort drei Elefanten, die man von allem, was sie sonst trugen, befreit hatte. Die drei prächtigen, aus Bengalen stammenden Tiere übertrafen an Größe weit die, welche im südlichen Indien vorkommen. Als diese Riesen im kräftigsten Alter herankamen, bemächtigte sich meiner doch eine gewisse Unruhe.

Auf deren gewaltigen Rücken sitzende »Mahouts« leiteten sie mit den Händen und reizten sie durch Zurufe.

Als die Elefanten vor Seiner Hoheit vorüberschritten, blieb der größte derselben – ein wahrer Riese seines Geschlechtes – stehen, beugte beide Kniee, warf den Rüssel in die Höhe und begrüßte so den Prinzen als wohlerzogener Höfling. Dann führte man ihn und die beiden anderen näher an den Stahlriesen heran, den sie verwundert, und offenbar etwas erschreckt, zu betrachten schienen.

An dem Querriegel des Tendergestelles, das der hintere Teil unseres Elefanten verbarg, wurden nun starke Ketten befestigt.

Ich gestehe, daß mir das Herz da lauter pochte. Kapitän Hod kaute an seinem Schnurrbart und konnte kaum am Platz aushalten.

Oberst Munro erschien ruhig, ich möchte sagen, noch ruhiger als Prinz Gourou Singh.

»Wir sind fertig«, meldete der Ingenieur. »Wenn es Eurer Hoheit gefällig ist . . .«

»Mir ists recht!« antwortete der Prinz.

Gourou Singh gab ein Zeichen; die Mahouts ließen einen eigentümlichen Pfiff ertönen, und die drei Elefanten zogen, die mächtigen Beine gegen den Boden stemmend, gleichzeitig an. Die Maschine rollte einige Schritte rückwärts.

Mir entfuhr ein Schrei. Hod stampfte mit den Füßen.

»Bremse die Räder!« befahl einfach der Ingenieur, indem er sich nach dem Maschinisten zurückwandte.

Ein schneller Handgriff, ein Brausen und Zischen ausströmenden Dampfes, und die atmosphärische Bremse tat ihre Schuldigkeit.

Der Stahlriese stand und rührte sich nicht vom Fleck.

Die Mahouts trieben ihre drei Elefanten hitziger an, und diese versuchten eine neue Anstrengung.

Vergeblich! Unser Elefant schien im Boden festgewurzelt zu sein.

Prinz Gourou Singh biß sich in die Lippen.

»Vorwärts!« kommandierte Banks.

Der Regulator wurde voll geöffnet; dichte Dampfwolken wirbelten stoßweise aus dem Rüssel empor; die freigelassenen Räder drehten sich langsam, in den Makadam eingreifend, und trotz ihres verzweifelten Widerstandes wurden die drei Elefanten rückwärts geschleppt, wobei sie tiefe Furchen in den Boden rissen.

»Go ahead! Go ahead!« rief der Kapitän.

Der Stahlriese marschierte unaufgehalten vorwärts, die drei gewaltigen Tiere fielen dabei auf die Seite und wurden zwanzig Fuß weit fortgeschleppt, ohne daß unser Elefant etwas davon zu bemerken schien.

»Hurra! Hurra!« rief Kapitän Hod, der sich nicht mehr bemeistern konnte. »Man könnte noch das ganze Seraï Seiner Hoheit hinter seine Elefanten anhängen; für unseren Stahlriesen wöge es doch nicht mehr als eine Heidelbeere!«

Oberst Munro gab mit der Hand ein Zeichen. Banks schloß das Einlaßventil, und die Maschine stand.

Die drei Elefanten Seiner Hoheit, die mit den in der Luft schwankenden Rüsseln und den zappelnden Beinen fast riesigen, auf den Rücken liegenden Skarabäen (Rüsselkäfern) glichen, boten wirklich einen jämmerlichen Anblick.

Der Prinz hatte aus Ärger und Scham schon den Platz geräumt, ohne das Ende der Probe abzuwarten.

Die drei Elefanten wurden abgespannt. Sie erhoben sich, offenbar sehr gedemütigt durch ihre Niederlage. Als sie an dem Stahlriesen vorüberkamen, konnte der größte derselben, obwohl ihn kein Cornac leitete, nicht umhin, vor diesem das Knie zu beugen und mit dem Rüssel zu salutieren, wie er das vor Prinz Gourou Singh zu tun gewohnt war.

Eine Viertelstunde später traf ein Hindu, der »Kâmdar« oder Sekretär Seiner Hoheit, bei uns ein und übergab dem Oberst einen Sack mit zehntausend Rupien, den Betrag der Wette.

Oberst Munro ergriff den Sack und warf ihn verächtlich von sich.

»Für die Leute Seiner Hoheit!« sagte er.

Darauf begab er sich ruhig nach dem Steam-House.

Gewiß konnte man an dem arroganten Prinzen, der uns so wegwerfend herausgefordert hatte, kaum eine bessere Vergeltung üben.

Banks gab inzwischen, da der Stahlriese wieder vorgespannt worden war, das Zeichen zur Abfahrt, und unser Zug entfernte sich, inmitten einer großen Menge höchst erstaunter Hindus, mit großer Geschwindigkeit.

Wo er vorüberkam, ertönten laute Ausrufe, und bald hatten wir, hinter einer Biegung der Straße, den Seraï des Prinzen Gourou Singh aus dem Gesicht verloren.

Am nächsten Tag erstieg das Steam-House die ersten mäßigen Erhebungen, welche das ebene Land mit dem Fuße der Himalajagrenze verknüpfen. Für unseren Stahlriesen war das nur ein Spiel; die vierundzwanzig in seine Weichen eingeschlossenen Pferde hatten ja hingereicht, mit den drei Elefanten des Prinzen Gourou Singh siegreich zu wetteifern.

Er trabte also mit Leichtigkeit über die allmählich ansteigende Straße dieser Gegend hin, ohne das es nötig geworden wäre, die normale Dampfspannung zu überschreiten.

Es bot wirklich einen merkwürdigen Anblick, den funkenspeienden Koloß unter nicht etwa schnellerem, aber tieferem Schnaufen die beiden Wagen längs der Straße dahinschleppen zu sehen. Die gerieften Radkränze drückten Streifen in den Boden, dessen Makadam zerbröckelnd knirschte. Unser gar zu schweres Zugtier ließ nämlich tiefe Furchen hinter sich und beschädigte die schon von dem unaufhörlichen Regen erweichte Straße nicht wenig.

Jedenfalls gelangte das Steam-House dabei aber höher hinauf, das Panorama erweiterte sich, die Ebene hinter uns sank langsam tiefer, und nach Süden zog sich der mehr und mehr umfassende Horizont schon bis über Sehweite zurück.

Diese Erscheinung wurde noch merkbarer, als wir einige Stunden lang unter den Bäumen eines dichten Waldes dahingezogen waren. Öffnete sich dann eine weitere Lichtung, gleich einem ungeheuren Fenster, in der Richtung nach dem Gebirge, so hielt der Zug an – einen Augenblick nur, wenn gerade ein feuchter Nebel das Landschaftsbild verschleierte – einen halben Tag, wenn das großartige Panorama klar vor unseren Augen lag.

Dieses Emporklimmen dauerte, in Anbetracht der je nach Umständen längeren oder kürzeren Pausen und der Unterbrechungen durch das Halten während der Nacht, nicht weniger als sieben Tage, vom 19. bis 25. Juni.

»Bei einiger Geduld«, ließ sich Kapitän Hod vernehmen, »gelangten wir mit unserem Zug bis nach den höchsten Spitzen des Himalaja!«

»Trauen Sie ihm nicht zuviel zu, lieber Kapitän«, entgegnete der Ingenieur.

»Er vollbrächte es doch, Banks!«

»Ja, Hod, aber nur unter der Bedingung, daß ihm nicht eine fahrbare Straße mangelte, daß er genügend Feuerungsmaterial, welches in den Höhen nicht mehr zu finden ist, und atembare Luft mit sich führen könnte, die in der Höhe von zweitausend Toisen allmählich ausgeht. Wir wollen ja aber auch nur die bewohnbare Zone des Himalaja passieren. Hat der Stahlriese die mittlere Höhe der Sanatorien erklommen, so macht er an einem reizenden Plätzchen, am Rande eines Gebirgswaldes halt, wo wir die frischere Luft der höheren Regionen genießen. Dann hat Oberst Munro seinen Bungalow aus Kalkutta nach den Bergen von Nepal verlegt – das ist der ganze Zweck –, und wir verweilen daselbst, solange es ihm beliebt!«

Die Stelle, an der wir endlich für mehrere Monate rasten sollten, wurde im Laufe des 25. glücklich gefunden. Schon während der letzten vierundzwanzig Stunden bot die Straße mehr und mehr Schwierigkeiten, indem sie entweder nicht mehr so gut angelegt oder durch die Regenzeit ausgewaschen und holprig geworden war. Der Stahlriese hätte hier wohl ein Schleppseil gebrauchen können, doch entging er dem durch einen etwas erhöhten Verbrauch an Brennmaterial. Kâlouth warf nur einige Scheit Holz mehr unter den Kessel, das genügte, die Spannung der Dämpfe zu steigern.

Dennoch ward es nicht nötig, die Sicherheitsventile zu belasten, welche erst bei einem Druck von sieben Atmosphären abbliesen, und diese Spannung wurde niemals überschritten.

Seit achtundvierzig Stunden schon bewegte sich unser Zug durch nahezu verlassene Gebiete. Flecken und Dörfer gab es hier nicht mehr, höchstens einzelne Ansiedlungen und dann und wann eine in den ausgedehnten Fichtenwäldern des mittleren Gebirgskammes verlorene Farm. Drei- bis viermal begrüßten uns wenige Bergbewohner durch ihre verwunderten Zurufe. Wenn sie diesen eigentümlichen Zug sich bergauf bewegen sahen, mußten sie nicht auf den Gedanken kommen, Brahma selbst mache sich das Vergnügen, eine große Pagode nach den unnahbaren Höhen der Grenze von Nepal zu versetzen?

Am 25. Juni endlich rief Banks zum letzten Mal halt! –

am Schlusse des ersten Teiles unserer Reise durch das nördliche Indien! Der Zug stand inmitten einer ausgedehnten Waldblöße, nahe einem Gebirgsbach, dessen klares Wasser allen Bedarf während eines Aufenthaltes von mehreren Monaten decken mußte. Von hier aus erblickten wir die Ebene hinter uns auf eine Strecke von fünfzig bis sechzig Meilen.

Das Steam-House befand sich jetzt dreihundertfünfundzwanzig Meilen von seinem Abfahrtspunkte entfernt und etwa zweitausend Meter über dem Meere und am Fuß des Dhawalagiri, dessen Gipfel sich in der Höhe von 25.000 Fuß in der Luft verlor.

Fünfzehntes Kapitel

Der Pal von Tandit

Wir verlassen nun einstweilen den Oberst Munro und seine Gefährten, den Ingenieur Banks, Kapitän Hod und den Franzosen Maucler, und unterbrechen für einige Seiten den Bericht über die Reise, deren ersten Teil, der Zug von Kalkutta bis zur indo-chinesischen Grenze, am Fuß der Bergkette von Tibet schließt.

Der Leser erinnert sich des Zwischenfalles, der sich damals zutrug, als das Steam-House bei Allahabad lag. Das Journal dieser Stadt meldete dem Oberst Munro, in der Nummer vom 25. Mai, den Tod Nana Sahibs. Sollte sich diese so oft verbreitete und ebensooft widerrufene Nachricht diesmal bestätigen? Konnte Sir Edward Munro nach den eingehenden Details derselben noch immer zweifeln, oder mußte er nicht vielmehr darauf verzichten, an dem Empörer von 1857 Gerechtigkeit zu üben?

Das Weitere wird über diese Fragen Aufklärung geben.

Wir erzählen hier, was sich seit jener Nacht vom 7.

zum 8. März ereignete, als Nana Sahib in Begleitung seines Bruders Balao Rao und seiner getreuesten Waffengefährten, nebst dem Hindu Kâlagani die Höhlenstadt von Adjuntah verließ.

Sechzig Stunden später erreichte der Nabab die Schluchten der Sautpourraberge, nachdem er die Tapi überschritten, die an der Westküste der Halbinsel, nahe bei Surate mündet. Er befand sich jetzt hundert Meilen von Adjuntah, in einem nur dünn bevölkerten Teil der Provinz, was ihm für den Augenblick wenigstens einige Sicherheit gewährleistete.

Der Ort war in der Tat gut gewählt.

Die nur mittelhohen Sautpourraberge beherrschen das Tal der Nerbudda, dessen Nordgrenze von den Vindhyabergen gekrönt wird. Diese beiden fast parallel verlaufenden Gebirgsketten verzweigen sich vielfach und bilden in dem unebenen Land schwer zugängliche Schlupfwinkel. Wenn die Vindhyas aber, etwa unter dem 23. Breitengrad, fast ganz Indien von Westen nach Osten durchschneiden und dadurch eine der großen Seiten des Dreiecks von Zentral-Indien bilden, so erstrekken sich die Sautpourraberge dagegen nicht über den 75. Längengrad hinaus und schließen sich da an den Berg Kaligong an.

Hier verweilte Nana Sahib nun in dem Land der Gounds, jener gefürchteten Stämme alt angesessener, kaum unterjochter Völkerschaften, die er zum Aufstande verleiten wollte.

Das Gebiet von Goudwana umfaßt ein Viereck von zweihundert Meilen Seite, mit über drei Millionen Einwohnern, welche Rousselet als Landeingeborene betrachtet und unter denen die Keime der Empörung niemals absterben.

Es bildet jenes Gebiet einen beträchtlichen Teil von Hindostan und steht in der Tat nur dem Namen nach unter Englands Herrschaft. Die Eisenbahn von Bombay nach Allahabad durchschneidet zwar diese Gegend von Südwesten nach Nordosten und entsendet auch einen

Zweig nach Nagpore, dem Mittelpunkt der Provinz, das eigentliche Volk beharrt aber in seinem halbwilden Zustand, verschließt sich jeder Zivilisation, trägt das Joch der Europäer nur mit Groll, und dazu ist ihm in seinen Bergen nur schwer beizukommen, was Nana Sahib recht wohl wußte.

Hier wollte er zunächst Zuflucht suchen, um den Nachforschungen der englischen Polizei zu entgehen, bis die Stunde schlagen würde, wo er wieder die Fackel der Empörung schwingen konnte.

Gelang dem Nabab dieses sein Vorhaben, gehorchten die Gounds seinem Ruf und marschierten sie an seiner Seite, so konnte der Aufstand schnell einen bedeutenden Umfang gewinnen.

Im Norden von Goudwana nämlich liegt Bundelkund, welches das ganze Berggebiet zwischen dem oberen Plateau der Vindhyas und dem mächtigen Wasserlauf der Jumna einschließt. In diesem, mit den schönsten Urwäldern Hindostans bedeckten Land leben die Boundelas, ein hinterlistiges, grausames Volk, bei dem alle Verbrecher, politische und andere, mit Vorliebe Zuflucht suchen und finden; hier drängt sich eine Bevölkerung von zweiundeinhalb Millionen auf einer Fläche von achtundzwanzigtausend Quadratkilometern zusammen, unter der noch völlige Wildheit herrscht; hier leben noch alte Parteigänger, welche unter Tippo Sahib gegen die Eindringlinge kämpften; von hier stammen die berühmten Würger, die Thugs, lange Zeit der Schrekken Indiens und fanatische Mörder, welche ohne einen Tropfen Blut zu vergießen doch unzählige Opfer hinschlachteten; ebenso wie die Banden der Pinderris fast ungestraft die scheußlichsten Mordtaten begingen; hier schweifen noch die entsetzlichen Dacoits umher, eine Gesellschaft von Giftmischern, welche gern den Fußspuren der Thugs nachzogen; hierher endlich hatte auch Nana Sahib schon früher sich geflüchtet, als er den königlichen Truppen nach der Einnahme von Jansie entwischte; hier vereitelte er damals alle Nachforschungen, bis er ein noch sichereres Asyl in den unzugänglichen Schluchten der indo-chinesischen Grenze aufsuchte.

Im Osten von Goudwana liegt Khondistan oder das Land der Khounds. So nennen sich die wilden Anhänger Tado Pennoes, des Gottes der Erde, und Mannek Soros, des roten Gottes der Kämpfe, jene blutigen Adepten der »Meriahs« oder Menschenopfer, welche die Engländer nur mit größter Anstrengung auszurotten vermögen, jene Wilden, welche mit den barbarischsten Bewohnern der polynesischen Inseln auf ganz gleicher Stufe stehen, und gegen die der Ober-General John Campbell und die Kapitäne Macpherson, Marviccar und Feye von 1840 bis 1854 beschwerliche und langwierige Feldzüge führten, – Fanatiker, welche bereit sind, alles zu wagen, wenn sie nur eine mächtige Hand unter einem religiösen Vorwand antreibt.

Westlich von Goudwana befindet sich ein Land mit einundeinhalb bis zwei Millionen Seelen, das die Bhîles bewohnen, ehemals die Herren von Malwa und Rajpoutana; jetzt sind dieselben in einzelne Clans zerfallen, über das ganze Gebiet der Vindhyas zerstreut, und fast stets berauscht von dem Branntwein, den ihnen der »Mhowah-Baum« liefert, aber von kühnem entschlossenen Charakter, gewandt, und immer des »Kisri«, d. h. des Rufes zum Kampf und zur Plünderung gewärtig.

Man sieht, daß Nana Sahib eine gute Wahl getroffen hatte. In diesen Zentralgebieten der Halbinsel hoffte er jetzt, anstatt eines gewöhnlichen Militäraufstandes, eine nationale Erhebung zu erregen, an der sich die Hindus jeder Kaste beteiligen sollten.

Bevor er jedoch etwas unternehmen konnte, mußte er in dem Land selbst Aufenthalt nehmen, um auf die Bevölkerung je nach Lage der Umstände erfolgreich wirken zu können. Er brauchte einen sicheren Schlupfwinkel, wenigstens für die erste Zeit, den er aufgeben konnte, wenn sich ein Verdacht erhob.

Das war also Nana Sahibs erste Sorge. Die Hindus, welche ihm von Adjuntah aus gefolgt waren, konnten in der ganzen Präsidentschaft frei umhergehen. Auch Balao Rao, auf den die Bekanntmachung des Gouverneurs nicht zu beziehen war, hätte der vollständigen Freiheit genießen können, wäre nur nicht die Ähnlichkeit mit seinem Bruder gewesen. Seit seiner Flucht von Nepal hatte sich die öffentliche Aufmerksamkeit nicht mit seiner Person beschäftigt, vielmehr hatte man alle Ursache, ihn für tot zu halten.

Er wäre aber doch verhaftet worden, da man ihn zu leicht für Nana Sahib selbst ansehen konnte; das mußte um jeden Preis vermieden werden.

Die beiden, in einem Gedanken vereinigten und auf ein und dasselbe Ziel lossteuernden Brüder brauchten demnach auch ein gemeinsames Asyl. Es konnte nicht schwerfallen und nicht lange dauern, ein solches in den Engpässen der Sautpourraberge aufzufinden.

Gleich anfangs wies einer der Hindus der Truppe, ein Gound, der das Tal in allen Winkeln kannte, auf eine geeignete Stelle hin.

Am rechten Ufer eines kleinen Nebenflusses der Nerbudda befand sich ein verlassener Pal, der Pal von Tandit.

Ein Pal ist weniger als ein Dorf, kaum ein Weiler, eine Vereinigung von Hütten, oft eine isolierte Wohnung. Jede Nomadenfamilie, die einen solchen bewohnt, verweilt hier nur eine Zeitlang. Nach dem Abbrennen einiger Bäume, deren Asche für kurze Zeit den Boden düngt, erbaut der Gound für sich und die Seinigen die Wohnung. Da das Land aber nichts weniger als sicher ist, so nimmt das Haus das Ansehen einer kleinen Befestigung an. Ein Ring von Palisaden umschließt dasselbe und sichert es gegen einen Überfall. Übrigens ist es an und für sich schwierig, dasselbe, wie es meist im Dikkicht versteckt, unter üppigem Kaktus und Buschwerk vergraben liegt, aufzufinden. Gewöhnlich nimmt der Pal den Gipfel eines kleinen Hügels ein, der im Grunde eines engen Tales inmitten undurchdringlichen Gebüsches zwischen zwei Bergwänden gelegen ist. Nichts verrät, daß Menschen hier je ein Unterkommen gesucht hätten. Dahinführende Straßen gibt es nicht, selbst von Fußwegen entdeckt man keine Spur. Um den Platz zu erreichen, muß man gewöhnlich dem tiefen Bett eines Bergstromes folgen, dessen Wasser jede Fußspur verwischt. Wer diesen Weg benutzte, hinterläßt kein Zeichen davon. Während der heißen Jahreszeit geht man bis an die Knöchel, während der kalten bis zum Knie im Wasser, und nichts deutet darauf hin, daß hier ein lebendes Wesen vorübergekommen sei. Dazu würde eine Lawine von Felsstücken, zu deren Ablösung schon die Hand eines Kindes hinreichte, jeden zermalmen, der gegen den Willen der Bewohner des Pals hinaufzudringen versuchte.

So isoliert die Gounds auch in ihren Bergnestern sitzen, so können sie einander doch leicht genug von Pal zu Pal mitteilen. Von den Höhen der ungleichen Kämme der Sautpourraberge ließen sich die gewohnten Signale binnen wenigen Minuten über eine Strecke von zwanzig Meilen durch das Land verbreiten. Man pflegt dann auf dem Gipfel eines spitzen Felsens Feuer anzuzünden, gebraucht wohl gleich einen Baum als Riesenfackel oder läßt von einem Berg nur eine Rauchsäule aufsteigen. Die Bedeutung dieser Zeichen kennt jedermann. Der Feind, d. h. eine Abteilung königlicher Soldaten, ein Schwarm Agenten der englischen Polizei ist in das Tal eingedrungen, folgt dem Lauf der Nerbudda, durchsucht die Schluchten der Bergketten, vielleicht auf der Fährte eines Übeltäters, dem das Land gern Schutz bietet. Der dem Ohre der Bergbewohner so gewohnte Kriegsruf verwandelt sich in ein Alarmzeichen. Ein Fremder würde ihn mit dem Heulen der Nachtvögel oder dem Pfeifen von Reptilien verwechseln. Der Gound kann sich dabei nicht täuschen; er ist auf der Hut, wenn das genügt, er flieht, wenn er fliehen muß.

Die verdächtigen Pals stehen verlassen, oder werden

selbst abgebrannt. Die Nomaden verkriechen sich in andere Verstecke, wenn man ihnen zu nahe auf den Fersen ist, und an den mit Asche bedeckten Wohnplätzen finden die Agenten der Behörden nichts als Ruinen.

In einem dieser Pals – dem Pal von Tandit – hatten Nana Sahib und die Seinigen ihr Unterkommen gewählt. Der der Person des Nabab mit Leib und Seele ergebene Gound hatte sie hierher geführt, wo sie sich am 12. März dann häuslich einrichteten.

Sobald die beiden Brüder von dem Pal von Tandit Besitz genommen, war es ihre erste Sorge, die Umgebungen in Augenschein zu nehmen. Sie überzeugten sich, nach welcher Richtung und wie weit ihnen die Aussicht offen stand; erkundigten sich nach den nächstgelegenen Wohnungen und nach den Leuten, welche jene innehatten. Sie durchforschten sorgfältig die Lage des isolierten Hügels, den der Pal von Tandit krönte, streiften durch das dichte Gebüsch ringsum und überzeugten sich schließlich, daß niemand dahingelangen könne, außer indem er dem Bette eines Sturzbaches, des Wazzur, nachging, in dem sie selbst heraufgekommen waren.

Der Pal von Tandit bot also nach allen Seiten die gewünschte Sicherheit, vorzüglich weil er auf einem Untergrund stand, dessen geheime Ausgänge sich an der Seite eines Nebenberges öffneten und im schlimmsten Falle noch ein Entfliehen ermöglichten.

Nana Sahib und sein Bruder hätten ein besseres Versteck nicht finden können.

Balao Rao genügte es aber nicht, zu wissen, daß das der Pal von Tandit sei, er wollte auch von seiner Vergangenheit etwas hören, und fragte deshalb, während der Nabab das Innere der kleinen Festung besichtigte, den Gound weiter aus.

»Noch einige Fragen«, begann er zu diesem. »Seit wann steht der Pal verlassen?«

»Seit einem Jahr«, antwortete der Gound.

»Wer bewohnte ihn früher?«

»Eine Nomadenfamilie, welche sich nur wenige Monate hier aufhielt.«

»Warum haben die Leute ihn verlassen?«

»Weil der Boden, der sie ernähren sollte, ihren Bedarf nicht lieferte.«

»Und seit ihrem Abzug hat deines Wissens niemand hier Zuflucht gesucht?«

»Niemand.«

»In den Bereich des Pals hat noch kein Soldat der königlichen Armee, kein Polizeispion den Fuß gesetzt?«

»Niemals.«

»Kein Fremder hat ihn besucht?«

»Keiner . . .« erwiderte der Gound, »höchstens eine Frau.«

»Eine Frau?« wiederholte lebhaft Balao Rao.

»Ja, eine Frau, die seit drei Jahren schon im Nerbuddatale umherirrt.«

»Wer ist diese Frau?«

»Wer sie ist, weiß ich nicht«, erklärte der Gound, »kann auch nicht sagen, woher sie kommt, und kein Mensch im Tal weiß überhaupt Näheres von ihr. Man hat nie erfahren können, ob sie eine Fremde, oder ein Hinduweib ist!«

Balao Rao sann einen Augenblick nach; dann fuhr er fort:

»Was beginnt das Weib?«

»Sie kommt und geht«, erwiderte der Gound; »sie lebt nur allein von Almosen. Man bringt ihr im ganzen Tal eine Art abergläubiger Verehrung entgegen. In meinem eigenen Pal habe ich sie wiederholt aufgenommen. Sie spricht niemals. Man könnte sie für stumm halten, und es sollte mich gar nicht wundern, wenn sie das wirklich wäre.

Während der Nacht sieht man sie mit einem brennenden harzigen Zweig umherirren. Deshalb nennt man sie allgemein nur ›die wandelnde Flamme‹!«

»Doch, wenn diese Frau den Pal von Tandit kennt«, sagte Balao Rao, »sollte sie nicht vielleicht während unserer Anwesenheit zurückkehren und haben wir nichts von ihr zu fürchten?«

»Ganz und gar nichts«, versicherte der Gound, »die Person hat den Verstand verloren. Ihr Kopf gehört ihr nicht mehr, die Augen verstehen nicht, was sie sehen, die Ohren nicht, was sie hören! Sie ist für alle Dinge der Außenwelt so gut wie blind, taub und stumm. Sie ist eine Närrin, und eine Geisteskranke ist eine Tote, die nur noch fortatmet!«

In der gewöhnlichen Sprache der Hindus der Gebirge hatte der Gound das Bild der eigentümlichen Persönlichkeit entworfen, die im ganzen Tal bekannt war, das der »wandelnden Flamme« der Nerbudda.

Es war eine Frau, deren blasses, noch schönes Gesicht alt und wiederum nicht alt aussah, das aber jedes Ausdrucks entbehrte und weder Abstammung noch Alter erkennen ließ. Man hätte sagen können, ihre unsteten Augen hätten sich vor dem Anblick einer Schreckensszene, die ihr noch immer vorschwebte, für das Leben des Geistes verschlossen.

Dieser harmlosen und des Verstandes beraubten Kreatur kamen die Bergbewohner stets freundlich entgegen. Geisteskranke gelten bei den Gounds, sowie überhaupt bei wilden Völkern, als geweihte Wesen, denen man mit abergläubiger Ehrfurcht begegnet. Überall, wo sie sich zeigte, nahm man die wandelnde Flamme gastfreundlich auf.

Kein Pal schloß vor ihr seine Pforte. Man speiste sie, wenn sie hungerte, bot ihr ein Lager, wenn sie müde war, ohne von ihr einen Dank zu erwarten, den ihr Mund ja nicht auszusprechen vermochte.

Wie lange führte sie schon dieses Leben? Woher kam das Weib? Wann erschien sie zuerst in Goundwana? Solche Fragen wären schwer zu beantworten gewesen. Warum durchirrte sie die Nächte mit einer Fackel in der Hand? Wollte sie sich dadurch nur leuchten? Dachte sie die Raubtiere damit abzuwehren? Niemand hätte das sagen können. Manchmal blieb sie ganze Monate lang aus. Was wurde dann aus ihr? Vertauschte sie die Engpässe der Sautpourraberge mit den Schluchten der Vindhyas? Streifte sie jenseits der Nerbudda, in Malwa oder Bundelkund umher? Keiner wußte es. Öfter, wenn ihre Abwesenheit länger dauerte, hätte man glauben können, dieses traurige Leben habe ein Ende gefunden. Doch nein! Sie kam immer wieder, wie früher, ohne daß Anstrengung, Krankheit oder Entbehrungen ihren scheinbar so gebrechlichen Körper zerstören zu können schienen.

Balao Rao hatte dem Hindu mit größter Aufmerksamkeit zugehört. Er legte sich die Frage vor, ob in dem Umstand, daß die wandelnde Flamme den Pal von Tandit kannte, daß sie daselbst schon Zuflucht gesucht und vielleicht auch wiederkehren könnte, eine Gefahr zu erblicken sei.

Er fragte also Gound, ob er oder die Seinigen wüßten, wo sich die Wahnsinnige jetzt aufhielt.

»Ich weiß es nicht«, erwiderte der Gound. »Sechs Monate lang hat sie niemand im Tale gesehen. Vielleicht ist sie nun doch tot. Doch wenn sie wirklich zu dem Pal von Tandit zurückkehrte, wäre von ihrer Anwesenheit nicht das mindeste zu befürchten. Sie ist nur eine lebende Statue. Sie würde Euch nicht sehen, nicht hören, nicht wissen, wer Ihr seid. Sie träte eben ein, setzte sich an Euren Herd, ruhte einen oder zwei Tage, dann würde sie einfach ihre Fackel wieder entzünden, den Pal verlassen und aufs neue von Haus zu Haus umherschweifen. So vergeht ihr ganzes Leben. Übrigens bleibt sie diesesmal so lange aus, daß sie wahrscheinlich niemals wiederkommt. Sie, die schon geistig tot war, wird es nun auch leiblich sein!«

Balao Rao hielt es hiernach nicht für notwendig, mit Nana Sahib über die Sache zu sprechen, und schenkte ihr auch selbst bald keine besondere Aufmerksamkeit mehr.

Einen Monat nach ihrem Einzug in den Pal von Tandit hatte man von der Rückkehr der wandelnden Flamme im Nerbuddatale noch nicht das geringste wieder vernommen.

Sechzehntes Kapitel

Die wandelnde Flamme

Einen Monat lang, vom 12. März bis 12. April, hielt Nana Sahib sich in dem Pal verborgen. Er wollte den englischen Behörden Zeit lassen, bis sie entweder jede weitere Nachforschung aufgegeben, oder sich auf falsche Fährten verirrt hätten.

Wenn die beiden Brüder am Tag niemals ausgingen, so durchstreiften dafür ihre Getreuen das Tal, besuchten die Dörfer und Weiler desselben, verkündigten durch verhüllte Anspielungen die bevorstehende Erscheinung eines »gewaltigen Moulti«, eines halben Gottes und halben Menschen, und suchten auf diese Weise die Geister zu einer nationalen Erhebung vorzubereiten.

Mit Anbruch der Nacht wagten sich auch Nana Sahib und Balao Rao aus ihrem Versteck hervor. Sie schweiften dann bis zu den Ufern des Nerbudda hinaus, gingen von Dorf zu Dorf, von Pal zu Pal, in Erwartung der Stunde, wo sie auch im Gebiete der den Engländern lehnspflichtigen Rajahs mit einiger Sicherheit auftreten könnten. Nana Sahib wußte übrigens, daß einige halbunabhängige und des fremden Joches müde Fürsten seinem Rufe auf der Stelle folgen würden. Für jetzt galt seine Tätigkeit jedoch nur den wilden Volksstämmen von Goudwana.

Die barbarischen Bhils, die nomadisierenden Kounds und die Gounds – ein ebensowenig wie die eingeborenen Inselbewohner im großen Ozean zivilisierter Stamm – fand Nana bereit, sich zu erheben, erbötig, ihm zu folgen. Gab er sich aus Klugheit auch nur zwei oder drei mächtigen Stammeshäuptlingen zu erkennen, so genügte ihm das doch, sich zu überzeugen, daß sein Name allein mehrere Millionen der auf den inneren Hochebenen Hindostans zerstreut lebenden Hindus heranziehen werde.

Nach der Rückkunft in den Pal von Tandit berichteten die beiden Brüder dann einander, was sie gehört, gesehen und ausgerichtet hatten. Auch ihre Leute sammelten sich um sie und brachten von überallher die Kunde, daß der Geist der Empörung schon wie ein Sturmwind durch das Nerbuddatal wehe. Die Gounds warteten nur darauf, den »Kisri«, den Kriegsruf der Bergbewohner, erschallen zu lassen und sich auf die Militär-Niederlassungen der Präsidentschaft zu stürzen.

Noch war der rechte Zeitpunkt nicht gekommen.

Offenbar genügte es noch nicht, das Gebiet zwischen den Sautpourrabergen und den Vindhyas in Flammen zu setzen. Die Fackel des Aufstandes mußte sich vielmehr von Ort zu Ort weiter verbreiten. Daraus ergab sich die Notwendigkeit, auch in den, der Botmäßigkeit der Engländer mehr untergebenen Nachbarprovinzen der Nerbudda Brennmaterial aufzuhäufen. Alle jene Städte und Flecken von Rhopal, Malwa und Bundelkund, sowie das ganze Königreich Scindia sollten einen einzigen, entzündungsfertigen Herd bilden. Mit gutem Grunde ließ es Nana Sahib aber seine eigene Sorge sein, die alten Parteigänger aus der Erhebung von 1857 aufzusuchen, die Eingeborenen, welche, treu seiner Sache und niemals an seinen Tod glaubend, von Tag zu Tag darauf harrten, ihn wieder auftreten zu sehen.

Einen Monat nach seiner Ankunft im Pal von Tandit glaubte Nana Sahib mit voller Sicherheit vorgehen zu können. Er meinte, die Kunde von seinem Wiedererscheinen in der Provinz werde nun für falsch gehalten werden. Vertraute Spießgesellen unterrichteten ihn von allen Maßregeln, die der Gouverneur der Präsidentschaft Bombay zu seiner Gefangennehmung getroffen hatte. Er wußte recht gut, daß die Behörden während der ersten Tage, freilich vergebens, eifrig tätig gewesen waren. Jener Fischer von Aurungabad, der frühere Gefangene Nanas, war unter seinem Dolch gefallen, und niemand hatte Verdacht geschöpft, daß der fliehende Fakir mit dem Nabab Dandou Pant, auf dessen Kopf ein Preis gesetzt war, identisch sei. Eine Woche später legte sich die anfängliche Aufregung, die Bewerber um den Preis von 2000 Pfund gaben alle Hoffnung auf, und Nana Sahibs Name versank wieder in Vergessenheit.

Der Nabab konnte also wieder persönlich tätig sein und ohne Furcht, erkannt zu werden, seine Aufwiegeleien fortsetzen. Bald in der Kleidung eines Parsi, bald in der eines schlichten Raïot (Bauern), heute allein, morgen in Begleitung seines Bruders, zog er nun von dem Pal von Tandit aus, wandte sich nach Norden, nach der anderen Seite der Nerbudda, und selbst bis über den Westabhang der Vindhyas hinab.

Ein Spion, der ihm auf allen Schlichen und Wegen gefolgt wäre, hätte jenen am 12. April in Indore getroffen.

Von dieser Hauptstadt des Königreiches Holcar aus setzte sich Nana Sahib, unter Einhaltung des strengsten Inkognitos, mit der zahlreichen, meist der Kultur von Mohnfeldern obliegenden Landbevölkerung in Verbindung. Diese bestand aus tatenlustigen und fanatischen Rihillas, Mekranis und Valayalis, meist fahnenflüchtige Sipahis aus den Natifs-Regimentern, die sich unter der Verkleidung als Hindubauern verbargen.

Dann ging Nana Sahib über die Betwa, einen Nebenfluß der Jumna, die an der Westgrenze Bundelkunds nach Norden zu verläuft, und kam am 19. April, durch ein herrliches Tal mit zahllosen Dattel- und Mangobäumen, in Souari an.

Hier befinden sich merkwürdige Baudenkmäler von sehr hohem Alter, nämlich die sogenannten »Tôpes«, eine Art Grabmäler mit halbkugeligem Kuppeldache, welche im Norden des Tales die Hauptgruppe von Saldhara bilden. Aus den Grabstätten, diesen Wohnungen der Toten, deren dem buddhistischen Ritus geweihte Altäre unter steinernen Schirmen geschützt stehen, quollen, auf Nana Sahibs Ruf, Hunderte von Flüchtlingen hervor. Vergraben unter diesen Ruinen, um den schrecklichen Repressalien der Engländer zu entgehen, genügte ein Wort, ihnen klarzumachen, was der Nabab von ihnen verlangte, eine Andeutung zur rechten Zeit mußte hinreichen, sie in Menge auf die Eroberer zu hetzen. Am 24. April weilte Nana in Bhîlsa, der Hauptstadt eines mächtigen Bezirks von Malwa, und versammelte in den Ruinen der alten Stadt die Elemente zur Empörung, welche ihm die neue nicht geliefert hätte.

Am 27. April erreichte der Nabab Rayguoh, nahe der Grenze des Königreichs Pannah, und am 30. die Reste der alten Stadt Sangoe, nicht weit von der Stelle, wo General Sir Hugh Rose den Aufständischen eine sehr blutige Schlacht lieferte, die ihm mit dem Engpaß von Maudampore den Schlüssel zu den Schluchten der Vindhyas in die Hände lieferte.

Hier schloß sich dem Nabab sein Bruder wieder an, der in Begleitung Kâlaganis nachgekommen war, und beide gaben sich den Häuptlingen der hervorragendsten Stämme zu erkennen. In den mit diesen eröffneten Verhandlungen wurden die Grundzüge einer allgemeinen Erhebung besprochen und festgestellt. Während Nana Sahib und Balao Rao im Süden operierten, sollten ihre Bundesgenossen auf dem nördlichen Abhang der Vindhyas das Kommando führen.

Bevor sie nach dem Nerbuddatal zurückkehrten, wollten die beiden Brüder noch das Königreich Pannah besuchen. Sie begaben sich dahin längs der Keyne, unter dem Dache riesiger Teks, gewaltiger Bambus und unter dem Schutze unzähliger Schlingpflanzen, welche bestimmt scheinen, ganz Indien zu überwuchern. Hier gewannen sie zahlreiche, wilde Anhänger unter dem armseligen Personal, das für den dortigen Rajah die Diamantengruben der Umgegend ausbeutet. »Dieser Rajah«, sagt Rousselet, »zog, da er einsah, zu welcher Rolle die Herrschaft der Engländer ihn verurteilte, die eines reichen Grundbesitzers der Rolle eines Schattenfürsten vor.« Ein reicher Grundbesitzer war er in der Tat! Die ihm gehörende Diamantenregion erstreckte sich im Norden von Pannah in einer Länge von dreißig Kilometern hin, und die Bearbeitung seiner Gruben, deren Edelsteine in Benares und Allahabad zu den gesuchtesten zählen, beschäftigte eine große Menge Hindus. Unter diesen Unglücklichen, welche die härtesten Arbeiten auszuführen hatten und die der Rajah einfach köpfen ließ, wenn sich die Ausbeute an Diamanten verminderte, mußte Nana Sahib Tausende von Parteigängern finden, welche entschlossen waren, für die Unabhängigkeit ihres Vaterlandes zu kämpfen und zu sterben – und er fand sie.

Von hier aus begaben sich die zwei Brüder endlich nach der Nerbudda hinab, um sich vorläufig wieder im Pal von Tandit zu verbergen. Bevor der Aufstand nämlich im Süden, gleichzeitig mit dem im Norden losbrechen sollte, gedachten sie erst noch Bhopal aufzuwiegeln.

Das ist eine große muselmanische Stadt, die stets der Hauptsitz des Islam in Indien geblieben ist, und deren Begum sich den Engländern während des ganzen großen Aufstandes treu ergeben erwiesen hatte.

In Begleitung von etwa zwölf Gounds kamen Nana Sahib und Balao Rao am 24. Mai in Bhopal, am letzten Tage der Moharum-Feste an, mit denen die Muselmanen Neujahr feiern. Beide trugen die Kostüme der »Joguis«, einer unheimlichen Bettlersekte, welche lange Dolche mit abgerundeten Klingen bei sich führen, mit denen sie sich in Verzückung schlagen, ohne sich dabei besonders zu verletzten.

Unkenntlich in dieser Kleidung, folgten die beiden Brüder einer Prozession durch die Straßen der Stadt, inmitten zahlreicher Elefanten, die auf dem Rücken sogenannte »Tadzias«, das heißt kleine Tempel von zwanzig Fuß Höhe, trugen; sie mischten sich dabei unter die Muselmanen mit reichen goldgestickten Überröcken und hohen Musselin-Mützen, und befanden sich dann wieder unter den Musikern des Zuges oder unter Soldaten, Bajaderen, jungen Leuten in weiblicher Tracht – eine bunte Menge, welche der ganzen Zeremonie einen mehr karnevalistischen Anstrich verlieh. Mit den Hindus aller

Klassen, unter denen sie viel Getreue zählten, hatten sie dabei unmerkbare, aber den Aufständigen vom Jahre 1857 verständliche Zeichen tauschen können.

Später abends begab sich die ganze Volksmasse nach dem See, der dicht vor der östlichen Vorstadt liegt.

Unter betäubendem Geschrei, dem Knattern von Feuerwaffen und dem Krachen von Petarden, so wie beim Schein Tausender von Fackeln stürzten die Gläubigen die Tadzias in die Fluten des Sees. Die Moharum-Feste fanden damit ihren Abschluß.

Da fühlte Nana Sahib, wie sich eine Hand auf seine Schulter legte. Er drehte sich um. Ein Bengali stand neben ihm.

Nana Sahib erkannte in dem Hindu einen seiner alten Waffengefährten von Laknau. Er blickte den Mann fragend an.

Der Bengali teilte ihm flüsternd das Folgende mit, was Nana Sahib anhörte, ohne seine Erregung auch nur durch eine Miene zu verraten.

»Der Oberst Munro hat Kalkutta verlassen.«

»Und wo ist er?«

»Er war gestern in Benares.«

»Wohin geht er?«

»Nach der Grenze von Nepal.«

»In welcher Absicht?«

»Einige Monate daselbst zu verweilen.«

»Und nachher . . .?«

»Nach Bombay zurückzukehren.«

Jetzt erschallte ein leiser Pfiff. Ein Hindu glitt durch die Menge und näherte sich Nana Sahib.

Das war Kâlgani.

»Mach' dich sofort auf den Weg«, befahl diesem der Nabab. »Suche Munro auf, der jetzt nach Norden zu unterwegs ist. Schließ' dich ihm an. Erweise ihm irgendwelche Dienste und setzte schlimmsten Falles das Leben aufs Spiel, aber weiche nicht von seiner Seite, bevor er jenseits der Vindhyas nach dem Nerbuddatal hinabgezogen ist. Dann, aber erst dann, gib mir von seinem Aufenthalt Nachricht!«

Kâlagani antwortete nur durch ein bestätigendes Zeichen und verschwand wieder unter der Menge. Ein Wink des Nabab galt ihm als Befehl. Zehn Minuten später hatte er Bhopal schon im Rücken.

Jetzt trat Balao Rao an seinen Bruder heran.

»Es ist Zeit, daß wir aufbrechen.«

»Jawohl«, erwiderte Nana Sahib, wir müssen vor Tagesanbruch wieder im Pal von Tandit sein.«

»Auf den Weg also!«

Beide folgten nun in Begleitung ihrer Gounds dem nördlichen Ufer des Sees bis zu einer verlassenen Farm. Hier erwarteten sie und ihre Eskorte die nötigen Pferde. Diese gehörten zu der flüchtigen Rasse, denen man ein sehr gewürzreiches Futter verabreicht und welche fünfzig Meilen in einer Nacht zurücklegen können. Um acht Uhr galoppierten sie auf der Straße von Bhopal nach den Vindhyas hin.

Nur aus Vorsicht wollte der Nabab vor Tage im Pal von Tandit eintreffen, da es jedenfalls geratener erschien, unbemerkt in das Tal zurückzukehren.

Die kleine Truppe flog also dahin, was die Pferde laufen konnten.

Nana Sahib und Balao Rao sprachen zwar, während sie so nebeneinander ritten, kein Wort, doch erfüllte sie ein und derselbe Gedanke. Von diesem Ausflug über die Vindhyas brachten sie nicht nur die Hoffnung, nein, die Gewißheit mit heim, daß sich unzählige Anhänger ihrer Sache anschließen würden. Das Hochland von Zentral-Indien war vollständig in ihrer Hand. Die auf den weiten Gebieten zerstreuten schwachen Militär-Kantonnements konnten unmöglich dem ersten Anprall der Empörer Widerstand leisten. Mit ihrer Vernichtung gewann der Aufstand freien Raum, und bald mußte sich dann von einer Küste zur anderen eine Mauer fanatischer Hindus erheben, an der die königliche Armee voraussichtlich zerschellte.

Gleichzeitig dachte Nana Sahib aber auch an den

glücklichen Zufall, der ihm Munro in den Weg führte. Endlich hatte der Oberst Kalkutta, wo ihm nur schwer beizukommen war, einmal verlassen. In der nächsten Zeit konnte ihm keine seiner Bewegungen entgehen. Ohne daß er sich dessen versah, würde ihn Kâlaganis Hand ja nach den wildesten Berggegenden der Vindhyas leiten, und dort konnte ihn nichts mehr vor der Rache retten, die Nana Sahib noch immer gegen ihn hegte.

Balao Rao wußte von der Unterredung seines Bruders mit jenem Bengali kein Wort. Erst nahe dem Aufgang zu dem Pal von Tandit, als man die Pferde kurze Zeit verschnaufen ließ, machte ihm Nana Sahib eine kurze Mitteilung darüber.

»Munro hat Kalkutta verlassen und begibt sich nach Bombay.«

»Die Straße nach Bombay führt bis zum Strande des Indischen Ozeans!«

»Die Straße nach Bombay«, entgegnete Nana Sahib mit eigentümlichem Ton, »reicht diesesmal nur bis zu den Vindhyas!«

Diese Antwort sagte alles.

Die Gesellschaft stieg wieder zu Pferde und verschwand in dem Baumdickicht vor dem Ufer der Nerbudda.

Es war jetzt fünf Uhr morgens. Schon graute der Tag. Nana Sahib, Balao Rao und ihre Genossen kamen eben an dem Wildbett der Nazzur an, das den Weg nach dem Pal hinauf bildet.

An diesem Punkte ließ man die Pferde unter der Aufsicht zweier Gounds zurück, die sie nach dem nächsten Dorf führen sollten.

Die übrigen folgten den beiden Brüdern, und alle kletterten die unter dem Wasser des Bergbaches erzitternden Stufen hinan.

Ringsum war es still. Noch unterbrach das Geräusch des Tages nicht die Stille der Nacht.

Plötzlich donnerte ein Schuß durch die Luft, dem

mehrere andere nachfolgten. Gleichzeitig hörte man von oben ein dreifaches Hurra!

Ein Offizier, der einen Trupp von fünfzig Soldaten führte, erschien neben dem Pal.

»Feuer! Daß keiner entkomme!« rief er noch einmal.

Sofort erfolgte eine neue Salve, welche aus nächster Nähe auf die Nana Sahib und seinen Bruder umgebenden Gounds abgegeben wurde.

Fünf oder sechs Hindus fielen; die übrigen sprangen in das Bett des Nazzur zurück und verschwanden im Wald.

»Nana Sahib! Nana Sahib!« riefen die Engländer, während sie in die enge Schlucht hinabdrangen.

Da erhob ein zu Tode Getroffener noch einmal die Hand gegen sie.

»Tod und Verderben den Eroberern!« preßte er mit schrecklicher Stimme noch hervor und fiel bewegungslos zurück.

Der Offizier trat an den Leichnam heran.

»Ist das etwa Nana Sahib?« fragte er.

»Ja, er ist es«, antworteten zwei Soldaten des Detachements, die den Nabab von ihrem Aufenthalt in Khanpur her genau kannten.

»Nun, dann auf die anderen!« kommandierte der Offizier. Die ganze Abteilung eilte in den Wald zur Verfolgung der Gounds.

Kaum waren alle verschwunden, als ein Schatten geräuschlos den Abhang vom Pal herunterglitt.

Es war die wandelnde Flamme, eingehüllt in ein langes Stück braunen Stoffes, den ein Strick um die Hüften zusammenhielt.

Am Vorabend hatte die Wahnsinnige unbewußt den Offizier und seine Leute hierher geführt. Kaum in das Tal zurückgekehrt, suchte sie ganz willenlos den Pal von Tandit auf, nach dem eine Art Instinkt sie hinzog. Diesmal aber ließ das sonderbare Wesen, das man sonst für stumm hielt, einen Namen über die Lippen gleiten, nur den einen des Massenmörders von Khanpur!

»Nana Sahib! Nana Sahib!« wiederholte sie immer, als ob das Bild des Nabab durch eine unerklärliche Ahnung wieder vor ihre Seele getreten wäre.

Dieser Name erregte die Aufmerksamkeit des Offiziers im höchsten Grade. Er folgte der Wahnsinnigen auf dem Fuße. Sollte hier der Nabab sich versteckt halten, auf dessen Kopf ein Preis ausgesetzt worden war?

Der Offizier traf die geeigneten Maßregeln und ließ das Bett des Nazzur bis zum Anbruch des Tages bewachen. Als Nana Sahib und die Gounds dasselbe betreten hatten, empfing er sie mit einer Salve, welche mehrere zu Boden streckte und unter diesen den Anführer des Aufstandes der Sipahis.

Derart war das Zusammentreffen, welches der Telegraph noch am nämlichen Tag dem Gouverneur der Präsidentschaft Bombay meldete. Die Nachricht verbreitete sich blitzschnell über die ganze Halbinsel, und so konnte sie Oberst Munro am 26. Mai aus der Zeitung von Allahabad erfahren.

Diesesmal war an dem Tod Nana Sahibs nicht zu zweifeln. Seine Identität wurde ja festgestellt und das Journal brachte die Worte;

»Das indische Reich hat für die Zukunft nichts mehr zu fürchten von dem unmenschlichen Rajah, der ihm so viel Blut gekostet hat!«

Nachdem die Wahnsinnige den Pal verlassen, stieg auch sie in dem Bett des Nazzur herab. Aus ihren unsteten Augen leuchtete es wie ein inneres Feuer, das plötzlich aufgeflammt schien, und ihre Lippen murmelten den Namen des Nabab.

So kam sie nach der Stelle, wo die Leichen lagen, und stand vor der still, welche die Soldaten von Khanpur erkannt hatten. Das Gesicht des Toten hatte noch einen drohenden Ausdruck.

Die Wahnsinnige kniete nieder und legte ihre Hand auf den von Kugeln durchbohrten Körper, dessen Blut die Falten ihrer Hülle befleckte. Sie sah ihn lange stier an, erhob sich, mit dem Kopf schüttelnd, und stieg langsam das Bett des Nazzur hinab.

Dann versank die wandelnde Flamme wieder in ihre gewohnte Teilnahmslosigkeit, und der Name des von allen verwünschten Nana Sahib kam nicht mehr über ihre Lippen.

COLLECTION JULES VERNE

1. Von der Erde zum Mond
   Direkte Fahrt in 97 Stunden 20 Minuten
2. Reise um den Mond
3. Reise um die Erde in 80 Tagen
4. Reise zum Mittelpunkt der Erde
5. Fünf Wochen im Ballon
6./7. Zwanzigtausend Meilen unter dem Meer
8. Abenteuer von drei Russen und drei Engländern in Süd-Afrika
9./10. Abenteuer des Kapitän Hatteras
11./12./13. Die Kinder des Kapitän Grant
14./15./16. Die geheimnisvolle Insel
17./18. Das Land der Pelze
19. Eine schwimmende Stadt
   Die Blockadebrecher
20. Eine Idee des Doktor Ox
   Meister Zacharius
   Ein Drama in den Lüften
   Eine Überwinterung im Eis
   Eine Mont-Blanc-Besteigung
21. Der Chancellor
   Tagebuch des Passagier J. R. Kazallon
22./23. Der Kurier des Zaren
   Michael Strogoff
24. Schwarz Indien
25./26. Reise durch die Sonnenwelt
27./28. Ein Kapitän von 15 Jahren
29./30./31. Die Entdeckung der Erde
32. Die fünfhundert Millionen der Begum
33. Die Leiden eines Chinesen in China
34./35. Die großen Seefahrer des 18. Jahrhunderts
36./37. Das Dampfhaus

38./39. Der Triumph des 19. Jahrhunderts
40./41. Die Jangada
42. Die Schule der Robinsons
43. Der grüne Strahl
44./45. Keraban der Starrkopf
46. Der Südstern oder das Land der Diamanten
47. Der Archipel in Flammen
48./49./50. Mathias Sandorf
51. Robur der Sieger
52. Ein Lotterie-Los
53./54. Nord gegen Süd
55./56. Zwei Jahre Ferien
57. Kein Durcheinander
58./59. Die Familie ohne Namen
60./61 Mistreß Branican
62. Das Karpatenschloß
63. Claudius Bombarnac
Notizbuch eines Reporters
64./65. Der Findling
66./67. Meister Antisers wunderbare Abenteuer
68./69. Die Propeller-Insel
70. Vor der Flagge des Vaterlandes
71. Clovis Dardentor
72./73. Die Eissphinx
74./75. Der stolze Orinoco
76./77. Das Testament eines Exzentrischen
78./79. Das zweite Vaterland
80. Das Dorf in den Lüften
81. Die Historien von Jean-Marie Cabidoulin
82./83. Die Gebrüder Kip
84./85. Reisestipendien
86. Ein Drama in Livland
87. Der Herr der Welt
88. Der Einbruch des Meeres
89. Der Leuchtturm am Ende der Welt
90./91. Der Goldvulkan
92./93. Reisebüro Thompson & Co.
94. Die Jagd nach dem Meteor
95. Der Pilot von der Donau
96./97. Die Schiffbrüchigen der Jonathan
98. Wilhelm Storitz' Geheimnis
99./100. Cäsar Cascabel